Dark Fantasy Collection 8

終わらない悪夢

ハーバート・ヴァン・サール 編● 金井美子 訳

The Sixth Pan Book of Horror Stories *Edited by* **Herbert Van Thal**

論創社

これまで『幻想と怪奇』三巻（ハヤカワ文庫）や『海外シリーズ』三五巻（ソノラマ文庫）で、海外のホラー、ファンタジー、ＳＦ、ミステリの長短編の翻訳紹介に当たってきた。

今般、その系統を継ぎ、さらに発展させるものとして、英米のホラーを中心にファンタジー、ＳＦ、ミステリなどの異色中短編集やアンソロジーを〈ダーク・ファンタジー・コレクション〉の名称のもとに、一期一〇巻を選抜し、翻訳出版することにした。

具体的には、ウィアード・テールズ誌の掲載作やアーカム・ハウス派の作品集、英国ホラーのアンソロジー、ミステリやＳＦで活躍した有名作家の中短編集など、未訳で残されたままの傑作を次々と発掘していきたい。

また、日本には未紹介の作家やその作品集、雑誌に訳されたままで埋もれてしまった佳作も、今後新たに訳して刊行していくので、大いに期待して欲しい。

二〇〇六年八月　仁賀克雄

終わらない悪夢

The Oldest Story Ever Told

ロマン・ガリ

ロマン・ガリ（一九一四〜八〇）はフランスの文学者。本名ロマン・カチェフ。リトアニア生まれのロシア系ユダヤ人。エミール・アジャール、レネ・デヴィルなど六つのペンネームを持つ。ド・ゴール政権下で外交官を務めた。小説家として一九四五年、第二次大戦後の混乱した社会を風刺した『ヨーロッパ教育』でデビューし批評家大賞を受けた。人種差別を描いた『空の根』（一九五六）でゴンクール賞を受賞し、小説家としての地位を確立した。アジャール名義の小説『これからの人生』（一九七五）でも再度ゴンクール賞を受けている。ほかに自伝的小説『夜明けの約束』（一九六〇）、現代ピカレスク小説『大洋という兄弟』（一九六七〜七七）などがあるが、一九八〇年十二月に六十六歳で自殺を遂げた。

本編は『いがみ合いの物語』*HISSING TALES*という英訳短編集に収録された。ユダヤ人というだけで、ヒトラーの命令でナチスの拷問を受け、生き地獄に落とされながら生き延びた、平凡な市民の悲痛な物語である。単なるホラーというより、人の心に与えた身に浸む恐怖の深さ、哀れさ、永続性をしみじみと感じさせる作品で、最後の一行が印象的である。

南米、ラ・パス。それ以上の高所では満足に呼吸をすることもできない、海抜一万二千フィートの高みにある街。ラマにインディアン、乾いた高原に万年雪、見捨てられたゴーストタウンに鷲《わし》。低地の暑く湿った谷には金の鉱脈が眠り、巨大な蝶が飛び交う。

シェーネンバウムはドイツのトレンベルク強制収容所で過ごした二年の間、ほとんど毎晩のようにボリビアの大都市、ラ・パスの夢を見ていた。ついにアメリカ軍がやってきて別世界へと通じる門を開いた時、シェーネンバウムは真の夢追い人だけに実行可能な粘り強さで、ボリビア行きのビザを勝ち取ろうと奮闘した。ポーランドのルージで仕立て屋を営んでいたシェーネンバウムは、五世代に渡るユダヤ人の仕立て屋一家が築きあげた、輝かしい伝統を受け継いでいた。ラ・パスに身を落ち着け、数年間身を粉にして働き続けた彼は、やがて自分の店を持つまでになり、じきにその店は〈パリの仕立て屋シェーネンバウム〉の看板のもとに、大いに繁盛することとなった。注文が相次ぎ、すぐに助手を探さねばならなくなったが、それは容易なことではなかった。アンデスの高地に住むインディアンから、「パリの仕立て屋」なるものが世に出ることはめったになかったし、インディアンたちは針を使った繊細な技巧の数々すら、知らないこともしばしばだったからだ。シェーネンバウムは、彼らに商売のための共同作業の初歩を教え込むのに、恐ろしく時間を費やすことになり、何度かそれを繰り返すうちに、あきらめて一人でやることを決めたが、仕事の山は増える一方だった。しかし、ある予期せぬ出会いが、彼の苦境を救うこととなった。シェーネンバウムにしてみれば、それは間違いなく神の御手によるものであり、そしてそうした神の御手は、彼にとって常に慈悲深いものであるはずだった。何しろ、彼はルージに住む三十万人ものユダヤ人の、数少ない生き残りの一人だったのだから。

シェーネンバウムの家は街を見おろす丘の上にあり、家の窓の下では、夜明けからラマの列が行き交っていた。大都市を近代的に見せようとする政府の条例のおかげで、ラ・パスの街路にラマを入れることは禁じられていた。しかし、ラマは狭い山道における唯一の移送手段だったので、木箱やら袋やらの荷物をのせて夜明けに街のはずれを離れるラマたちの姿が、この国をおとずれる者にとって当分なじみ深い光景となることは、疑いようもなかった。

そんなわけで、シェーネンバウムは、毎朝徒歩で店へ向かう時に、こうしたラマの列と出会うことになった。理由はよくわからなかったが、シェーネンバウムはラマが好きだった。おそらく、単にドイツにはいない動物だからだろう。通常二、三人のインディアンが、自らの数倍の重さの荷を運ぶこともできる二、三十頭のラマの列を率い、はるか遠くのアンデスの村々へと導いていた。

ある日、ようやく日がのぼったばかりのころ、ラ・パスの街へ向かっていたシェーネンバウムは、こうした隊商の一つとすれ違った。いつもながら微笑みを誘う光景だった。シェーネンバウムは、通り過ぎるラマをなでようと手をのばした。彼はこれまで犬や猫をなでたこともなければ、鳥の声に耳をすましたこともなかった。犬や猫はドイツにたくさんいたし、鳥の声もドイツで聞こえたから。強制収容所での体験のおかげで、シェーネンバウムがドイツ人に対して、どこかかたくなになってしまっているのは、疑いようもなかった。シェーネンバウムはラマの横腹をさすったが、その時ふとラマのかたわらを歩いていたインディアンの顔に、目が釘づけになるのを感じた。手に杖を持った裸足の男で、シェーネンバウムも初めは彼に、さしたる注意を払わなかった。何気ない一瞥《いちべつ》はすんでのところで、永久にその顔を通り越してしまうところだった。肉づきの悪い黄ばんだ頬、何世紀にも渡って生理的な苦痛にさいなまれてきたかのような、どんよりにごった石のような表情。それを目にした時、どこか見覚えのあるような懐かしさとぞっとするような恐ろしさが、不意にシェーネンバウムの心を揺り動かした。シェーネンバウムは激しく動揺したが、記憶はまだ彼に手を貸すことを拒んでいた。が、背を向けて立ち去ろうとした時、ラマのかたわらを歩く男の顔に現れたもの——歯の抜け落ちた唇、永久に消えない傷のように世界に向かって開いた大きく優しい茶色の目、黄褐色の高い鼻、半ば問いかけ、半ばとがめるような永遠の非難に満ちた表情——が、文字通り彼に襲いかかってきた。シェーネンバウムはくぐもった叫び声をあげて、くるりと振り返った。

「グルックマン！」悲鳴のような声で言う。「こんなところで何をしてるんだ？」

シェーネンバウムは思わずイディッシュ語を使ったのだが、呼びかけられた男はまるでいきなり罵倒でもされたかのようにさっと片側に飛びすさり、道を走り出した。シェーネンバウムは自分でも意外なほどの速さで大股にその後を追い、ラマたちは馬鹿にしたような尊大な表情を浮かべて、悠然とまた歩き始めた。やがてシェーネンバウムは道の曲がり角で男に追いつき、肩をつかんで立ち止まらせた。グルックマンだった、疑いもなく。単に姿かたちが似ているからというだけではない——それ以上に、この苦しげな無言の問いかけに満ちた表情は、見間違えようもなかった。

「どうしてだ？　どうして俺にこんなことをする？」その目が絶え間なく訴えている。追いつめられ、背中を赤い岩に押しつけたグルックマンは、口を大きく開け、むきだしの歯茎を見せたまま立ちつくしていた。

「おまえだろ」シェーネンバウムはなおもイディッシュ語で叫んだ。「そうだろう、グルックマン！」

グルックマンはかぶりを振った。

「違う！」と、イディッシュ語で怒鳴り返す。「俺の名はペドロだ。おまえなんか知らない」

「なら、どこでイディッシュ語を習った？」シェーネンバウムは勝ち誇ったように叫んだ。

「ラ・パスの幼稚園か？」

グルックマンの口は相変わらず大きく開いたままだった。グルックマンは助けを求めるように、荒々しくラマのほうを見やった。シェーネンバウムは彼を解放して言った。

「馬鹿だな、何をそんなにびくびくしているんだ？　俺は友達じゃないか。どうしてそんな嘘をつくんだ？」

「俺はペドロだと言ってるだろ！」グルックマンは懇願するように甲高い声でわめいた。相変わらずイディッシュ語のままだったが。

「正気の沙汰じゃない」シェーネンバウムはあわれむように言った。「それじゃ、おまえの名はペドロだ。そういうことにしておこう。だが……」と、相手の手をつかんで指を見つめる。その指には爪が一つもなかった。「なら、これは何だ？　インディアンに爪を根こそぎ引っこ抜かれたらしいな」

グルックマンはますますぴったりと岩に背中をはりつけ、ゆっくりと口を閉じた。涙がその頬を流れ落ちる。

「俺を突き出すつもりじゃないのか」グルックマンは口ごもりながら言った。

「突き出す？　どこに？　いったいどこに突き出すっていうんだ？」

不意にいまわしい事実に思いあたったシェーネンバウムは、喉元をつかまれたような思いを味わった。額から汗が噴き出し、恐怖が彼を圧倒する。世界じゅうが突然危険の潜む場所になったかのような、途方もない恐怖。が、シェーネンバウムはどうにか自分を取り戻した。

「もう終わったんだ！」彼は叫んだ。「十五年も前にな！　ヒトラーはとっくに死んで墓の中だ！」

グルックマンの長い、やせこけた首の中で、喉仏が痙攣《けいれん》するようにぴくぴくと動いた。その顔にずるそうな笑みのようなものがひらめく。

「奴らはいつもそう言うんだ。あいつらの言うことが当てになるものか」

シェーネンバウムは深々と息を吸った。今彼がいるのは、海抜一万二千フィートの高地だったが、この場合、問題はそこではなかった。

「グルックマン」シェーネンバウムは重々しく言った。「お前は昔から利口じゃなかったが、それでも少しは頭を使えよ。もう終わったんだ！　ヒトラーもSSもガス室も、今はもう過去の存在だ。俺たちにはイスラエルという祖国すらある。軍隊も司法制度も政府も備えた祖国がな。何もかも終わったんだよ。もう隠れて暮らす必要はないんだ！」

「ははは！」グルックマンは笑ったが、その声には陽気さのかけらもなかった。「俺はそんな罠にははまらない」

「何だって？」

「イスラエルとやらさ！」グルックマンはきっぱりと言った。「そんなものは存在しないんだから」

「存在しないとは、どういうことだ？」シェーネンバウムは足を踏み鳴らして怒鳴った。「イスラエルはちゃんとある！　新聞を読んでないのか？」

「ふん！」グルックマンは狡猾《こうかつ》そのものの表情で短く吐き捨てた。

「だが、ラ・パスにだってイスラエルの領事はいる！　おまえだってビザをもらってここへ来たんだろう！」

「そんなもの関係ないさ！　どうせドイツの陰謀だ」グルックマンは断言した。

シェーネンバウムは鳥肌が立ち始めるのを感じていた。何より恐ろしいのは、グルックマンの馬鹿にしたような表情だった。それにもし、こいつが正しいのだとしたら？　不意にシェーネンバウムは思った。その手の陰謀はドイツ人の得意技だ。おまえはユダヤ人だ、自由にイスラエルへ行けるという証明書をつけて、しかるべき場所へ行くよう仕向ける。犠牲者は言われるままに船に乗り、気がつくと収容所に逆戻りしているというわけだ。グルックマンの言う通りかもしれない。イスラエルなどこの世になく、ドイツの罠にすぎないかもしれないのだ。ああ、俺はいったいどうしてしまったんだ？　シェーネンバウムは思い、ぐいと額をぬぐうと微笑もうとした。そして、グルックマンが相変わらず小賢しげな訳知り顔でしゃべり続けていることに気づいた。

「イスラエルなんて、俺たちを一箇所に集めようとするドイツの陰謀にすぎないさ。何とか死を免れた最後の生き残りを集めて、まとめてガス室送りにしようって魂胆なんだ。けっこうなことさ。ドイツ人は狡猾だ。やり方ってものを知ってるのさ。奴らは昔のように俺たちをここへ集めるつもりなんだ。そして残らず集まったらその時は……。俺にはわかってるんだ」

「俺たちユダヤ人にはもう国がある」シェーネンバウムは子供に言い聞かせるように、穏やかに言った。「首相の名はベングリオン。軍隊もあるし、国際連合にも加入している。戦争は終わったんだよ」

「関係ないね。俺にはちゃんとわかってるんだ」

シェーネンバウムは昔なじみの肩に腕を回して言った。

「来いよ。俺といっしょに暮らそう。医者にも行かないとな」

グルックマンの支離滅裂な話からどうにか意味を引き出すのに、二日かかった。解放されてから――グルックマンはそれを反ユダヤ人派の一時的な分裂のせいにしていたが――グルックマンはアンデスの高地に身を隠した。事態があっという間に「通常通り」に戻るのはわかっていたが、山岳地帯《シエラ》のインディアンのラマ使いに化けることができれば、ゲシュタポから逃れられると考えた。シェーネンバウムはことあるごとに、彼に説明しようとした。ゲシュタポはもうなく、シュトライヒャーもローゼンベルクもヒムラーももういない。ドイツはれっきとした民主主義の国になったのだと。が、そのたびにグルックマンは、すべてを見通しているかのような狡猾な表情を浮かべて、肩をすくめるのだった。俺は馬鹿じゃない、そんな罠にはまってたまるかと言わんばかりに。それ以上の議論をあきらめたシェーネンバウムは、イスラエル人学校とイスラエル軍の写真を見せた。が、そこに写った自信と決意に満ちた幸せそうな若者たちを見るなり、グルックマンは、だしぬけに死者のための祈り《カディーシュ》を唱え始めた。これらの新たな犠牲者、これらの無垢な若者たちはまんまと敵の策にはまり、イスラエルに集められたのだ。かつてのワルシャワのユダヤ人街さながら、あっさり皆殺しにされるために。そうグルックマンは嘆いた。

グルックマンに少しばかり頭の弱いところがあるのは、シェーネンバウムにもわかっていた。いや、もっと正確に言うなら、彼の理性はその身体ほどうまく、あの恐ろしい拷問に耐えられなかったのだろう。収容所で、グルックマンはSSの司令官シュルツェの気に入りの犠牲者だった。シュルツェはドイツ政府によって慎重に選ばれた野獣のようなサディストであり、ナチの将校アイヒマンに信頼されるだけのことはあるということも、じきに証明されることになった。そしていかなる不可思議な理由からか、彼はあわれなグルックマンをいけにえに選んだ。いかに目利きの囚人であろうと、グルックマンが生きて彼の手を逃れられると思った者はいなかっただろう。

シェーネンバウムと同じように、グルックマンも仕立て屋だった。針をあやつる技術のいくつかが使えなくなったとはいえ、グルックマンは瞬く間に仕事に復帰できるだけの素早い手さばきを思い出していった。こうして〈パリの仕立て屋〉は、ついに、次々と入ってくる注文の山をさばけるようになったのだった。グルックマンは誰とも話そうとせず、カウンターの後ろの暗い隅の床で仕事していた。客の目を避け、辺りが暗くなってからようやくラマのもとへ出かけては、長いことそのかたい毛の生えた横腹をさすってやるのだった。そしてその目は、なおもぞっとするような色をたたえてぎらぎらと輝いており、時折こぼれるずるそうな、人をくったような笑みが、何もかも知っているぞと言いたげな様子をきわだたせていた。そう、俺は知っている――ただそれだけのこと。シェーネンバウムは、グルックマンが正確には何を「知っている」というのか、考えないようにしていた。グルックマンは二度逃げ出そうとした。最初はシェーネンバウムが何気なく、今日はナチスドイツ崩壊の十六周年だと言った時。二度目は酔っ払ったインディアンが、「偉大なる指導者が山からおりてきて、すべてを手中に収めるだろう」と、通りで叫んだ時だった。

グルックマンにはっきりした変化が現れたのは、彼らの邂逅《かいこう》から六ヶ月後、贖罪の日《ヨーム・キップール》の週の最中だった。グルックマンは救済でもされたかのように、自信に満ちた、穏やかともいえる表情をしており、もうカウンターの後ろに隠れようとはしなかった。そしてある朝、店に入ったシェーネンバウムは、信じがたいものを耳にした。グルックマンが鼻歌を歌っていた。しかも、グルックマンが歌っているのはロシア領内に伝わる、古いユダヤの調べだった。グルックマンはちらりと友人を見やり、糸を口元へ持っていってぺろりとなめると、針に糸を通し、悲しく優しい昔ながらの調べを口ずさみ続けた。シェーネンバウムは希望がわいてくるのを感じた。グルックマンの悲惨な記憶も、ようやく薄れつつあるのかもしれない。グルックマンは昼食の後いつも、店の裏手の部屋のマットレスに横になりに行っていた。が、めったに眠ることはなく、そのたびに何時間もじっと隅にうずくまり、壁をにらんでいた。ごくありふれたものを恐怖の対象に変え、あらゆる音を苦痛の叫びに変えてしまうような、錯乱したまなざしで……。が、ある夕方、置き忘れた鍵を探して偶然店に戻ったシェーネンバウムは、友人がこっそりかごに冷菜をつめているのを見つけて仰天した。鍵を見つけて店を出たシェーネンバウムは、家に戻るかわりに戸口に身を潜め、待った。やがて、食べ物の入ったかごを小わきにかかえたグルックマンが現れ、闇の中に姿を消した。そしてシェーネンバウムは、グルックマンが毎晩のように、こうして食べ物入りのかごをかかえて、同じ方角へ消えていくことに気づいた。しばらくたって戻ってくると、かごは空になっており、グルックマンの顔にはしてやったりというような、小賢しげな表情が浮かんでいるのだった。まるですばらしい取引でもしてきたかのように。シェーネンバウムはこうした夜の外出の目的について、グルックマンにたずねてみようかと思いもしたが、友人の偏屈な気性をよく知っており、また、彼を驚かすのもためらわれたので、結局質問を思いとどまった。そこでシェーネンバウムは、一日の仕事を終えると、辛抱強く道で待ちうけた。そして、店からこっそりとすべり出た人影が、音もなく未知の目的地に向かって歩き出すのを見るや、その後を追ったのだった。

グルックマンは塀に身をはりつけるようにして急ぎ足で歩いており、まるで追っ手を振り切ろうとするかのように、時々振り返った。こうした警戒ぶりを見て、シェーネンバウムの好奇心はいよいよ頂点に達した。彼はグルックマンが振り返るたびに、さっと戸口から戸口へと身を隠した。夜になると何度か友人を見失いかけたりもしたが、その巨体と決して強いとはいえない心臓にもかかわらず、そのたびに彼に追いつくことに成功した。やがてとうとうグルックマンは、革命通りをそれ、ある広場へと足を踏み入れた。シェーネンバウムは少し待ってから、忍び足で駆け出し、その後を追った。そこはエスタンシオンの大市場にある広場の一つで、毎朝ラマの列が山へ向かって出発する場所だった。インディアンたちが藁《わら》の山に埋もれて、堆肥の悪臭の中で眠っており、ラマが長い首を木枠や店の外に突き出していた。反対側のもう一つの出口は、ほのかな明かりに照らされた狭い路地に続いていたが、グルックマンの姿は消えていた。しばらくそこで待ってから、シェーネンバウムは肩をすくめ、引き返す用意をした。グルックマンは行き先をごまかすため、最も遠まわりの道を選んだのだ。シェーネンバウムはまっすぐ家へ帰ることを決め、市場を横切り始めた。

が、狭い通路に足を踏み入れるやいなや、シェーネンバウムは貯蔵庫の明かりとりからもれてくる石油ランプの光に注意をひきつけられた。何気なく光のほうを見やると、グルックマンの姿が見えた。テーブルの前に立ってかごから食べ物を取り出し、明かりとりに背を向けてスツールに座る男の前に並べている。ソーセージにビール、赤唐辛子にパン。男の顔はまだ見えなかったが、彼が二言三言話すと、グルックマンは急いでかごをあさって煙草を取り出し、テーブルクロスの上に置いた。シェーネンバウムは苦労して視線を友人の顔からもぎ離した。すさまじい顔だった。グルックマンは妙に得意げな笑みを浮かべていたが、異常なまでに大きい、すわった燃えるような目が、その微笑みをどこか狂人めいたものにしていた。その時、男がこちらを振り向いた。シュルツェだった。SSの司令官であり、トレンベルク収容所の拷問係でもあった男。その絶望的な瞬間、シェーネンバウムは、これは幻覚かもしくは見間違いだという希望にすがりつこうとした。しかし、もし彼に決して忘れられない顔というものがあるとすれば、それは目の前の怪物の顔だった。シェーネンバウムは、シュルツェが戦後、行方不明になったことを思い出した。死んだという者もいれば、南米に隠れ住んでいるのだという者もいた。そして今、シェーネンバウムはシュルツェを目の前に見ていた。尊大そうながっしりした顎、短く刈られた髪、人を小馬鹿にしたような微笑み。だが、くだんの怪物の出現よりも、もっと恐ろしいものがあった。グルックマンだった。いったい何を血迷って、彼はここに、自分をいけにえに選び、一年以上も手酷《てひど》くさいなんだ男のもとに来ているのか。シュルツェを殺すか警察に引き渡すかわりに毎晩ここへ通い、かつての拷問者に食べ物を渡す理由は何なのか。いったいどんな狂った理屈が、彼を突き動かしているのか？　シェーネンバウムは頭の中が真っ白になるのを感じた。目の前の光景はあまりにもおぞましすぎ、到底耐えることはできそうになかった。大声で助けを呼び、周囲に警告を発しようとしたが、声は彼に従うことを拒んだ。できたことといえば、口をだらりと開け、腕を振り回すことだけだった。シェーネンバウムはその場に立ちつくし、目玉を飛び出させんばかりにして、かつての犠牲者がビールの栓を抜き、ビールを虐待者のグラスに注ぐのをながめていた。それからシェーネンバウムは、かなりの時間、完全な前後不覚に陥っていた。目の前の光景のあまりの不条理さに、現実感を根こそぎ奪われてしまったのだった。が、やがて、かたわらで押し殺した叫び声が聞こえ、シェーネンバウムはようやく我に返った。月明かりを浴びたグルックマンが、彼のすぐそばに立っていた。二人はしばらく見つめあった。一方は怒りと不信に駆られ、一方はずるそうな酷薄ともいえる笑みを浮かべて、狂気の炎に意気揚々と瞳を輝かせながら。そして、シェーネンバウムは、ほとんど無意識のうちに、自分の声がこうしゃべるのを聞いた。

「奴はおまえを一年以上も、毎日拷問し続けたんだぞ。おまえを苦しめ、虐待した男なんだ。なのに、警察に知らせもしないで毎晩食べ物を持っていくとは、いったいどういうことなんだ？　まったく信じられんよ。俺は夢でも見ているのか？　どうしてそんなことをするんだ？」

グルックマンの表情が、ますます狡猾そのものになっていった。そして、闇の中から響いてきた老人のような声が、シェーネンバウムの髪を逆立たせ、心臓を凍りつかせた。

「今度は待遇をよくするって言われたのさ！」

皮コレクター

Man Skin

M・S・ウォデル

ウォデル（Waddell）姓の作家は数人いるが、M・Sの名に合致する作家はホラー、SF、ファンタジー、ミステリ、文学関係の事典に掲載されておらず、インターネットで調べても経歴は不明である。

イギリスのマイナー作家らしいが、短編集二冊 *TREAT* と *HAND IN HAND* がある。本書にはもう一編「私を愛して」が収録されている。

編者のヴァン・サール好みの作家で、彼のアンソロジー『魔の誕生日』（ソノラマ文庫シリーズ35）には、恐るべき人食い児を書いた「悪魔っ子」、精神病院の患者の恐怖を描いた「正気の果て」が収録されている。

本編のように人体を切り刻んだり、また食べたりして、読者に即物的、生理的な恐怖を与える残酷な、クラシック・ホラー・タイプの作家である。

その若者がアパートの前に着くと、誰かが入り口で鍵を探っていた。若者が自分の鍵を手に持っているのを見ると、その人影はわきにどいて彼にドアを開けさせ、彼について玄関を入ってきた。

若者は明かりをつけると、番号のふられた緑のドアを通り過ぎ、階段をのぼり始めた。が、二階の踊り場にたどり着く前に、階段の明かりが消えた。

若者は手すりに手を置いたまま、足を止めた。おかしい。あいつが明かりを消したとしか思えない。

その時、ずるずるぺたぺたという引きずるような音が、ゆっくりとこちらへのぼってくるのが聞こえた。階段吹き抜けの辺りに、さっきの黒い人影が見えた。

明かりのスイッチは一つしかなく、彼にできることは何一つなかった。のぼってきた階段をまた下までおり、もう一度スイッチを入れる以外には。あいつともう一度すれ違うなど真っ平ごめんだ、と若者は思った。理由も何もない恐怖だったが、引きずるような足音が階段をのぼってくるのがわかると、恐怖はますます大きくなった。その姿は、まだ半分闇に溶け込んでいる。まるで、暗闇の一部であるかのように。

若者はまた階段をのぼり始めたが、その時、後をついてくるあの黒いものが、自分に追いつこうとでもするかのように、スピードをあげたのを感じた。時折そいつの苦しげな息遣いが聞こえ、若者の足の下で古い家がぎしぎしときしんだ。

いや、怖がることなど何もないのだ。

若者は四階の踊り場で足を止めると、そいつがのぼってくるのを待ちうけた。

しかし、誰ものぼってこなかった。

ドアの開く音など聞こえなかったし、足を止める瞬間まで、後を追って階段をのぼってくる気配を、確かに感じていたというのに。あれは立ち去ったわけではない……まだいるのだ、後ろに。彼が足を止めれば同じように足を止め、彼が動き出すのを待っている。

あれは俺の後をつけている。

若者はゆっくりと階段をおり始めた。

下の暗がりで何かが蠢《うごめ》き……ぎこちなく逃げていった。

「おい」若者は吹き抜けの辺りに向かって呼びかけた。「誰かいるのか?」

答えはなかった。

二階の踊り場までやってきた若者は、何もかも自分の妄想ではないのかと思い始めた。闇の中には何もいない……そう、いるはずがないんだ。

これ以上進むのは馬鹿げている!

そこで彼は、素早く煙草に火をつけ、火のついたマッチを手に持ったまま、くるりと向きを変えた。そこにかれが立っていた。身体をぴたりとドアにはりつけ、白い作り物めいた顔をこちらに向け、弱々しい黄色の目で、じっとこちらを見つめながら。

「具合が悪いのか?」若者は聞いた。

かれはにやにや笑ってうなずいた。長い顎の下で、たるんだ喉の皮がだらりとたれさがっている。

それからかれは腕を差し出し、若者の袖をつかんでぴたりと身を寄せたので、若者はその体重を支えることになった。

かれは口を開き、しゃべろうとしたようだったが、そこからは何の言葉も出てこなかった。黄ばんだ歯のまわりで唇が動き、口の中で舌が静かに行ったり来たりする。だが、明瞭な音を発することはできなかった。

若者はかれといっしょに階段をのぼり始めた。それ以外に方法はなさそうだったからだ。夜中の二時では、他に手を貸してくれる者などいそうにない。もし、こいつがここに住んでいるのなら、自分の部屋のドアの前で立ち止まるだろう。そうでなくても、少なくとも朝になるまでは、居場所を提供してやらねばならない。

若者は階段をのぼり続けたが、かれの体重を支えているため、その足取りはどこか危なっかしくなっていた。かれの開いた唇からもれるひゅうひゅうときしるような息遣いは、あまり気分のいいものではなく、がっしりと身体に回された腕から、力が吸い取られていくように感じた。

かれはその長い爪で、具合を見るように、若者の首のピンク色の肌をひっかいた。

自分の部屋へと通じるドアの前に着くと、若者は鍵を開け、狭い廊下へ入った。廊下に通じるドアはすべて閉ざされており、他の部屋に明かりがついている気配はなかった。誰かの手を借りることはできそうもない。若者はかれを支えて自分の部屋まで歩き、かれの体重を壁にあずけると、二番目の鍵を探した。

ドアを開け、明かりをつけると首を回し、かれがついてきていることを確かめる。かれはランプの強烈な光から弱い目をかばうように、顔の前で腕をばたつかせていた。

若者がコートを脱いでいる間、かれはベッドに腰かけ、自分の胸に顔をくっつけるようにして、床を見つめていた。

冷たくこわばった、生気のない身体。喉の前で組まれていた青白い指が、ぎこちなくその顔をいじる。ひさしのついた帽子の下から一房の白髪がはみ出し、額の上で揺れていた。ぼろぼろの黒いコートは滑稽なほど大きく、床の上ではためくひだの間から、紐のない青いテニスシューズがのぞいている。

若者はぴかぴかのブリキのやかんを取りあげると、水を入れようとバスルームに続く廊下を歩いていった。

それを確かめると、かれはコートのボタンをはずし、テーブルの上に粗布を敷いた。

しばらくして若者が戻ってくると、部屋の明かりが消えていた。スイッチに手をのばして押したが、何も起こらない。

若者はそろそろと部屋の中に一歩踏み出したが、その時、かれの冷たい手が若者の顔に触れた。顎にしっかりと食い込んだ指が、ぐいとその頭を後ろへ引く。

喉に焼き串をねじ込まれ、若者の口からどっと血があふれ出した。若者は喉をごろごろと鳴らしながら、ベッドに倒れ込んだ。かれが胸の上にのしかかってくる。

その瞬間、若者は絶命した。死んで力を失った身体に素早くメスが振りおろされる。丁寧に灰皿の中に置かれた両目は、もはや何も見ていなかった。


また夕方になり、かれはアパートに戻ってきた。

寒さに震えながら家庭菜園を横切り、通りの街灯の光が、地面に整然と掘られた溝とたわむれる辺りを、そろそろと進む。その動きは、素早くしなやかになっていた。肩に背負った袋が、骨ばった身体の上で揺れている。

足の下では、柔らかな土が波のようにうねっており、菜園の端近くに生えている黄色い草は、かれのだぶだぶのズボンの膝にまで達していた。

かれは菜園の物置小屋に入り、後ろ手にドアを閉めた。

石油ランプに灯をともし、袋の口を解く。

そして中身を取り出すと、なでたり、しげしげとながめたり、歯をたてて具合を見たりした。

かれは楽しんでいた。

気の毒にも、めったに楽しむことはなかったのだが。

赤くなったゴム手袋を脱ぎ捨てると、粗布の中に戻す。

袋の中には、まだ処理しなくてはならないものが入っていた。

そうしたわけで、かれは、また菜園を横切り始めた。柔らかな土をそろそろと踏み、かすかな足音をたてるたびに、袋の中のぐにゃりと水気を帯びた温かいものが、その肩に当たった。

マンホールのそばに来ると袋をおろし、苦労してマンホールの蓋を持ちあげる。

下の闇の中は、ぬるぬると湿ったものの気配に満ちていた。

かれは袋を穴の上にかかげた。袋の中身がぽちゃりと音をたてて、ゆっくりと下に落ちていく。

甘酸っぱい臭い。

それからかれはマンホールの蓋を元通りに戻し、交差する小道を戻り始めた。

一人の男が菜園の塀のそばで、かれが立ち去るのをながめていた。その心に疑念がわきあがったが、何らかの決断をくだすまでには至らなかった。何が行なわれていようと、所詮は他人事だ。

男は今見たことを忘れることに決め、家路をたどり始めた。

「アーサー」彼はつぶやいた。「よけいなことに首を突っ込むな」

家に帰って着替えをし、それからパブに行く時間だ。

アーサー・ロートンはパブに行くのを、いつも楽しみにしていた。アーサーはあの袋のこともかれのことも、すべてを忘れ去った。

アーサーの皮は厚くてきめが粗く、その内臓を暖めてくれる。だから、ぜひともさっき見たことを、心にとめておくべきだった。

あのあわれなかよわい存在は、中古品店のドアの近くの暗がりに立ちつくしていた。まだあの重たげなコートをはおったままだったが、帽子の下からのぞいていた白髪はなくなっていた。相変わらず、胸の骨が顎にぶつからんばかりに飛び出してでもいるかのように、顎を胸にくっつけている。その目は、足元のテニスシューズをながめるふりをしながら、カウンターの後ろの若者をじっとうかがっているのだった。

「こいつを売るんですか?」若者は聞いた。

かれは身を震わせた。

若者は嫌そうに差し出された衣服をつかんだ。

若者はおびえたような黄色い目が、じっと自分をうかがっているのに気づき始めていた。かぼそい顔をいじりまわす汚れた手、ぼろぼろになった袖《そで》、骨の突き出た手首。しじゅう服を持ってくる汚らしい老人……。自分の持ち物とか、そんなところかもしれないが、もしかしたら違うのかもしれない。船員の服とおぼしきもの、後ろ暗い組織ご用達のコート、そして、ぼろに骨——もっともその時は取引を断ったのだが。とにかく何でもかんでも持ってくる。あやしすぎる。

「これをどこで手に入れたんです?」かつてはまあまあよいスーツだったものを指差して若者は聞いた。

かれの青白い指が、さっと唇に当てられた。かれはしゃべろうとしたが、その言葉は指の束の中で、すべて曖昧《あいまい》に消えた。

「ねえ、教えてくださいよ」

かれは暗がりを出て、前へ踏み出した。スーツをつかんで若者の手から引きはがそうとする。

「これは……ちょっと、どうしたんです？」

かれは泣き声をあげて手を引っ込めると、またさっと手を顔の前に持っていった。喉のたるんだ皮をもてあそぶ。

かれは若者の前に立ちつくしたまま、口の中でもぐもぐとつぶやいた。落ち着きなく動く手の平の陰で、唇が熱に浮かされたように動いた。

若者がスーツをかかげるのを、心配そうに目で追う。

「こういうの、たくさん持ってますよね」若者は言った。「いつも持ってきてくれるし。けど、どこで手に入れてくるんですか？　まさか、盗んだわけじゃないですよね？」

かれはまた身を震わせた。

再びぎこちなく手をのばし、スーツを取り戻そうとする。

まあ、こいつはぼろい儲け話だ、と若者は思った。名前さえ出さなきゃ、おとがめをこうむることもない。盗品だとしても、それが何だというんだ？　この馬鹿な老いぼれは、どうせ頭がおかしいのだ。

「わかりましたよ」若者は言い、素早くスーツをカウンターの彼の側へと引き戻した。

若者はカウンターの下の箱から、薄汚れた紙幣を探し出した。かれの手がさっと紙幣を包んでしまい込む。

若者の指が、丹念に服のポケットを探った。

重そうな時計が、ごとりとカウンターの上に落ちた。若者は服で時計を隠そうとしたが、おびえた目が、すでにその様子をとらえていた。

「これもらってていいんですか？」若者はたずねた。

かれはドアのほうへ向きなおった。ノブをつかんで逆方向に回す。若者が時計を持ったままカウンターを回ってくると、かれはドアを揺すぶり始めた。

「ちょっと、やめてくださいよ」

かれは近づいてくる若者を肩越しに見やると、声をたてずに何事かまくしたて、やっとのことでドアを開いて、若者の制止の手を押しのけた。

そのまま長い足をばたつかせて、ひょこひょこと暗い通りを駆け抜ける。

やがて、運河のほとりの誰にも見られない暗がりに戻ると、かれはようやく足を止めた。

するりと帽子を脱いでポケットに入れ、毛のない頭に素早く指を走らせる。

ああ、髪の毛なしで外出などするものではない。

菜園の中に、アーサー・ロートンの孤独な歌声が響いていた。ビールをしこたま飲み、ご機嫌のアーサーは、まるで寒さを感じていなかった。身体の中の酒が、世界じゅうを暖かく、幸せなものにしてくれていたからだ。

自分が正確にはどこへ向かっているのか、まったく気にしないまま、アーサーはどこからともなく現れたかれが自分の腕を取り、導くにまかせた。今以上のすばらしいもてなしが待っていることを、疑わないまま。

二人はいくつかの小区画を抜け、菜園の物置小屋に向かっていた。アーサーは腰にきつく回された針金のような腕の助けを借りて、最後の百ヤードを歩ききった。

物置小屋のドアはかれが手を触れると開き、アーサーはよろめきながら中に入った。かれが石油ランプに灯を入れている間、二人は逆さまに置かれた荷箱に腰をおろし、機嫌よく自分の足の数をかぞえていた。が、どうもよくわからなくなってきていた。これまでは二本に決まっていると思っていたし、単なる確認作業のつもりだったのだが。それぞれの足に苦労して触れてから、アーサーはついに、質も量も申し分なし、という結論に達した。差し出されたブリキのカップを受け取りながら、アーサーはまた立ちあがろうとした。

石油ランプの光がかれの生気のない顔の上できらめき、その額を彩る黒髪の細い筋を照らしている。かれは薄い唇に事務的な微笑みを浮かべ、アーサーを品定めしていた。血に飢えた吸血鬼のようだ、とアーサーの正気の部分がささやいた。

かれの指が顔をいじり、額の上にだらりとたれさがった、たるんだ皮をそっと動かす。弱々しい目が、酒を飲み続けるアーサーをじっと見つめた。

アーサーはかれに話しかけ始めた。答えはなかったが、気にもとめなかった。自分のことで頭がいっぱいだったのだ。言葉は限りなくなめらかにその口から出てくるように思われた。心に次々とわいてくる思いと自分が言おうとしていることのすばらしさに、アーサーはすすり泣いた。

彼らはそろって野蛮人で、だからキリストは磔《はりつけ》にされたのだ。

かれはアーサーから離れ、隅にあるシートの上にかがみ込んで、こうした時のために鋭くぴかぴかにしておいた道具の山をいじっていた。

長い台所用ナイフを取り出して、土の床に広げた粗布の上に置き、やせた腕をひじまで覆う厚いゴム手袋をつける。

そして髪の毛を頭からはずすと、丁寧にしまい込んだ。

アーサーはかれの態度が変わっていくのに、だんだんと気づき始めていた。腕の上に置かれた手が、もっと飲むようにとうながすのを感じる。手の中に押し込まれたブリキのカップは、これまで以上になみなみと満たされていた。

かれがアーサーを荷箱から引きおろし、粗布の真ん中に転がした時、アーサーは何のためらいも感じなかった。かれは自分に親切にしてくれたし、アーサーはかれが気に入っていたから。

そう、本当に気に入っていたから。

疲れた足を交互に動かしながら、その警官は菜園のそばの道を歩いていた。人生は厳しい。まだ三時間も勤務が残っており、家庭で何が起こっているか、妻が心変わりする気配がないか、確かめるすべはなかった。もし、心変わりしなかったとしても、もろもろの予定は変更せねばなるまい。そしてそれは、あらゆる種類の困難を伴う作業だった。

菜園の物置小屋の明かりに気づいた警官は、ぼんやりと何をやっているのだろうと思った。前にもそれに気づき、同じように思ったのだが、口うるさい相手と結婚したのが運のつきだった。

警官は運河のほとりにたたずみ、見にいく必要があるだろうかと思った。まあ、確かに奇妙だし、何事か起こっているのだとすれば……。警官は道をはずれ、菜園の間を抜けて、明かりのついた小屋に向かった。

その時、小屋の明かりが消えた。

警官は足を速め、四分でドアにたどり着いた。誰ともすれ違った気配はなく、ドアを開けようとすると、そこには鍵がかかっていた。

ドアをノックする。

それから裏手に回って窓を調べてみたが、窓はかたく閉じていた。

本能が何かがそこにいると告げていた。

警官はドアの前に立ち、声をかけたが、返事はなかった。

誰かが鍵を持っているはずだ。

警官は鍵を取りにいった。

四十分後、警官は再び菜園を抜けて戻ってきた。物置小屋はなおも暗いままで、警官は無駄足を踏んだのではないかと思い始めた。もう一度ドアをノックし、窓を懐中電灯で照らしてみる。しかし、何の収穫もなかった。

警官はドアを開け、懐中電灯で中を照らした。

芝刈り機に作業台、四つの荷箱。ぐるぐる巻きにされた床の上の防水シート。

警官は小屋の中に入り、壁に沿って懐中電灯を動かした。

荷箱の隅に、ちっぽけな器具が置いてある。

外科用メスだった。

警官は防水シートのわきにかがみ込み、指でつついてみた。

ぐにゃりと柔らかい感触。

警官は懐中電灯を荷箱にもたせかけると、防水シートを広げた。生々しく血に染まった物体が、ごろりと目の前に転がり出た。

筋肉組織に腱、つやつやと突き出た骨。まぶたのない眼窩《がんか》の奥の目、まとめてくっつけられた肉のそげ落ちた四肢。唇のない口、むきだしの脳。ほとんど人間の形そのままの、ぶよぶよのかたまり。

そのそばに、しなやかなピンク色のものが、きちんとたたまれて置いてあった。

人間の皮だった。

彼らがとうとうかれの居場所を突き止めたのは、四時間後のことだった。かれについて何かを知っている者は、誰一人いないようだった。かれは寒さをしのぐことのできる菜園から現れてはまた消え、人々から逃げ回っていた。友人もなく、その髪の色すら、見た者によって意見が割れた。彼らは夜中の三時にその家を取り囲み、かれとの対決を果たしたが、それは容易なことではなかった。

皮をはがれたぐにゃぐにゃの死体がいくつも見つかり、それだけでも十分不愉快だったからだ。

ドアを開けたかれは、まったく無邪気そのものに見えた。額の上では白髪が揺れており、彼らがどうして来たのかも、重々承知しているようだった。

かれはミシンのそばに座り、縫い物をしていた。ふっくらとした肉に、まだ針が刺さったままになっている。あわれな生き物は、身体を暖めてくれる寄せ集めのつぎはぎ細工をこしらえていたのだった。テーブルの上には、風船のようにしぼんだ皮——したたる血を止めるため、かたく結ばれた腕と足の皮——が、投げ出されていた。

これらの皮は、かれには少し大きすぎ、形を整える必要があった。そうすれば、もっと身体にぴったりとはりつくようになるはずだった。

他のみんなと同じように。

レンズの中の迷宮

Camera Obscura

ベイジル・コパー

ベイジル・コパー（一九二四〜）はロンドン生まれのイギリス作家。三十年間ジャーナリストを勤め、十四年間ケント州の新聞編集長をやりながら小説を書き続けた。最初に手を染めたのがホラーで、彼のテーマである死の恐怖に取り憑かれた男を書いた短編「蜘蛛」（一九六四）だった。

本編も同じテーマの代表作といわれ、テレビ映画化されている。これらのホラー短編は*NOT AFTER NIGHTFALL*に収録されいる。彼のホラー短編集は六冊ある。そのうち二冊はアメリカの作家オーガスト・ダーレスがラヴクラフトの著作出版のために興した、ホラー専門出版社アーカム・ハウスから刊行されている本格的な作品である。日本でもホラー・アンソロジーに数編が訳されている。

アーカムとの関係でか、ダーレスが書いた、アメリカ版シャーロック・ホームズのソーラー・ポンズ・シリーズを、彼は書き継いですでに『ソーラー・ポンズ　最後の事件』（二〇〇五）まで八冊を出版している。

ホラー関係では、この他にゴシック・ノヴェルが二冊と、ノンフィクションとして、*THE VAMPIRE: IN LEGEND, FACT AND ART*（一九七三）、*THE WEREWOLF: IN LEGEND, FACT AND ART*（七七）がある。

一般的にはロサンジェルスの私立探偵マイク・ファラデー・シリーズが有名で、一九六六年以来すでに五〇冊以上の長編が書かれているが邦訳はない。

旧市街へと続く、狭い入り組んだ道をたどりながら、シャーステッド氏は、だんだんとあのいけすかないジンゴールド氏には何かあると思い始めていた。高利貸しのシャーステッド氏をいらいらさせるのは、彼の古風で時代がかった慇懃《いんぎん》さばかりではなかった。ジンゴールド氏は、穏やかな心ここにあらずという物腰で、いつもいつも借金の返済を先のばしにするのだった。まるで、お金などたいした問題ではないというかのように。

高利貸しのシャーステッド氏にしてみれば、それはこっそり口にするのすらはばかられるような考えだった。そんな考え方は、彼の世界を根底から揺るがす恐ろしい冒瀆《ぼうとく》にほかならない。シャーステッド氏はきゅっと唇をすぼめ、街のさびれた丘陵地帯を横切る、歩きにくく舗装のよくない道をのぼり始めた。

シャーステッド氏の細くいびつな顔は、山高帽の下で汗をかいていた。帽子の下からのぞくまっすぐな髪が、彼の容貌を何ともおかしなものにしていた。これに氏がいつもかけている薄緑の眼鏡が加わると、シャーステッド氏はまるでとっくの昔にこの世を去った死者のように、どんよりと不気味に見えた。のぼり坂の途中でぽつぽつと出会った、数少ない通行人も、そうした印象を持ったのかもしれない。彼らはシャーステッド氏をおずおずと見やり、次の瞬間には早く彼のそばから遠ざかりたいとでもいうかのように、さっさと行ってしまうのだった。

シャーステッド氏は小さな中庭に入り、大きな古い教会の廃墟の陰で、息を整えた。彼の心臓は薄い胸の奥で落ち着きなくどきどきいっており、その喉は乱れた息のため、ひゅうひゅうと鳴っていた。まったく気分が悪い、とシャーステッド氏はひとりごちた。帳簿をかたづけるのに、長いこと座ったままでいるのは、よくないのかもしれない。もっと外に出て運動しなくては。

増え続ける儲けのことを思って、シャーステッド氏の青白い顔がいっとき明るくなったが、じきにこの外出の目的を思い出すと、彼は再び眉をしかめた。ジンゴールドは義務を果たさねばならない。最後の半マイルほどの道のりにかかりながら、シャーステッド氏はつぶやいた。もしジンゴールド氏が必要なお金を工面できなくても、あのやたら不規則に広がった古い家、ジンゴールド氏が売ってお金に換えることもできる家には、値打ち物が山ほどつまっているはずだった。シャーステッド氏が街の忘れられた区画に、さらに奥深く分け入っていくうちに、すでに空の低い位置にあった太陽は、沈んでしまったかのように思われた。シャーステッド氏は、細い路地や小道がからみあう辺りに迷い込んでおり、そうした迷路の中では、日の光は遮られてしまうのだった。そしてとうとう古びた階段の上に斜めに建っている大きな緑色の扉がだしぬけにその姿を現した時、シャーステッド氏は再び荒い息をついた。

シャーステッド氏は、片手を古い手すりの上に置き、しばらくその場で立ちつくしていた。黄色い空の下でぼんやりとかすんで揺れる街を見おろしていると、シャーステッド氏のさもしい心にも、いっときの高揚感が生まれるのだった。この丘の上ではすべてがゆがんで見える。

地平線ですらはるか彼方を斜めに横切り、見る者にめまいを起こさせるのだった。玄関の横の、金属製の薔薇の中にある鉄の渦巻をつかむと小さくベルが鳴り、シャーステッド氏はまたもやいらだちを覚えた。ジンゴールド氏のまわりにあるものは、どれもこれもたぐいまれな珍品ばかりだ。身のまわりの調度品すら、よそでは決してお目にかかれない代物なのだ。

とはいえ、自分がジンゴールド氏の財産を管理し、その所有物を売らねばならぬような事態になったら、それはかえって好都合かもしれない、とシャーステッド氏は思った。この古い屋敷には見たこともないような値打ちものの逸品が、あふれているのだから。が、そうしたこともシャーステッド氏を不思議がらせる理由の一つだった。なぜ、あの老いぼれは、借金を返すことができないのだろう。彼はうなるほどの資産を持っているはずなのだ。現金がないとしても、所蔵品とかそういった形で。

ジンゴールド氏が、どうしてたかだか三百ポンドの金をのらりくらりとごまかし続けるのか、理解するのは難しかった。ジンゴールド氏がその気になれば、この古ぼけた屋敷を売り、もっと条件のよい場所にある、近代的で設備の整った住まいに移って、趣味の収集を続けることも、難なくできるはずだった。だがまあ、自分には関係のないことだ、とシャーステッド氏はため息をついた。気がかりなのは貸したお金のことだけだ。もう十分に待ったのだし、これ以上ごまかされるつもりはない。ジンゴールドは月曜までに借金を払う。でなければ、不愉快な目にあうことになるだろう。

シャーステッド氏の薄い唇が、不気味にぎゅっと引きしまった。古い家の上部や、丘の下のみすぼらしい通りを、鮮やかな紅色に染めあげている夕日には目もくれず、シャーステッド氏はまたせわしなくベルを鳴らした。今度はそう待たされずに扉が開いた。

ジンゴールド氏は非常に背が高く、穏やかで遠慮がちな、白髪の男だった。ジンゴールド氏は心持ち身をかがめて家の戸口に立ち、日の光に驚いたように目をしばたたかせていた。あまり光を浴びすぎたら身体が溶けてしぼんでしまうと、半ば恐れているようにも見えた。

ジンゴールド氏の服は型も品質も申し分なかったが、その大柄な身体からだらしなくたれさがり、明るい陽光の下で洗いざらしにされたようになっていた。シャーステッド氏に言わせれば、それはジンゴールド氏の一部のようだった。実際、日の光を浴びたジンゴールド氏は、青白く生気のない影のように見え、その顔と白髪と衣服は互いに一体となって、まるで絵の異なる部分の境界が、ぼやけて曖昧になったかのような印象を与えていた。

シャーステッド氏から見れば、ジンゴールド氏はきちんと飾られることもなく、茶色に変色して時とともに色あせていく、古い写真のようなものだった。シャーステッド氏は、ジンゴールド氏が、風を起こさんばかりの勢いで逃げ去るのではないかと思ったが、ジンゴールド氏はシャーステッド氏が来るのをずっと待っていたとでもいうように、恥ずかしげに笑ってこう言っただけだった。「ああ、シャーステッドさん、あなたでしたか。どうぞお入りください」

意外なことに、ジンゴールド氏の瞳はすばらしくきれいな青色をしていた。その瞳は、ジンゴールド氏の顔全体を生き生きと鮮やかなものにしており、氏の全体的にくすんだ感じの服や容貌に真っ向から挑戦しているのだった。ジンゴールド氏が先に立って洞窟のような玄関に入ると、シャーステッド氏は、ひんやりとした内部の暗がりに目を慣らすのに苦労しながら、おっかなびっくりその後を追った。ジンゴールド氏は、古風な礼儀正しいしぐさで、シャーステッド氏をさしまねいた。

二人は優美な曲線を描く階段をのぼっていた。階段の手すりは、蛇のようにからみあいながら、うねうねと上の暗がりへ続いていくように思われた。

「そんなに時間はかかりませんから」シャーステッド氏は抗議するように言った。さっさと最後通告を伝え、この場を辞したくてたまらなかったのだ。が、ジンゴールド氏は、相変わらず階段をのぼり続けるばかりだった。

「どうぞどうぞ」ジンゴールド氏は、シャーステッド氏の言葉が聞こえなかったかのように、穏やかに言った。「ワインをつきあってくださいませんか。お客は珍しいものですからね」

シャーステッド氏は興味深げに辺りを見回した。屋敷のこちら側に入るのは初めてだったからだ。ジンゴールド氏はいつも、時たまやってくるお客を一階にある大きくて乱雑な部屋に通していた。が、今日の午後に限っては、ジンゴールド氏その人にしかわからぬ理由から、シャーステッド氏を屋敷の別の部屋に通すことにしたらしかった。おそらく、ジンゴールド氏は借金を清算するつもりなのだろう、とシャーステッド氏は思った。これから行くのは、氏の仕事部屋か何かで、現金が置いてあるところなのだ。シャーステッド氏は興奮のあまり、細い指を神経質に動かした。

二人はさらにのぼり続けた。シャーステッド氏には果てしない距離をのぼったように思えたのだが、規則正しく前進を続ける二人の前で、なおも階段は続いていた。丸みを帯びた窓から差し込むかすかな光が、シャーステッド氏の職業的好奇心と物欲を刺激する品の数々をちらりと垣間見せた。階段の曲がり角の辺りに、大きな油絵がかけてあるのが見える。残念ながら、じっくり見ることはできなかったが、それがプーサン（フランスの画家）であることは、賭けてもよかった。

そのすぐ後には、陶磁器のぎっしりつまった大きな棚が、シャーステッド氏の視界の隅に飛び込んできた。振り返ったシャーステッド氏は階段につまずき、そのおかげで、階段から離れた場所にある優美なくぼみにひっそりと飾られた、世にも珍しいジェノバの鎧《よろい》を見逃すところだった。そうしたわけで、とうとうジンゴールド氏が屋敷のはるか上にあるどっしりしたマホガニーの扉を開け放ち、中へどうぞとうながした時、シャーステッド氏は、すっかり混乱し、当惑していた。

ジンゴールド氏は大富豪であり、シャーステッド氏が目にした芸術品《オブジェ・ドゥ・アール》に莫大な価値があることなど、百も承知なのだ。それならなぜ、こうもたびたび借金を重ね、なかなか返そうとしないのだろう？　利子も含め、借金の総計はすでにかなりの額にのぼっている。ジンゴールド氏は、きっと病的な珍品コレクターなのだ、とシャーステッド氏は思った。こうしてちょっと見回すだけでも、屋敷があちこち傷んでいることから見ても、ジンゴールド氏は収集に夢中になるあまり、一度手に入れたものを手放すことができないのだ。だから、借金にはしることになる。シャーステッド氏の唇が、再びきゅっと引きしまった。ジンゴールドは借りた金を返さねばならない。他の客たちと同じように。

もし返せなければ、コレクションのどれかを手放すよう、迫ってやるしかあるまい。陶磁器でも絵でも——売ればいいお金になるよう作られた品の数々を。仕事は仕事、自分がいつまでも待つなどと、思っていたら大間違いだ。シャーステッド氏の物思いは、ジンゴールド氏の問いかけで破られた。シャーステッド氏は、ジンゴールド氏が、銀とクリスタルでできた重たげなデカンターの首に片手を置いて待っているのを見て、口の中でわびの言葉をつぶやいた。

「ああ、いや、シェリーでけっこう。ありがとう」シャーステッド氏はどぎまぎして、ぎこちなく身じろぎしながらつぶやいた。部屋には明かりらしい明かりもなく、目を慣らすのが一苦労だった。部屋の調度品はさながら水底にあるもののように、ゆらゆらとうねったり身動きしたりしていた。シャーステッド氏は子供のころから目が弱かったため、色つきの眼鏡をかけねばならなかったのだが、そのおかげで、この部屋が二倍も暗く見えるのだった。ジンゴールド氏がシェリーを注いでいる間、シャーステッド氏は、レンズ越しに目をこらしてみたが、それでも周囲にあるものを、はっきり見ることはできなかった。こんな状態が続くようなら、ぜひとも早く目医者に行かなくてはと、シャーステッド氏は思った。

ジンゴールド氏がグラスを差し出した時、シャーステッド氏はやっとのことで型通りの礼を述べたが、その声は彼自身の耳にもうつろに響いた。シャーステッド氏は、ジンゴールド氏が指し示したもたれ椅子におそるおそる腰かけ、おずおずと琥珀《こはく》色の液体をすすった。シェリーは極上の味がしたが、この思いがけないもてなしが、彼とジンゴールド氏の関係を間違った方向かわせていることは確かだった。さっさと仕事の話を切り出し、言うべきことを言わねばならない。が、シャーステッド氏はなぜか奇妙なためらいを覚えて、ただひたすら気づまりな沈黙の中に座り続けていた。片手をグラスの脚にからませ、沈黙を破る唯一の音——古い柱時計が静かに時を刻む音に、耳を傾けながら。

シャーステッド氏は、ようやく自分が豪華な家具で飾られた広い部屋にいることを見て取った。屋敷のはるか上の、屋根の真下の部屋のようだった。窓にはどっしりした青いビロードのカーテンがかかり、外の物音はほとんど聞こえない。寄せ木細工の床には中国製のすばらしい絨毯が敷かれ、部屋全体が窓のそれにあわせた重たげなビロードのカーテンで、二つに仕切られているようだった。

ジンゴールド氏はほとんど口をきかず、大きなマホガニーのテーブルの前に座って、長い指でシェリーのグラスをこつこつとたたいていた。たわいもない世間話をする間、その明るい青い目は、穏やかな興味の色をたたえて、シャーステッド氏に注がれていた。やがて、シャーステッド氏はようやく目的の本題に入った。ジンゴールド氏に融資した金が長らく未払いであること、すでにさんざん支払いの催促をしたことを指摘し、ついては早急に支払いをと要求する。不思議なことに、話が進むにしたがって、シャーステッド氏はしだいにどもりがちになり、あげくに言葉につまったりもした。街の労働者たちはよく知っていたが、普段のシャーステッド氏は無愛想で事務的で、無慈悲そのものだった。容赦なく客の持ち物を差し押さえ、必要とあらば立ち退きを迫った。おかげで、シャーステッド氏は外の世界では評判の嫌われ者となっていたが、当人はそれをまったく気にしていなかった。

実際、シャーステッド氏はそうした評判が、商売のプラスになると考えていた。いってみれば、そうした仕事上の悪評が広まっているおかげで、スムーズな返済が期待できるのだから。貧乏から抜け出せないような、あるいは借金をしたあげくに返せないような愚か者がいるなら、そのまま放っておけばいい。そうした連中は金のなる木だ。第一、自分が仕事に馬鹿げた感傷を持ち込むなどと、思われてしまっては困るのだ。シャーステッド氏はジンゴールド氏に、必要以上にいらだちを覚えていた。ジンゴールド氏の財産が、どう見ても手の出せないものであったからだ。が、同時に途方に暮れてもいた。ジンゴールド氏が穏やかで御しやすく、財産があるというのに返済を渋り続けるからだった。

こうした感情が言葉に自然と表れていたのか、ジンゴールド氏はシャーステッド氏の懇願口調の要求に一言も答えず、椅子の中で身じろぎしただけだった。そして、相変わらず穏やかな口調でこう言った。「シェリーをもう一杯どうぞ、シャーステッドさん」

弱々しくその言葉に同意しながら、シャーステッド氏は身体じゅうから力が抜け落ちていくのを感じていた。シャーステッド氏はめまいを覚えながら、居心地のよい椅子にもたれ、押しつけられるままに二杯目のグラスを受け取った。会話の糸口を完全に失ったのを感じながら、心の中で自分の愚かしいうろたえぶりを呪い、意識を集中しようとする。が、ジンゴールド氏の好意に満ちた微笑みや、熱気をはらんだもやの中でおかしな具合にゆらゆら揺れる家具、ぴたりと閉じられたカーテンや周囲の薄闇は、シャーステッド氏の心に、ますます重くのしかかるばかりだった。

そうしたわけで、ジンゴールド氏がテーブルから立ちあがった時、シャーステッド氏はどこかほっとした気分になった。ジンゴールド氏は、シャーステッド氏が借金の話などしなかったかのようにしゃべり続け、話題を変えようとはしなかった。すべてをきれいに無視し、シャーステッド氏にはさっぱりわからない中国の壁画について、どうにも理解しがたい熱っぽさで、静かに語り続けていた。

シャーステッド氏は、自分の目が閉じかかっているのに気づき、苦労して再び目を開けた。ちょうどジンゴールド氏がこう言ったところだった。「きっと、あなたもお気に召すと思いますよ、シャーステッドさん。どうぞこちらへ……」

ジンゴールド氏は歩き始め、後を追って部屋の奥へ進んだシャーステッド氏は、あのたっぷりしたビロードのカーテンがふわりと揺れるのを見た。二人が割れたカーテンを抜けると、カーテンは背後で閉じ、シャーステッド氏は、自分が半円形の部屋にいることに気づいた。

その部屋は、たった今出てきた部屋よりも、さらに暗いぐらいだったが、シャーステッド氏は、さっきより頭がすっきりするのを感じ、興味を取り戻し始めていた。シャーステッド氏は大きな円形のテーブルと薄闇の中でまたたく真鍮《しんちゅう》の車輪やレバー、天井までのびている長い棒をしげしげとながめた。

「私はこれに夢中でしてね」ジンゴールド氏は、まるで謝罪でもするようにつぶやいた。「シャーステッドさん、あなたはカメラ・オブスクラの原理をご存じでしょう?」

シャーステッド氏はゆっくりと記憶をたどり、しばらく考えた末に言った。「ヴィクトリア時代のおもちゃか何かでしたね？」ジンゴールド氏は気分を害したように見えたが、声の調子はまったく変えずにこう答えた。

「いえいえ、そんなものではありませんとも、シャーステッドさん。最高に興味深いからくりですよ、これは。ここへ入って今からあなたがごらんになろうとしているものを見たのは、私の知りあいの中でも、ごくわずかなんです」

ジンゴールド氏は、天井の小窓の中へのびている、長い棒を指し示して続けた。

「この制御装置は、屋根の上にあるレンズやプリズムとつながっています。じきにごらんになれますが、ヴィクトリア時代の科学者たちが言う通り、隠れた秘密のカメラが、下の街の全景を映し出して、このテーブルの上へ運んでくれるのです。実に面白い研究だと思いませんか？　私は毎日何時間もここで過ごすんです」

ジンゴールド氏がこんなに饒舌《じょうぜつ》になっているのを見るのは、初めてだった。先ほど感じたみじめさは消えうせていたので、シャーステッド氏は、未返済の金について、ジンゴールド氏ととことん渡りあう気分になっていた。まずは愚かしいがらくたにうわべだけの興味を示して機嫌を取ったが、じきにシャーステッド氏は驚きで息をのみ、ジンゴールド氏の執着はもっともだと、認めないわけにいかなくなった。

ジンゴールド氏がレバーの上で手を動かすと、不意に部屋の中は目のくらむような光の洪水で満たされ、シャーステッド氏は、この部屋を薄暗くしておかねばならなかったわけを悟った。

屋根の上のカメラ・オブスクラの覆いがはずされ、ほとんど同時に天井のパネルが開いて、二人の前のテーブルへ光の矢を届かせた。

そのまるで神の目を手に入れたかのような瞬間、シャーステッド氏は古い街並みがパノラマとなり、目の前に本物そっくりの色あいで広がるのを見た。丸石を敷きつめた古めかしい道が谷へとくだり、その向こうには青みを帯びた丘が続いている。工場の煙突から煙が夕方になったばかりの空へたちのぼり、五十はありそうな道では、人々が仕事に精を出していた。はるか遠くでは、車馬が音もなく前へ進んでいる。ある時など、白い巨大な鳥がすぐ目の前をふわりと横切ったので、シャーステッド氏は思わずテーブルから後ずさったほどだった。

ジンゴールド氏は乾いた笑い声をもらして、真鍮の車輪を肘でつついた。不意に風景が変わり、シャーステッド氏はまたもや息をのんだ。そこは光きらめく入り江だった。石炭を積んだ大きな船が、ゆったりと海へ向かって進んでいる。前方ではカモメが飛び交い、ゆるやかな潮の流れが、岸を取り巻いていた。シャーステッド氏はここへ来た目的をすっかり忘れ、うっとりとその光景に見入った。そのまま半時間以上が過ぎた。風景の一つ一つが、前のものより魅力的だった。この高さから見ると、みすぼらしい街もまるで違ったものに見えた。

が、最後に現れた光景が、シャーステッド氏を突然現実へと引き戻した。ジンゴールド氏が制御装置を回すと、ごたごたと身を寄せあうように建つ、くずれかかった安アパートが、視界に飛び込んできた。「スウェイトス夫人の家だったところですね」ジンゴールド氏は穏やかに言った。

シャーステッド氏は怒りで顔を赤くし、唇をかんだ。そう、スウェイトス夫人の件では、意図した以上の悪評をたてられることになってしまった。あの女は資力以上の借金をし、負債がふくらむとまた金を借りた。結核の夫と三人の子供をかかえているからといって、どうして甘い顔ができただろう。他の客たちをつけあがらせないためにも、見せしめとなってもらわねばならなかった。そして今、家財道具の差し押さえが行なわれ、スウェイトス一家は路頭に迷おうとしている。しかたないではないか？　彼らがちゃんと金を返してさえいれば、そんなことにはならなかったのだ。金貸しは慈善団体ではないのだから。シャーステッド氏は、腹立たしげにひとりごちた。

瞬く間に街じゅうのスキャンダルとなった一件をこうして口に出されたことで、シャーステッド氏の中にくすぶり続けるジンゴールド氏への敵意が、再びよみがえってきた。こんな子供じみたおもちゃの見せる幻など、もうたくさんだ。カメラ・オブスクラだと？　よろしい、ジンゴールドが紳士らしく借金を清算することができないのなら、このすてきなおもちゃを売った金を、返済にあてればいいではないか。

シャーステッド氏はジンゴールド氏に向きなおり、どうにか自分を抑えて、そのやんわりと皮肉なまなざしを見つめた。

「ええ、そうですとも、ジンゴールドさん」シャーステッド氏は言った。「スウェイトス夫人は確かに私のお客です。が、そろそろ、現在協議中の問題に集中していただきたいですな。こちらへまた足を運ぶのは、えらく骨が折れたんですから。言っておきますが、あなたに今お貸ししている三百ポンドが月曜までに支払われない場合、私は法的な措置をとらねばなりません」

シャーステッド氏の頬は真っ赤に染まり、その声は言葉を発するたびに震えた。ジンゴールド氏がかっとなるのを期待していたとすれば、シャーステッド氏はあてがはずれた。ジンゴールド氏は無言の非難をこめて、じっとシャーステッド氏を見つめただけだった。

「それがあなたの結論ですか？」ジンゴールド氏は残念そうに言った。「考えなおすおつもりは？」

「まったくありませんな」シャーステッド氏はぴしゃりと答えた。「月曜には金をいただかなくてはなりません」

「あなたは誤解なさっていますよ、シャーステッドさん」ジンゴールド氏は相変わらず癇《かん》に障る物柔らかな声で言った。「私が言ったのは、スウェイトス夫人のことです。これ以上無用な狼藉を働く必要があるのですか？　非人道的ですらある。私だったら……」

「人のことより、自分の心配をすることです！」シャーステッド氏は激怒して言い返した。

「私が言ったことをどうぞお忘れなく……」

シャーステッド氏は荒々しくさっき入ってきた扉のほうを振り返った。

「それがあなたの結論ですか？」ジンゴールド氏はもう一度言ったが、シャーステッド氏のこわばった白い顔を見れば、聞かずとも答えは明らかだった。

「わかりました、では」ジンゴールド氏は深いため息とともに言った。「どうぞご自由に。途中までお送りしましょう」

ジンゴールド氏は再び前に出ると、カメラ・オブスクラのテーブルに、重たげなビロードの布をかぶせた。天井の小窓がかすかな低い音とともに閉じる。そして驚いたことに、シャーステッド氏はジンゴールド氏の後をついて、また別の階段をのぼっていた。その階段は石でできており、縁《ふち》には触るとひやりとする鉄の手すりがついていた。

シャーステッド氏の怒りは、わきあがった時と同じくらいの速さで消え去っていた。シャーステッド氏はすでに、スウェイトス夫人の件で癇癪を起こしたことを後悔し始めていた。いくら何でも、そこまで粗暴きわまりない冷血漢であると、思われるつもりはなかったのだ。ジンゴールド氏は自分のことをどう思っているのだろう？　それにあのうわさが、どうやってジンゴールド氏の耳に届いたかも不思議でならなかった。ジンゴールド氏は、外の世界の情報をいったいどれだけ手に入れているのだろう？　世捨て人さながら、静かにここに座っているだけで。

が、この丘の上では、ジンゴールド氏は確かに、あらゆるものの中心にいるようにシャーステッド氏には思えた。空気がしだいに冷たくなり、シャーステッド氏はだしぬけに身を震わせた。石造りの壁の隙間から、すでに暗くなり始めている夕暮れの空が見える。本当にもう戻らなくてはならなかった。この愚かな老いぼれは、自分にどうやって外に出ろというのだろう。いまだに屋敷のてっぺんに向かってのぼり続けているというのに。

シャーステッド氏はまた、ジンゴールド氏の反感を買い、ますます借金の取立てを難しくしてしまったらしいことも後悔していた。スウェイトス夫人の名を出して彼女の側に立つことで、ジンゴールド氏はこちらをそれとなく恐喝しているように見えた。

ジンゴールド氏がそんなことをするとは意外だった。他人のことに首を突っ込むなど、およそジンゴールド氏らしくもなかった。だいたい、それほど貧乏人の肩を持つのなら、一家に何がしかの金を融通してやり、苦境を乗り切らせるぐらいのことは、難なくできたはずなのだ。

シャーステッド氏の頭の中では、怒りと混乱が渦巻いていた。衣服を乱してぜえぜえと荒い息をつきながら、シャーステッド氏は自分がくたびれた石造りの踊り場に来ているのを見て取った。ジンゴールド氏が、古めかしい木の錠前に鍵を差し込む。

「ここは私の研究室でしてね」ジンゴールド氏は、はにかむような笑みを見せて言った。そうした素直な感情を突然目の当たりにしたシャーステッド氏は、さっきまでの緊張がほぐれるのを感じた。正面のほとんど三角形に近い古びた窓をのぞき、自分たちが母屋の屋根から優に二十フィートは上にある、小さな塔のような場所にいることを知る。汚れた窓越しにしか見ることはできなかったが、急勾配の張り出しの下には、見慣れぬ小道が四方八方にのびていた。

「ここには、外に通じる階段があります」扉を開けながら、ジンゴールド氏は説明した。「そこをおりれば丘の反対側に出られますから、半マイルは近道になるはずです」

シャーステッド氏は安堵がどっと押し寄せるのを感じた。シャーステッド氏は今やこのうわべだけは穏やかなもの静かな老人に、恐怖に近いものを感じ始めていた。ろくにものも言わず、脅しめいたまねは一切しないというのに、シャーステッド氏のふくれあがった想像力の中では、この老人がほのかに威圧的な空気をただよわせ始めたように見えるのだった。

「しかしその前に」ジンゴールド氏は言い、シャーステッド氏の腕を驚くほど強い力でつかんだ。「あなたにもう一つお見せしたいものがあるんですよ。これをごらんになった人は本当にごくわずかなのです」

シャーステッド氏は素早くジンゴールド氏を見やったが、その謎めいた青い目からは、何一つ読み取ることができなかった。

シャーステッド氏は、先ほど後にした部屋とよく似た、しかしもう少し小さな部屋を見て驚いた。やはりテーブルがあり、天井の小さな丸屋根へとのびている長い棒があり、車輪やチューブのついたひときわ複雑な装置がある。

「このカメラ・オブスクラは」ジンゴールド氏が言った。「本当に非常に珍しいタイプのものなのです。私の知るかぎり世界に三つしか現存せず、一つは北イタリアにあります」

シャーステッド氏は咳払いし、あたりさわりのない返事をした。

「お帰りになる前に、これをごらんになりたいだろうと思いましてね」ジンゴールド氏は穏やかに言った。レバーのほうへ身をかがめながら、ほとんど聞き取れないぐらいの声でつけ加える。「スウェイトス夫人のことですが、本当に考えなおすつもりはありませんか?」

シャーステッド氏はまた唐突に怒りがわきあがるのを感じたが、自分を抑えた。

「残念ですが……」

「かまいませんよ」ジンゴールド氏は残念そうに言った。「確かめたかっただけです。これを見る前にね」

ジンゴールド氏はこの上なく優しくシャーステッド氏の肩に手を置き、前へ引っ張った。

ジンゴールド氏がレバーを押した時、シャーステッド氏は目の前に突然現れた光景に、もう少しで叫び声をあげるところだった。彼は神となっていた。世界は彼の前に、めちゃくちゃな模様となって広がっていた――少なくともその一角には、今自分がいる屋敷を取り巻いている、街の一部が映し出されていたが。

シャーステッド氏はそれを、飛行機にでも乗っているかのような、途方もない高みから見おろしており、しかもそうした風景は、はるか遠くにあるわけではないのだった。目に入ってくる風景は、恐ろしいほどはっきりしていた。とはいえ丘のふもとに不規則にのびている路地や道路はどこかななめに傾き、楕円的だった。さながらこころもちゆがんだ古い姿見をのぞいているかのように。

藤色やすみれ色の夕闇が辺りを包んでいたが、端のほうは沈みゆく夕日のせいで、なおも血のように赤く染めあげられていた。

それは大きな異変を予感させる、ぞっとするような光景だった。シャーステッド氏は、宙につられているかのような感覚に取り乱し、そのめまいのするような高さに、今にも悲鳴をあげそうになった。

ジンゴールド氏が車輪を回すと、風景もゆっくりと回り始め、シャーステッド氏は悲鳴をあげて、落とされないよう椅子の背にしがみついた。

やがて、手前にある大きな白い建物が目に入ると、シャーステッド氏はまたもや混乱した。

「あれは昔の穀物取引所でしょう」シャーステッド氏は当惑して言った。「確か、この前の大戦よりも前に焼けたはずでは?」

「ふむ、すばらしい」それが聞こえなかったかのように、ジンゴールド氏が言う。

「いや、何でもありません」シャーステッド氏はすっかり狼狽《ろうばい》し、気分が悪くなるのを感じていた。シェリーと、カメラ・オブスクラの見せる途方もない高さのせいだとシャーステッド氏は思った。

まったく悪魔のような機械だ。シャーステッド氏は考え、ジンゴールド氏から後ずさった。ジンゴールド氏の姿は、磨かれたテーブルの表面に映し出された血のように赤い光や藤色の光を浴び、どこか不気味に見えた。

「これをごらんになりたいだろうと思ったのです」ジンゴールド氏は相変わらず癇に障る一本調子の声で言った。「実にすばらしいでしょう? 前のものよりずっと。普段は隠れているものまで、すべて見ることができるのですから」

ジンゴールド氏が話している間、テーブルの上には二つの古い建物が映し出されていた。が、シャーステッド氏の記憶では、その二つの建物は戦争で破壊され、今は公園と駐車場になっているはずだった。シャーステッド氏は、突然口の中がからからになるのを感じた。シェリーを飲みすぎたせいなのか、今日の暑さがひどすぎたせいなのかは、わからなかったが。

シャーステッド氏はジンゴールド氏に、カメラ・オブスクラを売れば今借りている金を清算できるという辛辣なせりふを浴びせるつもりでいたが、今それを言うのはどう考えても間が悪すぎた。頭がふらふらし、額は熱くなったり冷たくなったりを繰り返している。が、その時、ジンゴールド氏がさっとシャーステッド氏のかたわらに立った。

シャーステッド氏はテーブルの上の風景が、だんだんと消えていくのに気づいた。汚れた窓の外を見ると、辺りはみるみる夕闇に包まれ始めていた。

「もう本当に戻らなくては」シャーステッド氏は力なく訴え、ジンゴールド氏の穏やかだが力のこもった手から逃れようとした。

「いいですとも、シャーステッドさん。こちらです」ジンゴールド氏は堅苦しい挨拶抜きで、シャーステッド氏を遠くの壁の隅にある、小さな卵形の戸口へ案内した。

「まっすぐ階段をおりてください。そうすれば通りに出られます。それと、下にある扉を閉めてくださいませんか。自然に鍵がかかりますから」そう言いながら、ジンゴールド氏は扉を開けた。きちんと手入れされた乾いた石の階段が、下へと続いている。窓からなおも差し込んでくる光が、丸みを帯びた壁を照らしていた。

ジンゴールド氏が手を差し出そうとしなかったので、シャーステッド氏は半開きの扉にすがり、いくぶんぎくしゃくとその場に立ちつくした。

「では、月曜日に」シャーステッド氏は言った。

ジンゴールド氏は、その言葉をきっぱりと黙殺した。

「おやすみなさい、ジンゴールドさん」シャーステッド氏は早くその場を立ち去りたいとあせるあまり、そわそわとあわてた様子で言った。

「さようなら、シャーステッドさん」これが最後と言わんばかりの優しい声で、ジンゴールド氏が答える。

シャーステッド氏は、ほとんど扉の中に身体を押し込むようにして、あたふたと階段を駆けおりていった。心の中で、自分の愚かしいふるまいの数々を呪いながら。シャーステッド氏のあわただしい足音は、古い塔の上下にこつこつと気味悪くこだました。暗くなったら、すこぶる不快なことになりそうだったが、幸いなことに、まだ十分な光が入ってきていた。しばらくするとシャーステッド氏は歩調をゆるめ、あの老いぼれのジンゴールドをまんまと優位に立たせてしまったことや、スウェイトス夫人の一件に口を出したジンゴールドの信じがたいでしゃばりぶりを、苦々しく思い返した。

月曜になって、立ち退きが予定通り行なわれれば、ジンゴールド氏はシャーステッド氏がどういった男であるか、思い知ることになるだろう。そして、月曜はジンゴールド氏の借金の返済日でもある——自分にとっても、ジンゴールド氏にとっても、忘れられない日となるだろう。今やシャーステッド氏は、月曜が来るのを心待ちにし始めていた。

シャーステッド氏はまた歩調を速め、やがて分厚いオーク材の扉にたどり着いた。

きちんと油のさされた大きな掛け金をあげると、扉はシャーステッド氏の指に屈し、次の瞬間シャーステッド氏は、外の道へと通じる高い壁で囲まれた小道に出ていた。扉がうつろな音をたてて背後で閉じると、シャーステッド氏は安堵のため息をもらし、ひんやりする夕暮れの空気を胸に吸い込んだ。頭に帽子をかぶりなおし、外の世界の確かさを十分味わおうとでもいうかのように、大股に丸石の上へ踏み出す。

なんとなく見慣れぬ感じのする道に一歩踏み出すと、シャーステッド氏はどっちへ行けばいいのかとためらい、結局右に行くことにした。ジンゴールド氏がここをおりれば丘の反対側に出られると言ったことを思い出したのだ。街のこちら側に来たことはなかったし、歩けばそのうち道もわかるだろう。

日は完全に沈んでしまい、夜を迎えたばかりの空には、ほっそりした銀色の月が出ていた。通りにはまばらだが人影も見える。十分後、五本か六本の道が突き出る大きな広場に出たシャーステッド氏は、自分の住む地区に戻るための、正しい道順を聞こうと決めた。運がよければ、路面電車がつかまるかもしれない。今日はもう十分すぎるほど歩いたのだから。

広場の隅には、灰色に汚れた大きな礼拝堂が建っており、そのそばを通り過ぎたシャーステッド氏は、ちらりと表札に記された金色の文字を見やった。

〈ニニヤン信仰復興協会〉。はがれ落ちた金色の塗料を読むと、日付は一九二五年となっている。

シャーステッド氏は歩き続け、向かい側の最も目立つ道を選んだ。だんだんと暗くなり始めていたが、丘のこの辺りではまだ、街灯はつかないようだった。前に進むにつれ、頭上に建物が押し寄せ始め、下の街の明かりは見えなくなった。シャーステッド氏は途方に暮れ、少々みじめな気分になった。それもこれも、あのジンゴールド氏の巨大な屋敷がいささか異常すぎたせいだと、シャーステッド氏は思った。

シャーステッド氏は次に会った相手に正しい道を聞こうと決めたが、しばらく誰も通らなかった。街灯がまだついていないことも、頭痛の種だった。市当局が夕方街灯をつける時にこの地区だけ見落としたか、あるいはここだけ他の市役所の管轄なのかもしれない。

シャーステッド氏が思案しつつ狭い道の角を曲がると、正面によく見知った大きな白い建物が見えた。シャーステッド氏はその建物の写真が入ったカレンダーをこの街の商店主から送られ、何年も事務所の壁にかけていたのだ。建物に近づくにつれ、シャーステッド氏はますます当惑して、まじまじとその堂々たる玄関を見つめた。文字が判別できるほど近づいた時、〈穀物取引所〉の看板が月の光の下で、きらりと鈍く光った。

シャーステッド氏の狼狽は、今やはっきりと不安に変わっていた。シャーステッド氏は気も狂わんばかりになりながら、今日の夕方、すでにこの建物を一度見ていることを思い出した。そう、ジンゴールド氏の二番目のカメラ・オブスクラの、レンズがとらえた光景の中で。そして、この旧穀物取引所が、三〇年代後半に焼け落ちたはずであることも、シャーステッド氏は重々承知していた。

シャーステッド氏はごくりと唾を飲み、急いで歩き始めた。絶対に何かが狂っている。でなければ、思考が勝手に暴走を始め、ありもしない幻を見せているのだ。今日一日珍しくたくさん歩き回り、二杯もシェリーを飲んだせいで。

ジンゴールド氏が今この瞬間にもカメラ・オブスクラのテーブルの前で、自分を観察しているかもしれないと思い、シャーステッド氏は落ち着かない気分になった。額から冷たい汗がどっと噴き出してくる。

シャーステッド氏はあたふたと早足で歩き続け、穀物取引所はすぐに、はるか後ろに遠ざかった。遠くから馬のひづめの鋭い音と、荷車のきしみが聞こえてくる。とある路地の入り口にたどり着いたシャーステッド氏は、影が角を曲がり、別の道へ消えてしまったのを見てがっかりした。辺りにはまだ人影もない。自分が街のどの辺りにいるのか確認するのは、またもや難しくなってしまった。

シャーステッド氏は、しかたなくまた歩き始めたが、五分後には今やおなじみの場所となった広場の真ん中にたどり着くことになった。

広場の隅に礼拝堂がある。そして、シャーステッド氏は今日の夕方二度目に、その文字を読んだ。〈ニニヤン信仰復興協会〉。

シャーステッド氏は怒って足を踏み鳴らした。もうかれこれ三マイルは歩き続けているというのに、まぬけにも同じところをぐるぐる回っていただけだったのだ。そしてまたここへ戻ってしまった。一時間近くも前に後にした場所、ジンゴールド氏の屋敷から五分とかからぬこの場所に。

シャーステッド氏は時計を引きずり出し、まだ六時十五分なのに気づいて仰天した。それは確かに、ジンゴールド氏の屋敷を出た時刻だったからだ。

いや、もしかするとあれは五時十五分だったのかもしれない。だいたい、自分がこの午後何をしていたか、ほとんど確信が持てないのだから。シャーステッド氏は時計を振ってまだ動いていることを確かめ、それから時計をポケットへ戻した。

シャーステッド氏は腹立たしげに道に足音を響かせながら、広場を駆け抜けた。もう二度と馬鹿げた間違いはやるものか。そしてシャーステッド氏は、ためらいなく、砕石が敷かれ手入れの行き届いた、広々とした道を選んだ。この見通しのよい、まっすぐな道を行けばきっと街の中心へと出られるだろう。シャーステッド氏は、自分が小さく鼻歌を歌っていることに気づいた。次の角を曲がると、シャーステッド氏の確信は、ますます強くなった。

どこもかしこも街灯で明るく照らし出されている。当局がようやく手違いに気づいて、街灯に灯を入れたらしい。が、シャーステッド氏はまたもや思い違いをしていた。道の端に馬に引かれた小さな荷車が止められており、一人の老人が街灯の柱にたてかけたはしごをのぼっていた。薄闇の中に小さな青い炎がともり、やがてガス灯の柔らかな光がほんのりと辺りを照らす。

シャーステッド氏は再びいらだちを覚えた。ジンゴールドの老いぼれが住むこの地区は、あきれるほどに時代遅れで、本当にあの男にぴったりだ。ガス灯だと？　それにあの灯の入れ方ときたら！　あんな方法はノアの箱舟時代に滅び去ったと思っていたのに！

「こんばんは」シャーステッド氏は言った。街灯のてっぺんにいる人影が、ぎこちなく身体を動かした。その顔は深い闇の中に沈んでいる。

「こんばんは、旦那」点灯夫の老人はくぐもった声で言い、はしごをおり始めた。

「街の中心へはどうやったら出られるのかね？」シャーステッド氏はうわべだけは自信たっ

ぷりに言い、二歩ほど前へ出たが、ぎくりと足を止めた。

正体はわからないが何かを思い出させる、奇妙な胸がむかつくような悪臭。ここの下水設備は相当ひどいらしい。ぜひとも街の市庁舎に手紙を書いて、この地区の整備の遅れを知らせねば、とシャーステッド氏は思った。

点灯夫はすでに地面におり、荷車の荷台に何かをのせていた。馬が神経質に身をよじり、再び夏の夜気の中に、死体安置所を思わせる甘ったるい臭気がただよった。

「あっしが知るかぎり、ここが街の中心でさ、旦那」点灯夫は言い、一歩前へ踏み出した。青白い街灯の光が、さっきまで影になっていたその顔を照らし出す。

シャーステッド氏はそれ以上たずねようとせず、脱兎のごとく通りを駆け出した。点灯夫の顔が異常なまでに青いのは、自分の心にある恐ろしい疑念のせいなのか、それともこの薄緑の眼鏡のせいなのかといぶかりながら。

確かなのは点灯夫の帽子の下、本来髪の毛が生えているところから、ひとかたまりの蛆《うじ》のようなものが突き出し、のたうっていたということだけだった。シャーステッド氏はそんなメドゥサのような人間が本当にいるものなのか、あえて確かめようとはしなかった。激しい恐怖の下には、ジンゴールド氏への凶暴な怒りが燃えあがっていた。きっとあの男が、背後ですべての糸を引いているに決まっているのだ。

シャーステッド氏は今すぐ自宅のベッドで目覚めることができたら、そしてジンゴールド氏の屋敷で名誉をいたく傷つけられることになった一日が、これから始まるのだったら、どんなにいいかと思った。が、そう思いつつも、今の状況こそが現実なのだとわかっていた。冷たい月の光、かたい街路、狂気のような逃避行、そして喉の奥でひゅうひゅうと鳴り続ける息の音が。

目の前にかかったもやが晴れると、シャーステッド氏は歩調をゆるめ、自分が広場の真ん中に来ていることに気づいた。そこがどこであるかがわかり、絶望の縁に立たされたシャーステッド氏は、悲壮なまでの力をふりしぼって、無理に動揺を抑えねばならなかった。シャーステッド氏はしいて何気ない風を装って、〈ニニヤン信仰復興協会〉の表札を通り過ぎ、今度は最もそれらしくない道を選んだ。見当違いの方向にのびているとおぼしき、狭い路地に毛が生えたような道を。

シャーステッド氏はこのおぞましい呪われた丘を出られるのなら、喜んで何でも試してみるつもりだった。その道は明かりもなく未舗装で、むきだしのかたい石につまずいたりもしたが、少なくとも坂をくだっていることは確かだった。やがて、道はだんだんと螺旋《らせん》状になり、シャーステッド氏は正しい方角へと進み始めた。

しばらくしてシャーステッド氏は周囲の暗闇の中に、かすかなとらえどころのない気配が蠢いているのを感じた。数歩前から押し殺した咳が聞こえてきて、ぎくりとしたりもした。少なくとも、ようやくまわりに人がいる場所に出られた、とシャーステッド氏は考え、はるか前方にぼんやりと街の明かりが見えるのに気づいて、胸をなでおろした。

街が近づくにつれ、シャーステッド氏は元気を取り戻した。まだ半分疑わしい気持ちだったので、街が自分の前から逃げていかないとわかって、ほっとしてもいた。シャーステッド氏のまわりの人影も、しっかりと実体を持っており、歩道にこつこつとうつろな足音を響かせていた。彼らは明らかに、会合に行く途中らしかった。

最初の明かりの下に来ると、さっきまでシャーステッド氏をとらえていた狂おしいほどの恐怖は、だんだんと消えていった。ここがどこなのかまだはっきりとはわからなかったが、通りすがりに見えるこぎれいな家々は、まさしくシャーステッド氏が住む街の家を思い出させた。

煌々《こうこう》と明かりのついた場所にたどり着いた時、歩道に向かって歩いていたシャーステッド氏は、戸口から出て雑踏に加わろうとした体格のよい大男にぶつかってしまった。

衝撃でよろめいたシャーステッド氏は、またもや甘ったるい腐敗臭をかいだ。男がシャーステッド氏のコートの前をとらえ、転倒をふせぐ。

「よお、モルデカイ」男はしわがれた声で言った。「来ると思ってたぜ。遅かれ早かれな」

シャーステッド氏は胸の奥からふつふつとわきあがってくる恐怖を抑えられず、思わず悲鳴をあげた。恐ろしいのは男の蠟のように青ざめた顔や、抜け落ちた歯の後ろに引っ込んだ、腐りはてた皮のような唇ばかりではなかった。シャーステッド氏は塀に背をはりつけるようにして、近づくアベル・ジョイスから飛びさがった。そう、同業者のアベル・ジョイスだった。一九二〇年代に死に、シャーステッド氏も葬儀に参列した、高利貸しのアベル・ジョイス。

シャーステッド氏は喉の奥ですすり泣くような音をもらして、その場から走り去った。闇が周囲に押し寄せるのを感じながら。ジンゴールド氏のたくらみが、あの悪魔のようなカメラ・

オブスクラの堕落し呪われた力が、ようやくわかり始めていた。シャーステッド氏は、小声でわけのわからぬことをつぶやき始めた。

走りながら、シャーステッド氏は時折横目で仲間たちのほうを見やった。死体の埋葬準備をし、不当な金を稼いでいた年老いたサンダーソン夫人がいた。不動産屋兼葬儀屋のグレイソンがいた。武器商人のエイモス。ペテン師のドルッカー。全員が青ざめた顔をし、死臭をただよわせている。

シャーステッド氏が一度か二度は、いっしょに仕事をした連中ばかりだったが、共通点はそれだけではなかった。例外なく、何年も前にとっくに死んだはずの連中ばかりだった。シャーステッド氏は耐えがたい臭気をかき消そうと、ハンカチを口に押しあてた。そして、通りを走り抜けるたびに、からかうような笑い声を聞いた。

「よお、モルデカイ」彼らは言った。「そのうち来るだろうと思っていたよ」ジンゴールド氏は自分を、あの悪霊どもと変わらないと思っていたのだ。がむしゃらなスピードで走り続けながら、シャーステッド氏はすすり泣いた。ああ、ジンゴールド氏にわからせることさえできれば。シャーステッド氏は思った。こんな扱いをされる覚えなどない。自分は実業家であって、あの社会に巣くう吸血鬼ども、地獄からさまよい出た呪われた亡者どもとは違うのだから。なぜ穀物取引所がまだ存在し、街が見慣れぬものだったのか、もうシャーステッド氏にもわかっていた。ここは、カメラ・オブスクラのレンズの中だけに存在する世界だった。そして、ジンゴールド氏は自分に、最後のチャンスを与えようとしていた。だから、おやすみではなく、さようならと言ったのだ。

だが、ただ一つだけ助かる道があった。もし、ジンゴールド氏の屋敷へと通じる扉を見つけることができれば、ジンゴールド氏の翻意をうながすことができるかもしれない。そう思いついた時、シャーステッド氏の足は丸石の上でほとんど飛びあがっていた。帽子が落ち、塀につかた両手がすりむける。が、シャーステッド氏は、歩き回る死体たちをはるか後ろに置き去りにして、おなじみの場所となったあの広場を探し始めていた。穀物取引所へ戻る道なら、わかるような気がしていた。

シャーステッド氏はしばらく足を止め、呼吸を整えた。少し論理的にことを進めなくてはならない。さっきはどうしてあんなことになった？　そう、探すべき目的地をさっさと通り過ぎてしまったからだ。シャーステッド氏はしっかりとした足取りで、明かりに向かって引き返し始めた。おびえてはいたが、戦うべき相手がわかった以上、絶望してはいなかった。自分がジンゴールドに引けをとるはずはない。屋敷に通じる扉を見つけさえすればいいのだ！

街灯の光が、暖かな輪を作っている辺りにたどり着くと、シャーステッド氏は安堵のため息をついた。角を曲がれば隅にすすけた礼拝堂のある、大きな広場に出るはずだ。シャーステッド氏は足を速めた。どの角を曲がればいいのか、正確に思い出さねばならない。間違いを犯している暇はないのだから。

すべては、この選択にかかっていた。もう一度チャンスを得ることができさえすれば、シャーステッド氏は、スウェイトス一家の家を取りあげないことはもちろん、ジンゴールド氏の負債も喜んで忘れてやるつもりだった。こうして永遠に道をさまよい続けなくてはならないかもしれないなどと、考えるのも恐ろしかった。いったいどれだけの間、さまよわなくてはならないのだろう？　さっき見たあの亡者どもといっしょに……。

シャーステッド氏は、先ほど見た老女の顔——あるいは何年も風雨にさらされた顔の残骸——を思い出して、うなり声をあげた。不意に彼女が一九一四年の戦争前に死んだことを思い出すと、シャーステッド氏の額からどっと汗が噴き出した。シャーステッド氏はその事実を、考えないようつとめた。

広場を離れると、シャーステッド氏は見覚えのある小道に突進した。そう、あれだ！　あとは左に行きさえすれば、扉の前に出られるはずだ。シャーステッド氏は、胸が高鳴り、希望がわいてくるのを感じた。そして、設備の整った安全な自宅といとしい帳簿の列を、心底恋しいと思った。あとは角を一つ曲がるだけだ。シャーステッド氏は走り続け、ジンゴールド氏の屋敷の扉へと続く角を曲がった。平穏な秩序正しい世界まで、あと三十ヤード。

月光が、美しく舗装された広い広場の上でまたたき、大きな表札に金箔で記された文字をきらりと輝かせた。〈ニニヤン信仰復興協会〉。一九二五年。

シャーステッド氏は恐怖と絶望のこもった恐ろしい悲鳴をあげ、敷石の上にくずれ落ちた。

ジンゴールド氏は、重いため息をもらしてあくびをした。ちらりと時計を見る。もう寝る時間だった。ジンゴールド氏はもう一度カメラ・オブスクラのそばへ行き、じっとそれを見つめた。まあ、まったく収穫のない一日でもなかった。ジンゴールド氏は、レンズの中の風景に黒いビロードの布をかぶせると、ゆっくりとベッドへ向かった。

ビロードの布の下では、ジンゴールド氏の屋敷のまわりでもつれあう狭い小道が、恐ろしいほど克明に映し出されていた。まるで、神の目で見ているかのように。そしてシャーステッド氏とその仲間は、彼らだけの地獄であるこの呪われた迷路に、永遠にとらわれて暮らすことになるのだ。青白い星の光の下、広場や街路をもがきつつ徘徊し、よろめき、泣き叫び、呪いの言葉を吐きながら。

誕生パーティー

Party Games

ジョン・バーク

ジョン・バーク（一九二二〜）は本名ジョナサン・フレデリック・バーク。ジョナサン・バーク、ジョナサン・ジョージ、ジョアンナ・ジョーンズ、ロバート・マイアル、サラ・モリス、マーティン・サンズ、ハリエット・エドモンド（夫人との合作名）など、九つのペンネームを使い膨大な著作をもつイギリス作家である。

サッセクス州ライに生まれ、リヴァプールのホルト高校を卒業後、空海軍に勤務、軍曹で退役した。その後、広告や出版関係の仕事をしながら、一九四九年からジョン・バーク名義で小説を書きはじめた。五〇年代にはジョナサン・バーク名義でSFを書き、六〇年代からはホラー、映画の脚本やそのノヴェライゼーション、テレビ映画台本を並行して書き出した。またホラー・アンソロジーが三冊あるが、彼自身のホラー短編集はない。

邦訳単行本には『吸血ゾンビ』（一九六七、ソノラマ文庫海外シリーズ32）という、ハマー・プロ制作のホラー映画のノヴェライゼーション中編集がある。その他数編のホラーが雑誌に訳されている。

本編はレイ・ブラッドベリの短編「十月のゲーム」を思わせる残酷な子供のゲームが描かれているホラーである。

玄関のドアを開け、入り口の階段の上にサイモン・ポッターの姿を見た時、アリス・ジャーマンは困ったことになりそうだと思った。

後ろからはパーティーの喧騒がますますやかましく聞こえてくる。すでに喧嘩を始めた子たちもいた。二人の少年が怒鳴りあい、どちらかが壁に勢いよくぶつかるたびに、どしんと鈍い音が響いた。が、そのぐらいは、よくある喧嘩の一つにすぎなかった。幼い男の子たちが喧嘩を始めないパーティーなど、パーティーのうちには入らないのだ。

「こんにちは、ジャーマンのおばさん」サイモン・ポッターが言った。

サイモンは八歳だったが、喧嘩に加わるような子ではなかった。サイモンは礼儀正しく、きれい好きで物静かで利口で、そして、人気がなかった。あまりに人気がないので、誰も彼には飛びかかろうとせず、取っ組みあいの輪にも入れない有様だったのだ。サイモンは冷たくさめた少年だった。こうして慇懃な微笑みを浮かべて立っていてさえ、アリスをぞくりと震えあがらせるほどに。

サイモンは新品のレインコートを着込み、ぴかぴかに磨いた靴をはいていた。きっと自分で磨いたのねとアリスは思った。淡い茶色の髪はくしで後ろになでつけられ、手にはきちんと包装紙で包まれたプレゼントを持っている。

アリスが一歩後ろにさがると、サイモンは玄関に入ってきた。

同時に居間のドアが勢いよく開き、ロニーがばたばたと飛び出してきた。ロニーはサイモンを見ると立ち止まり、アリスが思った通りのせりふを口にした。

「あんな奴、呼んだ覚えはないんだけどな」

「ねえ、ロニー――」

「お誕生日おめでとう、ロニー」サイモンが言い、包みを差し出した。

ロニーは思わず包みを見やり、反射的にそちらに手をのばした。それから頭を振ってアリスを見あげ、言った。

「だけどさ、ママ……」

アリスは返事を曖昧にごまかした。というよりも、それはうやむやにされてしまった。居間からあふれてくる騒音のおかげで。それに、ロニーにはやりたいことがありすぎた。このまま議論を続けたくもあり、プレゼントを受け取りたくもあり、パーティーの喧騒の中に戻りたくもあり。三つの望みがロニーの心の中で沸騰し、混じりあっていた。アリスはサイモンのコートを受け取ると、浮かれ騒ぎの輪に入るよううながした。足をふくようにと注意する必要はなかった。サイモンは他の子たちがすでに残したような、泥にまみれた足跡を増やすようなまねはしなかった。ロニーは何か言いたそうにしたが、とにかくプレゼントを受け取り、包みを開けながらサイモンの後について、部屋に入っていった。

アリスはしばらくドアのわきに立ち、様子を見ることにした。

「おい……見ろよ……すごいんだ」

ロニーは包み紙の残骸をわきへ放り出すと、中の箱を開けた。模型のクレーンを取り出して、持ちあげてみせる。

「電池で動くんだ」サイモンが静かに言った。

何気ない一言だったが、それを聞いたロニーの顔から喜びが消えた。ロニーの近くに集まってきた子たちもじりじりと後ろへさがり、首を回してサイモンを見つめた。サイモンのプレゼントは他の誰よりも高価なものだった。サイモンは間違いを犯した。いつもそうだった。サイモンが何かをすれば、それは必ず間違いになってしまうのだ。

赤毛の大柄な少年がロニーを押し、ロニーはクレーンを椅子に置いて押し返した。青いリボンをつけた少女が「ああ、また始まった」と言ってわきへどき、サイモンがすぐそばにいることに気づいた。サイモンは微笑み、青いリボンの少女と、それから数フィート離れた場所にいる別の少女を見やった。まるで二人を自分のそばに引き寄せようとでもするかのように。「いつも女とばかりしゃべってるんだ」ロニーは一度、サイモンをそう評したことがあった。アリスはじっとサイモンを観察した。そう、サイモンは女の子と話したがるタイプかもしれない。男の子と話しても、話題がないだろうから。が、少女たちがそれを喜んでいるようには見えなかった。サイモンの話に耳を傾けるかわりに、少女たちは目を見交わして忍び笑いをし、さっさと向こうへ行ってしまった。サイモンのほうを振り返り、なおもくすくす笑いながら。

アリスはキッチンに行き、カーテンを引いた。外はもうすぐ真っ暗になる。夏であれば、庭でパーティーをすることもできたのだが、ロニーは冬に生まれることを選んだ。だから、彼の誕生祝いにはたいてい、ぬれた足が家じゅうをどたどたと駆け回ることになった。そして、皆が帰る時にはえりまきや手袋、雨よけのフードやレインコートをめぐって、大騒ぎをすることになるのだった。

あと二十分もすれば、トムが帰ってくる。アリスはそれがうれしかった。あの恐ろしい騒音が小さくなるわけではないにしても、わかちあう相手がいれば、いくらかましにはなるだろう。トムはきっとゲームを提案し、皆をそろって楽しませてくれる。幼い女の子たちは、きゃっきゃっと独特の笑い声をあげるだろう。トムが帰ってくるまで、アリスは落ち着いて料理をすることも、他の用事をすませることもできなかった。ひっきりなしに居間に駆け戻っては、誰かが深刻な怪我をしていないか、仲間はずれになっていないか、確かめなければならなかったからだ。椅子取りゲームをさせてみたりもしたが、アリスのピアノの腕があまりにひどかったため、アリスが鍵盤と格闘している間に、皆は後ろで大騒ぎを始めてしまうのだった。それから宝探しゲームを提案してみたが、パーティーが始まる前に宝を隠しておかなかったことに気づいただけだった。

アリスはパーティーを取りしきるのが得意だとはいえなかった。興奮した子供たちがもたらすものすごい圧力は、アリスをいつも圧倒した。そして、過去にどんなにひどい目にあっていようと、いざ誕生日当日になると、アリスは何の準備もしていないことに気づくのだった。

それでかまわないさ、とトムは請けあった。ドアを開け、子供たちを中に入れて好きなようにさせる。重圧のあまり家具が壊れそうになったら、サンドイッチやゼリー、ケーキやアイスクリームを持っていってやる。それでいいのだと。

万事がうまくいくのはトムのおかげだったが、彼はアリスが最初の衝撃を受けとめた後でなくては、帰ってきてはくれなかった。二十人の子供たちが集まるというのは、ただ子供を一たす一たす一――というように、二十人たしたのとはわけがちがうのだ。彼らは合体して、もっと大きなもっと恐ろしいものになる。条件に恵まれれば――あるいは見方によっては悪い条件がそろえば――何をやらかすかわかったものではなかった。

居間であざけるような叫び声が響き、アリスは勇気をふりしぼって再び様子を見にいった。が、アリスが居間にたどり着くころには、叫び声の原因が何だったのかはすでにわからなくなっていた。サイモン・ポッターが壁を背にして立っており、ロニーとその親友たちはにやにや笑いながら、異常に浮かれた様子で頭を上下させていた。学芸会のへたくそな役者のような大げさな動作で、身体の横をぴしゃぴしゃとたたきながら。

アリスがじっとこちらを見ているのに気づくと、ロニーのにやにや笑いは温かな本物の笑みに変わった。そして、アリスが眉をしかめ、無言の問いを発する前に、ロニーはくるりと向きを変え、両手いっぱいのプレゼントをかき集めて言った。

「ほら、見ろよ！　パパからのプレゼントだ！」

誰かが大げさなうなり声を出し、ふきでもののある少年が派手にブーイングをしたが、皆はおとなしくロニーのまわりに集まってきた。ロニーの行動は許される範囲のものだったからだ。

これはロニーのためのパーティーで、今日はロニーの誕生日なのだから、ロニーが頃合を見て戦利品を見せびらかしたがるのは、至極当然のことだった。

「ほら、パパがくれたんだ」ロニーの声には深い愛情がこもっており、アリスは胸の中が温かくなるのを感じた。「あとこれも。これもパパがくれたんだ」トムが贈ったのが安物のメモ帳かクレヨンの箱だったとしても、ロニーの父への崇拝の念は決して変わらなかったろう。アリスはロニーのそうした一途な愛情をいとおしく思った。

サイモンはしかつめらしくロニーを見つめており、その顔には興奮もうんざりした色も浮かんでいなかった。ロニーに同調して騒いだりもしないかわりに、誰かとこっそり退屈そうな目を見交わしたりもしなかった。その表情はそっけなく、冷たく、冷静そのものだった。

が、そのさめた表情の裏には、どこかうらやむような、あるいは少なくとも悲しそうな色が浮かんでいた。サイモンの父親は、数年前にこの世を去っていた。サイモンの母親のポッター夫人は一途な情熱を燃やして息子を育て、息子に決して息をつかせようとしなかった。学校で何時間も何日も何週間も他の子供たちと過ごすというのに、サイモンは誰ともつきあうことを許されなかった。ポッター夫人は息子に父親の不在を強く感じさせまいと、事務弁護士の事務所で懸命に働きながら、どうにか家をきりまわしていた。毎日午後になると、サイモンは学校に残り、家が遠かったり、家庭環境に問題があったり、あるいは両親が働いていて子供の帰宅までに仕事を終えることができないという子供たちのための、特別クラスで一時間を過ごした。そして、サイモンが帰宅するころには、ひたすら息子のためにつくす準備を終えたポッター夫人が、家で待ちかまえているというわけだった。ポッター夫人は息子とともに歩む人生を、彼らの家を、誇りにしていた。サイモンのこざっぱりと隙のない様子や、礼儀正しさ、賢さを誇りにしていた。

アリスはサイモンが咳払いをするのを見た。そう、聞いたというより見たのである——サイモンが顎をぐいとさげ、ぐっと息を飲み込むのを。それからサイモンはゆっくりと前に出た。アリスは一瞬、サイモンがロニーのプレゼントのどれかをもっと近くで見せてくれと頼むのかと思った。が、彼は言った。

「ゲームをしない?」

皆が振り返り、サイモンを見つめた。突然おりた沈黙を破ったのは、幼い少女だった。彼女は気晴らしができるのを喜んでいるように見えた。

「うん。何かやろうよ。何して遊ぶ?」

「紙を何枚か用意して」サイモンは言い、ちらりと素早くアリスを見やった。アリスはサイモンがとうに彼女の視線に気づいていたことを悟った。「誰かの名前を書くんだ。それから——」

「ふうん、紙っきれゲームね」誰かが不満そうにうなる。

「名前を決めたら」サイモンは断固として続けた。「紙の片側に書く。そうしたら紙を四角に折って、花でも木でも——そうだな、フットボール選手の名前でもいいけど、何か考えるんだ。ただし、それはさっきの名前の中にある文字で始まっていなくちゃいけない」

ブーイングの達人の少年がまたブーイングをし、青いリボンの少女が「何なのよ、それ?」

と言った。

「簡単だよ」サイモンの声が、訴えるように高くなった。「紙の片側に誰かの名前を書く。それから何か頭をよぎったものの名前を――つまり、どんな種類のものでもいいってことだけど――書く。そして――」

「ふうん、紙っきれゲームね」

アリスはこれに割って入った。ここは大人が手綱を取って、するべきことを決めてやらねばならない。アリスは部屋の中に入り、自分が子供のころ皆がやっていたゲームを、必死で思い出そうとした。が、彼女の心は記憶をよみがえらせることを拒んだ。思い出せるのは、周囲に集まった観客の前で、しゃがんで火の中に唾を吐いている少年と、椅子の上につっぷして泣きわめいている、少女の姿ばかりだった。

「ねえ、みんな」アリスは言った。皆がほっとしたようにこちらを振り向くと、思いきって後を続ける。「郵便局遊び（郵便局長役の人が異性を続き部屋に呼び、手紙を渡すまねをして、お礼にキスをしてもらう遊び）はどう？」

うめき声やうなり声があがり、肩をすくめる者もいたが、少女たちは期待に満ちた黄色い声をあげ、お互いにつつきあった。郵便局遊びが始まるまで、まったく時間はかからなかった。アリスはまた彼らを残して部屋を出たが、キッチンのドアから時々玄関の向こうの部屋をうかがった。自分がのぞき魔になったかのような、馬鹿げた感覚がわいてくる。ある少年たちは自信満々を装い、見てはいけないと言われている映画を、たっぷりと鑑賞したことがあるかのようにふるまっていた。もじもじしている少女もいれば、平気でゲームを楽しんでいる者もいた。

たかだか八歳か九歳の子供たちに、大人と同じようなタイプの違いがあるのを見るのは、驚くべきことだった。こうした性格差はすでに形成されつつあり、場合によってはもう固まっているのだ。

サイモンがドアの外で待っている。やがてサイモンがドアをノックすると、やってきた少女はサイモンを警戒するように見やり、高慢でなまめかしい表情を作った。少女はキスをした後、手の甲で唇をぬぐい、サイモンが部屋に戻ると天井を見あげた。そして、サイモンや中のみんなに聞こえるような声で、「げえっ」と言った。

彼らはすぐにこの遊びに飽きた。先に飽きたのは少年たちのほうだった。

「殺人だ。殺人ごっこをやろう！」

ドアが開き、ロニーが勢いよく飛び出してくる。アリスは殺人ごっこなんかしてはいけません、と言えるだけの理由を集めようとしたが間に合わず、皆は二階にあがっていってしまった。二人の少年がキッチンに入ってきて、裏口のドアに突進したが、アリスを見ると立ち止まった。「外はだめよ」アリスは急いで言った。とにかく、それだけは阻止できた。「裏庭は泥でぐちゃぐちゃだから。部屋の中で遊んでちょうだい」

二人は向きを変え、走り出ていった。アリスは頭の上でどたどたと走り回る足音を聞いた。遠くでドアが閉まる音がする。家じゅうの明かりが消されていた。不意に、ロニーがキッチンからもれる明かりの輪の中に現れた。ふきでもののある少年と、にやにやと何事かをささやきあっている。サイモン・ポッターが彼らのわきをすり抜けて階段へ向かうのを見ると、二人は共犯者のように、がっちりと手を握りあった。

アリスが動く前に、ロニーがアリスを振り返って言った。「ドアを閉めてもいいよね、ママ？」ロニーは返事を待たずに静かにドアを閉め、アリスを閉じ込めてしまった。またドアを開けたりすれば、抗議の叫び声が返ってくるだろう。

かなりの間、不気味な沈黙が続いた。奇妙なことに、アリスにはさっきよりもさらに騒がしいように思えた。静けさの中で、緊張がいやがおうにも高まってくる。今にも何かが爆発するとでもいうかのように。

階上で、どんと鈍い音が響き、何度も何度も続いた。誰かが執拗に床を殴ってでもいるかのような、あるいは、ここを出してくれとドアをたたいているような音。もし、とアリスは不安になった。誰かがどこかの部屋か、二階の端にある古い戸棚のどれかに、閉じ込められたのだとしたら。この古くて寒い家の、冷えきったぼろぼろの片隅に。誰かが——そう、サイモンが。

その時、演技とは思えぬ血も凍るような悲鳴が響いた。

アリスはばたんとドアを開けた。

「そっちの明かりも消せよ！」

「いや、いいよ」二階からロニーの声が聞こえてくる。「もう終わったもの」

再び階段をおりてくる足音が聞こえ、かちりとすべての明かりがつけられた。皆が好き勝手にわめきあっている。誰が殺されたの？　ねえ、いったい誰が？

アリスがほっとしたことに、犠牲者はマリオン・ピカリングだった。年の割にははしっこい目をした、ふわふわと浮ついたブロンドの少女。そうね、いかにもありそうなことだわ、と無情にもアリスは考えた。マリオンならそのうち本当に、どこかの大衆紙の一面を飾りかねない。

あらゆる隅から少年少女たちがあふれ出し、玄関は動き回る手足で沸騰せんばかりだった。そのうち皆は、押しあいへしあいしながら居間へと入っていったが、パーティーが始まったころの倍も人数がいるように思われた。

アリスは叫びあう声を聞いた。ロニーが何事か命令をくだそうとしている。

「誰が階段にいたのか……静かにしろったら……誰が二階にいて、誰が下にいたのか、確かめないといけないな。みんな腰をおろして……おい、ちょっと静かにしろよ」

取調べはすんなりいきそうもなかった。皆をコントロールするには力ずくで押さえつけねばならず、暗闇の中で緊張を強いられた反動のように、叫び声や金切り声が返ってきていた。

もう外は真っ暗になっていた。いつの間に辺りが夕闇に支配されたのか、アリスにはわからなかった。二十分ほど前はまだぼんやりした曇り空が広がり、殺人ごっこをするにも明るすぎたというのに、窓の外はもう暗闇に包まれている。

その時アリスは、皆のがやがやいう声に混じって、かすかな、しかし間違いようのない音を聞いた。トムの鍵が、玄関のドアを開ける音だった。

トムが入ってきた時、アリスはもう玄関ホールを途中まで横切っていた。

「あなた！」

トムはアリスにキスするのに、危なっかしく身をかがめなくてはならなかった。腕いっぱいに庭仕事の道具をかかえていたからだ。破れた茶色の紙から突き出した移植ごて、剪定《せんてい》ばさみ、短い柄のついた斧。

「うまくいってる？」トムは居間のドアに向かってうなずいてみせた。

「戻ってくれてうれしいわ」

「ほう。ということは、そろそろ手に負えなくなってきたんだな」

「ええ、それはもう」

こうしてトムの姿を見るのは、本当にすばらしかった。見る者を心底ほっとさせるような、やせたしわのある顔。パイプの匂いが染みついた髪、静かな自信に満ちた目、器用で有能な手。すべてがアリスを力づけ、同時に安心させた。

が、それでもまだ何かが狂っていた。何かがアリスを責めたて、その注意をひきつけようとしていた。

トムが向きを変え、庭仕事の道具を傘立ての向こうに置いた時、アリスは二階のあの物音がまだ続いているのに気づいた。さっきも聞いた、どんどんととぎれとぎれに何かをたたく音。

「ちょっとこれを置いてくるよ」トムがそう言ったところだった。「それから敵地に踏み込むとしよう」

アリスはトムが庭仕事の道具をどうしたかに気づき、はっとした。

「お願いだから、そんなものを置きっぱなしにしないで！　あのちっちゃな悪魔たちがうろうろしてるんだから……」

「わかった、わかった。今すぐ外の小屋にでも置いてこよう」

「でも、外はぐしゃぐしゃよ。靴が泥だらけになったりしたら……」アリスは急に黙り込むと、笑い声をあげた。トムもいっしょに笑い出す。「ちょっとうるさく言いすぎたわね」アリスは言った。

トムは道具を小わきにかかえて階段へ向かった。「これはぼくらの部屋に置いておくよ」と、力強く請けあう。

その時、不意にロニーが有頂天になって、居間から飛び出してきた。「パパ！」ロニーはトムに飛びつくと頭を押しつけ、片腕をその身体に回そうとしながら、トムを見あげて微笑んだ。「早くこっちへ見にきてよ。たくさんプレゼントをもらったんだ。でもやっぱり、パパのくれたのが一番だよ」

「ちょっと待ってくれないか。二階に置いてくるものがあるんだ。すぐ、おりてくるから」

アリスは二人から視線をはずして居間の中を見、それから居間のドアのそばへ行った。そして言った。

「ロニー、サイモンはどこ？」

「え？」

「サイモンよ。どこにいるの？」

ロニーは肩をすくめると、またトムをこぶしでたたきながら言った。「知らないよ。トイレにでも行ったんじゃないの」

「ロニー、もし何かしたんだったら……あの子をどこかへ閉じ込めるとか……」

「早くね、パパ」ロニーは身をよじってトムから離れると、母親のそばを抜け目なくすり抜けた。アリスはあえてロニーの後を追い、あの腕や足や陽気で騒がしい顔が入り乱れる中に、踏み込むことができなかった。

「何か問題でも？」トムが言った。

「わからないわ。ただ、あの子たちがサイモン・ポッターにたちの悪いジョークをしかけたんじゃないかって思ったのよ」

「サイモンは呼んでないだろう」

「ええ。でも来たのよ。かわいそうな子。あの子たちはサイモンをずっとつまはじきにしていたわ。それで今度は何かしたんじゃないかと思うのよ」居間から聞こえてくる騒音が大きすぎて、アリスは二階から物音が聞こえると断言することはできなくなっていた。「もしサイモンが二階の隅の戸棚のどれかか、どこかの部屋に閉じ込められていたりしたら……」

「ぼくが見てくるよ」トムが安心させるように言った。

アリスはトムにすべてをまかせてキッチンに引っ込むことができるのを、うれしく思った。これで万事が順調にいくことだろう。

二人の少年がぎこちなく居間から走り出てきた。

「ジャーマンのおばさん、あれはどこ？」

「階段をのぼって最初の左のドアよ」

二人はトムの後から、一段とばしで階段を駆けあがっていった。キッチンに戻った時、アリスはおびえや疎外感ではなく、満足と安心とを感じていた。アリスは大きな盆の上に、ゼリーのカップを並べ始めた。あと十五分もあれば、子供たちにこれを食べさせることができる。その後は、自分が食べ残しをかたづけ、洗い物をしている間に、トムがみんなを取りしきってくれるはずだ。

ロニーが入ってきて言った。「ママ、ゲーム用の小道具はどこ？　ほら、あの死体用小道具だよ」

二階のどんどんという物音がやんだ。が、誰かが倒れたか、床の上に重いものを落としたかのような、もっと大きな音が響いた。たぶん、トムが戸棚のどれかをこじあけたのだろう、とアリスは思った。二階の戸棚は古く、不恰好でたてつけも悪かったから。

「ロニー」アリスは言った。「あなた――」

ロニーはアリスの言葉を最後まで聞こうとしなかった。今日のために念入りに準備をした小道具をのせ、薄い茶色の紙をかぶせた小さな盆をすくいあげると、またキッチンを出ていった。

アリスはロニーがあらんかぎりの声で叫ぶのを聞いた。

「よし、みんな。こっちへ来て座ってくれ。さあ、明かりを消すぞ……」

「待って、ぼくらもいるよ！」

足音が階段を駆けおりてきて、二、三人の少年が居間へと駆け込んだ。トイレの前で列を作っていたのだろう。誰かが行きたいと言い出すと、皆が行きたくなるものだ。女の子たちもじきにそろってトイレに行きたがるだろう、とアリスは思った。必要に迫られてというより、そういう気がするというだけで。

「さて」ロニーが叫んだ。その声は、ずっとわめき続けていたおかげですっかりしわがれ、三語か四語ごとに裏返った。「さっき、殺人があった。犯人の目星はついているが、ぼくたちまだ死体を調べていないよな?」

「殺されたのはあたしよ」マリオンが声を張りあげた。

「わかってるよ。でもさ……おい、そこのドアを閉めてくれ!」

ドアが閉まる音が響き、声はくぐもったものになった。しばらくして大きな悲鳴と笑い声が聞こえ、それからもう一度悲鳴が聞こえた。三角形のサンドイッチを皿に並べながらも、アリスは聞こえてくる声の調子で、ゲームの進行状況をうかがうことができた。「ほら、これが死体の手だ」ロニーが言い、暗闇の中で一列になった皆の手に、ぼろをつめたゴム手袋を渡す。「これが死体の髪」と、庭の小屋で朽ちるにまかされていた古いソファーから取った、ごわごわの紐を同じように触らせる。「そしてこれが死体の目玉だ」皮をむいた二つのブドウが、たじろぐ手から手へと回される。

お茶の用意がすっかり整うと、アリスはドアへ歩いていった。二階からは何の音も聞こえないが、トムもうおりてくるころだった。

アリスは階段の下へ行き、上を見あげた。

「トム――そろそろおりてこられる?」

返事はなかった。トイレの列の一番後ろに並ばされるはめにでもなったのかもしれない。興奮しきった男の子たちよりは、我慢もきくだろうから。

アリスはいったんゲームを中断させることにした。居間のドアの前に行き、ドアを開ける。

「もう、ママ。ドアを開けないでよ」

「お茶の時間よ」アリスは明かりのスイッチを入れた。

悲鳴が響き、そしてもう一度響いた。そしてそれはいっせいに冗談ごとではない、ヒステリックなものになった。一人の少女が自分の手の中にあるものを見つめ、繰り返し金切り声をあげ始めた。

アリスは信じられない思いで、部屋の中に一歩踏み出した。

切断された人間の手からしたたり落ちる血が、少年の膝を汚している。右手に人間の目玉を持った少女が、金切り声をあげ続けている。その隣では、少女がやはり押しつぶされ、ぐしゃぐしゃになった人間の目玉を握っている。少女の左ではふきでもののある少年が真っ青になり、指の間にあった髪の毛の房を床へ落としたところだった。

「まさか」アリスは言い、どうにか立ったままの姿勢を保った。「そんな。サイモン――サイモンはどこ?」

「ここにいますよ、ジャーマンのおばさん」

落ち着き払った声が答えた。アリスは首を回して部屋の片隅に立っているサイモンを見やり、言葉を探そうとした。相変わらずひえびえとした無関心な声で、サイモンが続ける。

「ぼくは閉じ込められてたんです。ロニーとあそこにいるあの子に。でも、もう大丈夫。こうしてちゃんと出られたし、どこもなんともありませんから」

「それじゃ、これは誰の……？」

アリスは手首から無残に切り落とされた血まみれの手を見つめ、そしてそれが誰のものであるかを知った。床に落ちた髪の色からも、それは明らかだった。

居間から飛び出し、階段を駆けあがるアリス・ジャーマンを前に、サイモン・ポッターは静かに立ちつくしていた。

アリスは寝室の戸棚の前に、夫が倒れているのを見つけた。この戸棚から、トムはサイモンを出してやったに違いなかった。そばには赤く染まった庭仕事の道具が転がっていた。トムの頭を砕き、手を切り落とした斧。髪の房を切り取った剪定ばさみ。両目を不器用にえぐり出した移植ごて。

そして青ざめ、満足しきった顔をしたサイモンは、今や階下の部屋でただ一人の、父のいない子供ではなくなったのだった。

許されざる者

The Unforgiven

セプチマス・デール

この作家についてはデール（Dale）姓の作家はいるが、セプチマスの名は見当たらない。またヴァン・サールの注釈もなく、各分野の事典を当たっても何も資料がないので身元や経歴も不明である。

既訳にはホラー短編「少女を食う男」が、ヴァン・サール編のアンソロジー『魔の誕生日』に収録されているのみである。本書にはもう一編「パッツの死」が掲載されている。

本編は自分の美しい娘をよこしまな悪い娘と決めつける牧師の父親と、無抵抗のまま説教され暴行される娘。父娘相姦の臭いさえする、一方的な偏狭さの極限の恐怖を描いたホラーである。

彼女の土色の乾いた唇から、のろのろと蛆が這い出し、朽ちゆく頬の上で止まった。枯葉が彼女の身体を覆っていた。彼女のしなびた両手は腹の上で組まれ、色あせた髪が額の上で揺れていた。朽ちかけたまぶたの下で、朽ちかけた瞳が開いていた。

生きていた時、彼女はとても美しかった――だが、それも三週間前までのことだった。彼女はもはや美しくはなく、風景の一部になっていた。もつれあう背の高い灌木《かんぼく》が、黒い岩の隙間に横たわる彼女を、太陽から隠していた。彼女の足元の岩についた緑色のねば土は、川がいつかは彼女のそばにたどり着き、その身体を岩の間からさらっていくことを示していたが、もうここには川はなかった……。この夏は、うだるように暑かったから。川底のあちこちに残る黒い水たまりはそよとも揺らがず、木々も、彼女の身体も微動だにしなかった。そして、彼女は死んではいたが、もう冷たくはなかった。いくつもの生命が彼女の中で息づき、岩にとらわれた身体の上でくねくねと動く寄生虫が、その肉をひっかいていたからだ。

おまえはみだらでよこしまな悪い娘だと、彼女の父は言った。

だが、彼女が本当にみだらでよこしまな悪い娘だったとしても、それは彼女にたいした富をもたらさなかった。彼女は質素な服を身につけ、一ペニーの財産も持たないままだった。彼女の父はこの手のことでは常に正しく、そしてそれを厳然たる事実のようにきっぱりと言った。

激しく動揺した彼女は教会へ行って鐘楼《しょうろう》の中に座り、小さな頭をしぼってずっと考え続けていた。その命が、すっかり流れ出してしまったと思われるまで。

ルイス・アレグザンダー・ローズ牧師は、黒い帽子をサイドボードに置き、黒い手袋をしまい込むと、彼女を見つめた。三分たっても、長い青白い指で小さなとがった鼻のわきをたたきながら、彼女を見つめ続けていた。ローズ牧師の薄い髪は、白と茶色のまだら模様を作る羊皮紙のような肌の上に、蜘蛛の巣のようにはりついていた。

おまえはみだらでよこしまな悪い娘だ。ルイス・アレグザンダー・ローズ牧師はもう一度言った。

「この性悪め！」

やがて、ちりんとお茶のベルが鳴ると、彼女は二人の弟たちと列を作り、食堂に入っていった。父が感謝の祈りをささげている間、彼女は身体をまっすぐにのばして座り、微動だにしなかった。

すばらしいお茶だった。卵にハム、庭で取れたばかりのレタス、氷入りの冷たいオレンジジュース。テーブルクロスはびっくりするほど白く、銀のナイフが淡いブルーの皿の上できらきらと光っている。今日は日曜日であり、お茶は延々一時間以上も続く儀式にほかならなかった。ルイス・アレグザンダー・ローズ牧師は、妻や子供たちと微笑みあい、ジョークを飛ばしあい、鼻をたたきながら声をたてて笑っていた。

ローズ牧師は優しく、陽気な男だった。

しかし、彼は彼女にはまったく言葉をかけようとしなかった。彼女は父の右側に座っていたが、ローズ牧師は彼女がそこにいないかのように、他の家族とばかり話すのだった。彼女は父が笑えばいっしょに笑い、父が眉をひそめればいっしょに眉をひそめた。が、彼女が何かしゃべっても、ローズ牧師は何一つ聞いていないのだった。

やがて彼女は立ちあがるとテーブルをかたづけ、父と二人の少年を残して、母といっしょにキッチンへ入っていった。

母も彼女にあえて話しかけようとはしなかった。母がおびえているのを見て、彼女は母をかわいそうに思った。エイミー・ローズは小柄で愛すべき女性だった。そのつつましく優しい心は、夫の怒りや喜びを、こだまのように忠実になぞっていた。あわれなエイミー・ローズは慎重に皿を乾かした。これらは一番いい皿だったから。エイミーは多くの心配事をかかえていたが、それはすべて、夫とこの性悪の娘に関することだった。彼女は彼ら二人を、心から愛していたから。

家族のもとへ戻る時間になると、彼女はおとなしく母の後について、褐色の階段をのぼった。階段に敷かれたフラシ天の絨毯に深く足を沈ませ、ぴかぴかの手すりに手をすべらせ、途中にあるいかめしい箱型の古時計にはっとたじろぎながら。

彼女は窓のそばに座って海をながめながら、父が書物を読む声に耳を傾けた。が、そのうち自分がうとうとし、弟たちの大きな目が、じっとこちらを見ているのに気づいた。二人はソファーに並んで座り、まるで他人を見るような目で、彼女を見つめているのだった。

彼女は二人に微笑みかけたが、二人は父に視線を戻し、二度とこちらを見ようとはしなかった。


午前三時、ルイス・アレグザンダー・ローズ牧師は書斎の扉を閉め、階段をのぼってバスルームへと向かった。白木の棚から、真珠色の柄のついたかみそりを取り出す。長い刃が、ガス灯の光の下できらりと光った。彼は親指の肉を浅く傷つけ、刃の具合を点検した。手の平にうっすらと血があふれ出すのもかまわず、満足そうに苦痛を確かめ、吟味する。

それがすむと、彼は注意深く傷口を洗って包帯を巻き、かみそりの刃をきれいにぬぐって元通りにたたんだ。

衣裳部屋へ行くと、長い黒い外套を身につけ、念入りに髪にくしを入れて、また階下の書斎へ戻る。書斎では娘が、ボンネットを膝の上にのせて待っていた。

二人は大通りを歩いていった。晴れ渡った夜空には月が煌々と輝き、波が小さく音をたてて岸に打ち寄せている。彼女は父の歩幅に追いつけるよう、力をふりしぼらねばならなかった。

丘の上の教会は黒々とうずくまる山を背に、鋭くそびえ立っていた。白い石造りの壁が、山のふもとの斜面に植えられた人工林を背景に、くっきりと浮かびあがっている。二人が大きなオーク材の扉に近づくと、足元で小石が耳障りな音をたてた。ローズ牧師は扉の前に着くと足を止め、鍵の束を探った。

教会の中は闇に包まれていた。父がガス灯をともしている間、彼女は両手で祈禱書《きとうしょ》を握りしめながら、通路でじっと待っていた。やがてローズ牧師は、外套を脱ぎ捨て信者席の背にかけると、彼女に座るよううながした。

そしてルイス・アレグザンダー・ローズ牧師は階段をのぼり、いかめしい黒服をつけた身体を心もち乗り出すようにして、説教壇の上に立った。淡い色の目をしばたたき、娘の頭の向こうにある、空っぽの信者席とすりきれた絹のクッションを見つめながら。

そして彼は説教を始めた。

彼女は父の説教をもう何度も聞いていた。そのわざとらしい動作も、機嫌を取るような口調も、すべて知りつくしていた。父が誰もいない信者席に向かって、物憂げな落ち着いた声で話すのを聞きながら、彼女は自分の指が祈禱書のかたい表紙をこつこつとたたいているのに気づいた。父の声がだんだんと高くなり、湿った壁の上でこだまし始める。やがて彼は彼女に注意を戻すと、繊細な顔をゆがめて頭を振り、腕を振り回し始めた。演壇を踏み鳴らし、周囲のものを指でたたきながら。そのすさまじい目を見た彼女は、自分の歯が音をたてて鳴っているのに気づき、恐怖を締め出そうと歯をくいしばった。

父はきっと気がふれているのだ。彼女は思い、瞬時にその考えを頭から追い出した。

ローズ牧師は、娘の小さく白い邪悪な姿をじっと見おろした。ドレスの下から茶色のブーツがちらりとのぞき、肩かけの下でブラウスが白く光っている。そしてその目は、彼をたぶらかそうとでもするかのように、じっとこちらに向けられていた。

だしぬけに、ローズ牧師は叫ぶのをやめた。

娘の中には途方もない悪が巣くっている。追い出すことなどできるわけがない。ローズ牧師は頭をたれ、慈悲深き神に祈りをささげたが、その時彼女が身動きし、信者席を離れるのを感じた。パニックに駆られた足がばたばたと通路を走り抜けるのが聞こえ、身体を扉に打ちつける鈍い音が響く。

ローズ牧師はのろのろと頭をあげ、娘を見つめた。彼女は腕をだらりとわきにたらし、顔を彼からそむけるようにして、鍵のかかった扉のそばに立ちつくしていた。

「この性悪め！」ローズ牧師は言った。

ローズ牧師はゆっくりと説教壇をおりた。もう娘には目もくれず、信者席から外套を取りあげると、注意深く肩にかけなおす。

彼女はドアのそばでローズ牧師を待っていた。大股にこちらへ歩いてくるローズ牧師の手から鍵がのぞき、彼がほの暗い明かりを消そうと手をのばすたびに、がちゃがちゃと音をたてた。ローズ牧師は彼女のそばに立ち、ほんのしばらくその肩に手を置いた。頬に手を触れ、軽くその髪をなでる。それから彼は指で彼女の手首をとらえた。その手が彼女を前に引っ張るたびに、長い爪が彼女の肌に食い込んだ。

大声をあげなければ。彼女は思った。

ローズ牧師は扉を開け、彼女を引っ張って外に出た。扉を後ろ手にそっと閉めた後も、彼女をつかまえたままだった。

二人は玄関を出、教会の横を回った。草にうもれた白い墓石が、置き去りにされた古い歯のように白々と光った。

「ねえ、痛いわ」彼女は言った。

ローズ牧師が手首を離し、答える。

「自分の父親を怖がる必要はないだろう」

二人は門の裏手の、静まり返った高い木々の間を歩いていた。すぐ隣にはジャガイモ畑が広がっている。ごろごろと石の転がる狭い道を歩くたびに、彼女の足がかつんとかたい音をたてた。畑の向こう側は人工林の坂になっており、その間を狭い小川が流れている。ローズ牧師は彼女を前に押しやり、乾いた畑の列を横切った。

ルイス・アレグザンダー・ローズ牧師は私の父なのだ。何も怖がることなどない。父は立派な人なのだから。父は私を愛していて、母も私を愛していて、神様も私を愛してくださる。ジャガイモ畑を横切りながら、彼女は小声で何度も何度もつぶやき続けていた。自分に言い聞かせてでもいるかのように。

もし、それが真実でないとしたら、彼女は逃げねばならなかった。

ローズ牧師は黒いブーツを褐色の土にめりこませ、激しく胸を上下させ始めていた。そして、その指はすでにポケットの中のかみそりをもてあそんでいた。

助けを呼ぶにはもう遅すぎた。人家ははるか後ろに遠ざかってしまっている。

とうとう彼女は父を恐れた。

柔らかい土に足を取られながら、彼女はよろよろと走り始めた。畑の端にたどり着くと、邪魔な衣服を腕にかかえ、雑草をかきわけて進み始める。人工林のはずれまで来ると、そこは小さな松の木の木立で、進もうとする彼女の身体をひっかいた。彼女はもがくように走り続けた。パニックに駆られ、妙にさえた頭の中で、街からも助けからもどんどん遠ざかっていることを意識しながら。彼女は山の斜面を走っており、そして後ろからは父が追いかけてきていた。

やがて彼女は、自分が水路のそばに来ていることに気づいた。が、川は干上がり、黒い岩の間をちょろちょろと流れているだけだった。彼女は下へおりようとしたが、足をすべらせて転び、気がつくと岩の上をすべり落ちていた。指が石の上でこすれる。

父は私を愛していて、母も私を愛していて、神様も私を愛してくださる。

父を怖がる必要などない。

ローズ牧師は、斜面の上から彼女を見おろしていた。

彼女は岩に寄りかかり、落ちた場所から父を見つめた。彼は川底のすべりやすそうな岩を避け、用心深く坂をおりてきた。

父は私を愛していて、母も私を愛していて、神様も私を愛してくださる。

父を怖がる必要などない。

ローズ牧師はハンカチを取り出すと、水にひたした。彼女の手を取り、丁寧に汚れを清め、小さなかすり傷をきれいにぬぐってやる。彼女は岩に身体をあずけて立ちあがると、顔を清める父の手に身を委ねた。水は冷たく気持ちがよく、肌に触れるその手は優しかった。

ローズ牧師のやせた顔は、青ざめ、やつれていた。言うべき言葉は何一つなかった。残された道はもうないのだから。彼は足を腐葉土の中に沈ませ、すべりやすい地面の上でバランスを取りながら、念入りにハンカチを乾かした。

この子は邪悪だ。本当に邪悪だ。悪がこの子の中に巣くっている。この子はみだらでよこしまで悪い娘なのだ。両目にも、かわいい顔にも、きれいな長い髪にも、自分のハンカチをたたんで袖に押し込むしぐさにも、邪悪なものがみなぎっている。

そう、みだらでよこしまな悪いものが。

ローズ牧師は真珠色の柄のついたかみそりを取り出し、刃の部分を開いた。が、かみそりを高くかかげた彼の手首を、彼女がとらえた。

「やめて」

父は私を愛していて、母も私を愛していて、神様も私を愛してくださる。

しかし、父は言った。「この性悪め！」

彼女はかみそりを手に取り、ゆっくりと喉ぼとけの辺りにあてた。

「この性悪め！」

彼女は素早く自分の喉を切り裂いた。

人形使い

Puppetmaster

アドービ・ジェイムズ

この作家についてはイギリス人で、*I'LL LOVE YOU ALWAYS*と*THE REVENGE*の著書があることぐらいしかわからない。

既訳には『魔の誕生日』に掲載された「エロスの彫像」というオチの面白い短編がある。

人形使いの怪談というとベン・ヘクトの「腹話術師」が思い浮かぶが、本編もまた人形に復讐される人形使いのホラーである。

デカーロは最後の偉大な人形使いだった。

かつて、デカーロの腕と名声がその頂点にあったころは、大勢の人々が驚くほど遠くから、芝居小屋へと足を運んだものだった。デカーロの作った一万もの小さな人形たちが、刺激的な心揺さぶる出し物の中で、戦争や愛を演じるのを見るために。

そのころ、デカーロは富も名声も大勢の友人も持っていた。

しかし、今彼に残されたのは、人形だけだった。

まれに——偶然にか意図的にか——誰かが公道をはずれ、ふらりとデカーロの芝居小屋に立ち寄ることもあった。だが、こうした訪問者はめったになく、おまけに数少ないお客のほとんどが、みすぼらしい椅子や、最高のショーを演じようと涙ぐましい努力を続けるデカーロの姿に、居心地の悪さを感じていた。悲しいのは確かだけど、というのがお客全員の意見だった。無為に時を過ごすうちに、デカーロの人形使いの腕は鈍り始めており、舞台装置の半分ぐらいはまともに動かなくなっていた。そして何よりも、時代遅れの出し物は、本当に本当に退屈なのだった!

デカーロの栄光の日々は、今や完全に終わろうとしていた。大いなる不毛の木陰を吹き抜けるのは、ひえびえとした退廃の風ばかりだった。

が、デカーロはまったく気にしてはいなかった。カムバックの計画を練るのに夢中だったからだ。

デカーロは新しい人形たちのセットを作り始めていた。自分をまた有名にしてくれるだろう、これまでにない人形たちを。

デカーロはこれらの人形たちを、美しいと――生涯最高の傑作だと信じていた。

しかし、デカーロが栄光の絶頂にいたころを知っている昔のファンがこれを聞いたら、きっと唖然としたに違いなかった。

実際、その人形たちはグロテスクそのものだった！　小さな人間も鳥も獣も怪物も背景も、すべてが、誰も見たことがないほどに、異様で異質に見えた。

これらの人形たちは皆、デカーロの衰えた視力や震える手、近づきつつある老いや孤独の産物にほかならなかった。

デカーロはこうした過ちに何も気づかず、彼らを限りなく完璧に近い存在と考えていた。デカーロは何体かの人形と親密な関係を築き、とりわけリリスという人形をかわいがった。リリスは新しい人形たちの中で最も美しく、最も生気にあふれ、最も気立てがよかった。デカーロがリリスを抱くと、リリスはふと衝動に駆られたかのように、おそらくは自分の意志で身体を前に倒し、デカーロの頰にキスをするのだった。

デカーロはリリスに自分のチョッキから取った布で、服を作ってやった。ものを見る瞳を与え、微笑み歌う唇と口を与え、鼻を、耳を、腕と手を、小さいが完璧な身体を与えた。

リリスは本当に美しかった！　幕の後ろ、明かりを落とした舞台の上にそびえ立つ、暗く乱雑なリンボのような場所にいる時、デカーロはしばしばリリスの小さな心臓が幸せな期待に高鳴っているような気がするのだった。

デカーロはリリスを愛しており、リリスもデカーロを愛していた。

もちろん、他の人形たちもデカーロを愛してはくれたが、リリスと同じようにはいかなかった。他の人形たちにとって、デカーロは父親のようなものだった。彼らは時々生意気な子供のようにデカーロに口答えし、言うことを聞かなくなった。たいていその後で後悔し、恥ずかしそうな顔で謝ってきては、許しを乞うのだったが。

アスモデウスに罰を与えたせいで、聞き分けがよくなったのだろう、とデカーロは考えていた。無作法で反抗的なアスモデウスは、デカーロの命令に従うことを拒否し続けた。だからある日、人形たちがそろって列を作り、そのきらめく瞳に底知れぬ色をたたえて、まばたきもせず見守る中で、デカーロは、悲鳴をあげ、急に改悛《かいしゅん》の情を示したアスモデウスを油に突っ込み

——火をつけた。

手酷い罰が必要だったことを、リリスはわかってくれたが、他の人形たちはわかってくれなかった。

そしてその時から、リリス以外の人形たちは、デカーロを友人とみなしてくれなくなったようだった。彼らは、怒れる神かあるいは厳格な父親にするように、デカーロに話しかけるのだった。

人形たちの友情と子供のような明るさを失い、デカーロは仕事に集中することがますます難しくなったのを感じていた。昔のインスピレーションは、もはやほとんどわいてこなかった。舞台装置は色あせてくすみ、美のシンフォニーではなく、物憂い不協和音を奏でていた。陰鬱な孤独と絶望の影が、ますますデカーロの心をむしばみ始め、デカーロはかつての、名声も近しいものたちとの友情も持っていた日々を、懐かしむようになっていった。

そして、自分がもはや人形遊びをしているだけの、孤独な老人にすぎないと思い知った時、デカーロの心は痛んだ。

「もうすぐわしは死ぬ」デカーロはリリスに言った。

「ああ、かわいそうな私のデカーロ」リリスはデカーロの鎖骨の辺りに頭をもたせかけて、穏やかに言った。「そんなに悲しまないで。私はあなたが大好きなんですから」

デカーロはぎこちなくリリスをなでた。「ありがとうよ」デカーロの声は、巨大な空の谷に鳴り響く、低い雷のようだった。感謝の涙が、降りつもり凍りついた雪が溶けて流れ出すように、とめどなくその目からあふれ出した。

しばらく沈黙があり、それからリリスが沈黙を破った。「ねえ、庭園に行きましょう。私が踊りをお見せしますから」

「庭園に？」

「ええ！　いいでしょう？」リリスは青い目をうれしそうにきらきらさせて言った。リリスがはしゃいだ様子でピルエットをすると、小さなスカートが彼女のまわりでくるくると舞った。

「ね？」

「わかったよ」デカーロは、リリスの示した熱い興奮の渦に、しぶしぶながら巻き込まれたかのように低い声で言った。

「ありがとう、ありがとう、ありがとう」リリスは言い、またデカーロの頬にキスをした。「あなたは本当に、私によくしてくださいます」

「では、しっかりつかまっていなさい」

リリスはくすくす笑ってデカーロの上着をつかんだ。二人は外にある壇をおり、庭園に入っていった。それは、デカーロの最も有名な舞台の一つで使われていたセットで、緑あふれるみずみずしい田園の風景を表したものだった。小さな果物の木が茂り、クリスタルのような透明な水をたたえたかわいらしい小川が、地面を横切って流れている。デカーロはまた、この装置にあわせた小さな鳥や動物もこしらえていた。鳥たちが柔らかくさえずり、歌を歌っている。ちっぽけな動物たちは二人が近づくとぴくりと鼻を動かし、形ばかり逃げ出してみせた。男の人形――庭園の世話をする庭師の一人――が、ナイフを使って草木の手入れをしていた。

「行ってよろしい」デカーロは彼を出ていかせた。

人形はうやうやしく頭を傾けると、その場を立ち去った。

デカーロはリリスをオークの木のそばにおろし、背景の一部を壊さぬよう注意しながら、彼女の前に腰をおろした。リリスは笑いながらデカーロのそばに駆け寄り、頭を彼の手の上に置いた。

午後の雨の匂いが、二人のまわりにただよっていた。そしてそれに混じって、すくすくと成長していく若く新しいものと、衰え死んでいく古いものの匂いもした。

「ずいぶんと静かだな」デカーロは、自分が感傷的になっていくのを感じながら言った。

「そんな悲しい顔をしないで」リリスがささやくように言った。「いっしょに楽しみましょう。楽しいことを考えてくださいな、私のために」

デカーロは微笑み、リリスを見おろした。その声が本当に心配そうなのがうれしかったからだ。「わかったよ、楽しいことか。そういえば、国王陛下がわしの舞台を見にきたこともあったな。そこに座って——目に涙をためて、おまえは世界最高の芸術家だと言ってくださった。楽しいことか！　いとしい恋人の面影、大勢の友人——そう、昔はかぞえ切れないほどの友達がいたものだ。それに夏の夜……まだ若く、何の苦しみも知らなかったころ、おまえのような人形たちが、こんな風に言ったことも……」

「そうです、そうです」リリスが手をたたいた。「そういうことを考えればいいんですわ。どうです、幸せな気分になってきたでしょう？」

デカーロはしばらく考え、やがて自信なさそうに言った。「かもしれない」声を落とし、さびしそうにつけ加える。「他の人形たちが、おまえのようにわしを思ってくれたら、もっと幸せなんだがな」

リリスは怒ったように小さな足を踏み鳴らした。「デカーロ、みんなは何もわかっていないのです。あの人たちはみんな、嫉妬深くて鈍くて無神経な、恩知らずの愚か者です。ちっぽけな機械も同じ――いえ、獣のようなものですわ。でも、私はあなたが最初に作った新しい人形で、あなたの分身ですから。他の仲間たちのことは、気にしないでください」もう一度デカーロの身体に腕を回そうとしながら、リリスは言った。「あなたのために踊りますから」

「ああ、頼むよ」デカーロは無理に笑おうとしながら言った。

決してデカーロから目をそらさずに、ゆっくりとリリスは踊り始めた。リリスは美しく、挑発的で、その動きは流れる詩のようだった。リリスの姿は女性そのものだった。リリスはそよ風に揺れる若木のように身体を前後に揺らし、白い翼を広げてゆっくりと飛ぶ鳥のように、腕を上下に動かした。止まることを知らない黄金の波のように、髪がふわりと左右に広がる。

デカーロはいつものように完全に魂を抜かれ、リリスの優美な踊りを見つめていた。リリスの姿は、デカーロにかつて愛した誰かを思い出させた。そう、あの人の名は――。が、その名が今にも心に浮かびそうになった時、デカーロは上着を繰り返し引っ張る手によって、現実へと引き戻された。見おろすと、そこには庭師の召使である女の人形が立っており、彼の名前を呼んでいた。

「何だ?」デカーロの声には、邪魔をされた怒りがあふれていた。

「デカーロ、服を作ってくれる約束だったじゃないの。だけどあたしはまだこんなだよ」自分の分厚く不恰好な、泥にまみれた裸の身体を見おろしながら、人形は言った。

「あっちへ行け。服なら今度作ってやる。少なくとも、ショーに間に合うぐらいまでにはな」

「だけどあの子にはもう服を作ってやってるじゃない」人形は腹立たしげにリリスのほうへ

顎をしゃくってみせた。「どうしてあたしはだめなの？　どうしてあの子ばかりかわいがるのよ？」

「あっちへ行けと言っているんだ！　言うことを聞かないつもりか？」デカーロの言葉には警告の響きが混じっていた。

女の人形はデカーロから目をそらしたが、デカーロは彼女をじっと見つめ続け、人形は泣きながら藪の中へ消えていった。

そしてすぐに、デカーロは再びリリスの踊りに夢心地になった。おそらく、こうした霧の中にいるような恍惚状態のせいで、魂があらぬ場所へ行ってしまっていたのかもしれない。あるいは近づきつつある危険が目に入ってはいたが、それが脳に記録されなかっただけなのかもしれない。理由が何であれ、デカーロはその後起きたことに、完全に不意をつかれた。リリスの悲鳴で現実に引き戻されたデカーロは、リリスが果物の木に背中をぴったりと押しつけて縮こまっているのに気づいた。その目が、おぞましいものを追い払おうとでもするかのように、無言で大きく見開かれている。

その時になってやっと、デカーロは庭師の姿に気づいた。「おいおまえ！　あっちへ行け。さがるんだ」デカーロは雷のような声で怒鳴った。

しかし、黒い髪をした男の人形は、その声に何の注意も払わなかった。欲望に耳をふさがれてしまったかのように。庭師は獲物を狙う犬のように四つん這いでじりじりと前に進み、小さな滝を、威嚇を続けるデカーロの足が作り出す山を、橋を通り過ぎた。そして、木立の前まで来ると、立ちあがってリリスを見おろした。その両手は欲望のため、握ったり開いたりしており、喉からは獣のようなしわがれた声がもれていた。庭師が手をのばしてリリスのむきだしのももをなでると、リリスは身を震わせた。

「おいおまえ」デカーロは怒鳴った。「それ以上一歩でも近づいたら、壊してしまうぞ！」

しかしその警告は、何の効果ももたらさなかった。リリスは這って後ずさろうとしたが、その逃げる足取りは弱々しかった。リリスがぎこちなく足をもつれさせ、つまずいて倒れると、庭師はすぐさまリリスに襲いかかった。

「やめろ。やめるんだ！」デカーロは叫んだ。いったい何が起こったというのだろう。あの庭師はどうかしてしまったのだろうか？　これは取りとめもない夢に違いない。そう、夢だ。ただの悪夢だ……。庭師はリリスの下着を引き裂くと、もがく彼女を乱暴に平手でたたいた。

その圧倒的な暴君のような姿を前に、デカーロはどうすることもできなかった。

「助けて、デカーロ！」仰向けに倒れ、瞳を不信に見開きながら、リリスが叫ぶ。

デカーロは一歩も動くことができず、恐怖と驚きで呆然となったまま、目の前の光景を見つめ続けた。庭師の男を、彼がしようとしているとんでもなく邪悪な、禁じられた行為を見つめ続けた。デカーロは、身体をつらぬかれたリリスが悲鳴をあげるのを聞き、庭師の身体がそり返り、激しく動くのを、そして悪夢にさらに悪夢が重なったかのように、庭師の持っていたナイフが、忽然とリリスの手の中に現れるのを見た。リリスはナイフで男の背中を刺した。ナイフは肩の辺りですべり、日に焼けた肌に小さな浅い傷をつけただけだったが、それでも苦痛を与えるには十分だった。庭師は傷ついた野獣のように叫び、ナイフをリリスの手からもぎ取ると、腕を振りあげた。一回……二回……。ナイフの刃がリリスの喉に、深々と突き刺さる。リリスは血でブラウスを汚し——そして小さな目を閉じた。

デカーロはリリスが死の直前、一度だけ自分の名を呼ぶのを聞いたと思った。遠い夜鳴き鳥の叫びのように。

やがて庭師の人形は立ちあがると頭を振り、雄牛のような首をねじってさげすむようにデカーロを見やり、そのまま立ち去ろうとした。

「どうしてあんなことをした」デカーロの声は、悲しみと戸惑いと父親のような愛情に満ちていた。

庭師がデカーロを見あげ、悪態をつく。

「リリスはわしのものだった。わかっていたはずだ。おまえはあんなことをすべきではなかった。だから……わしはおまえを罰さねばならない」デカーロは歌うように言い、まだ傲慢さを保ってはいるが、いくぶん弱々しくなった庭師の顔をじっと見つめた。

デカーロは手をのばし、こぶしを握るようにしてゆっくりと人形を締めつけ始めた。庭師は両手を上にあげ、反抗的な悲鳴をあげて身をよじった。鋭い歯にかみつかれ、デカーロが思わず手を離す。

何という生意気な人形だ！　まったく信じられない！　人形が暴れれば暴れるほどデカーロの怒りは激しくなり、二人は草地を踏み荒らして激しくもみあった。強情な庭師はデカーロを声高にののしり、呪いの言葉を浴びせかけ始めた。一度は倒れ、デカーロの意のままになるかと思われたが、デカーロの巨大な足が天から振りおろされ、その身体を踏みつぶそうとした瞬間に身をかわし、最後には果物の木の陰に逃げ込んだ。

デカーロは木を地面から引き抜いたが、その時不意に、戦いが終わったのを悟った。庭師は力を失い、肩で息をしていた。小さな身体があえぎつつ、ただ、じっと何かを待っていた。

「悪かったと思っているか」デカーロはたずねた。懺悔の言葉が聞きたくてならなかった。聞かなければならなかったのだ。

しかし、庭師は唾を吐いた。

デカーロの声が雷のように轟《とどろ》き、その吐き出す息で、舞台装置の一部である、柔らかな小さな雲が飛び散った。庭園に響いていた音楽や生き物の声がぴたりとやみ、辺りは恐ろしいほどの静寂に包まれた。鳥のさえずりも、生き物の動く気配もない。「よろしい。それなら罪をつぐなうがいい、この悪党め。おまえを作ったのはわしなのだから、わしがおまえを壊すことにしよう。美しいものを汚し、辱め、手を出してはならないものに手を出すおまえのような輩《やから》を、もう出さないためにもな」

デカーロは再び足を振りあげた。庭師はあえぎながらも、太陽と空をかき消すその巨大な影を、冷たくふてぶてしい顔つきで、恐れ気もなく見あげた。

「デカーロ……」その時、デカーロの耳に、耳障りな女の泣き声が響いた。腹立たしげに見おろすと、足元の小さな出っ張りの上に立つ、グロテスクな姿が目に入った。手に、リリスを殺した凶器である、庭師のナイフを持っている。

「それをよこせ」デカーロは命じた。「あいつ自身の憎むべき道具で、あいつを葬ってやることにしよう」

「デカーロ……ご主人様、お願いだ！　あの人を殺さないで」泥まみれの身体をした、醜い女の人形は懇願した。その姿に、デカーロは胸が悪くなるのを感じた。リリスは申し分のない存在だった。しかしこの人形たちは獣、そう、まさしくけだものそのものだった。こんな人形たちをなぜ美しく、完璧に近いと思ったりしたのか、デカーロにはわからなかった。「ナイフをよこせと言っているだろう。それともおまえも罰を受けたいのか？」

女の人形は涙をこらえるようにまばたきをしてデカーロを見あげ、おびえた、しかし強情な幼い子供のように鼻をすすった。そしてしまいには、打ちひしがれた様子で両手をだらりとわきにたらし、しょんぼりとデカーロのほうに歩き始めた。

「ナイフをよこせ」デカーロはもう一度命じた。

女の人形は目を閉じた。その小さな身体が唐突に何かを決意したように、一度、二度と震える。そして、不意に、彼女はデカーロの足に向かって突進した。ナイフの刃が、午後遅くの消えゆく光の中できらりと光り、デカーロは自分の腱に刃が深く食い込むのを感じた。

デカーロは叫び、片足で飛びはねた。が、その時、目にもとまらぬような速さで人形が走り寄り、デカーロのもう一方の足を切り裂いた。何という痛み！　まさしく焼けるような痛みだった。デカーロはそれ以上立っていられず、悲鳴をあげてがっくりと膝をつき、抗いつつもだんだんとかしいでいく大木のように、なすすべもなくゆっくりと横に倒れた。その倒れる身体はちっぽけな村と雪をかぶった山を破壊し、地面に深い穴を作った。

女の人形はデカーロの胸の上でわめいていた。ナイフがひらめき、狂った死の鎌のようにデカーロの巨大なあばら骨を突き通し、くぼんだ胸を、心臓を突き刺した。

デカーロの足が地面を打ち、太陽をつらぬくかと思われるような、ぎざぎざの巨大な山脈を作った。腕が森の木を根こそぎなぎたおし、断末魔に震える身体が、泉を、庭園を、家を、機械を破壊した。かきむしる指先が地面をえぐり、水のない巨大な川や裂け目や峡谷を作り出す。切り裂かれた心臓から血が高く噴きあがり、午後の芝居小屋を赤い雨で満たした。

そしてとうとう、デカーロは横向きに倒れたまま、動かなくなった。年老い、急速にかすみつつある目で、反乱を起こした二体の人形を見て取ると、弱々しく手を振りあげて彼らをたたこうとする。が、力はすでに失われていた。デカーロはがっくりと腕をおろし――そのまま目を閉じた。

女の人形は、破壊され、傷ついた大地を素早く駆け抜け、庭師のそばへ行った。大地は気味悪く震え、木々はデカーロが断末魔のあえぎをもらし、嵐のような風を起こすたびにぐらぐらと揺れた。空は暗くなり、壊れた機械が狂ったようなきしみをあげて暴走し始める。大地が飢えたイソギンチャクのように開いたり閉じたりし、草木は一定の間隔で芽を出し、花を咲かせ、しおれ、枯れ落ちた。狂った太陽と月が、地平線から地平線へと追いかけっこを繰り返し、海は大きくうねり、盛りあがっては激しく砕けた。

二体の人形は声も出せぬほどにおびえ、ほとんど動くこともできないまま、互いに見つめあった。そして、自分たちのしでかしたこと、これから起ころうとしていることに恐れをなし、手を取りあって西へと走り出した。人形使いが「エデンの園」と呼んでいた緑の箱庭を離れて。

蠅のいない日

No Flies on Frank

ジョン・レノン

この作者ジョン・レノン（一九四〇～八〇）とは、そう、あのビートルズのジョン・レノンである。イギリスのリヴァプール生まれのシンガー・ソング・ライターで、十代半ばに「クォーリーメン」というバンドを結成したが、その後に幾多のバンドの解散、結成を経たあと、一九六二年にポール・マッカートニー、ジョージ・ハリスン、リンゴ・スターと「ビートルズ」を誕生させ、ボーカルとギターを担当した。マッカートニーと共に作詞・作曲をするビートルズのリーダー的な存在だった。

六九年に日本女性オノ・ヨーコと結婚して、プラスティック・オノ・バンドを結成し、世界平和のためにさまざまの反戦アピールをした。七〇年にビートルズ解散後、七一年からアメリカに移住しソロ活動をした。七五年から五年間は家庭生活に専念して表に出なかった。八〇年に「ダブル・ファンタジー」で音楽活動を再開したが、同年十二月八日に熱狂的ファンのため、ニューヨークの自宅マンション前で射殺された。

本編は一九六二年に出版された、レノンのスケッチ、詩、エッセー、短編小説などを集めた『絵本ジョン・レノンセンス』*IN HIS OWN WRITE*（晶文社）に収録されている。ホラーというよりは、ミュージシャン・レノンらしい奇妙な感覚のショート・ショートで、ビートルズやレノンのファン以外は、初めて目にする作品であろう。

その朝、フランクの上に蠅はいなかった。そうとも、あたりまえではないか？　フランクは妻も子供もいるまじめな市民なのだから。いつもと変わらぬ朝だった。フランクは言葉にできぬような速さでバスルームへと飛び込み、秤《はかり》の上に飛び乗った。が、驚いたことに目方が十二インチも高く重くなっていた！　フランクは信じられない思いで頭に血をのぼらせ、顔を真っ赤にして言った。

「ぼくの身体にこんなことが起こるなんて、まったく信じられない。生まれてこのかた、目方が増えたことなんかなかったのに。よし、あの暗い小屋の中をさまよう時も、ノルマンには食事をさせないことにしよう。まったくこんな太っちょになるなんて、どんな病気にかかったんだろう」

フランクは再び、恐ろしく重くなったぞっとするような身体を見おろし、瞳をくもらせた。

「十二インチも増えるなんて！　だが、弟のジェフリーほど太ってはいないはずだ。ジェフリーはケネス出身のアレックの子供。レスリー家の血を引き、エリックの息子であるアーサーをもうけ、ロナルドとエイプリルの近所に住んでいる。ロナルドとエイプリルはニューカッスルにいるジェームズの保護者で、ジェームズはシルバーフラワーの近くの二の一、一ポンドにつき三分の四、ワット・ロー・ワットを（十マイナス二）過ぎて、マデリンを疾走……」

フランクは恐ろしい重みを肩にのせた不自由な身体のまま、しょんぼりと下へおりた。妻の傷だらけの顔も、気の毒なフランクの顔に、微笑みをのぼらせることはできなかった。そしてフランクの上には、一匹の蠅もたかってはいないのだった。もとは美しかったが、今は狂女にしか見えないフランクの妻は、夫を奇妙な目でそっけなく一瞥した。

「どうかしたの、フランク?」彼女はしわだらけの顔をのばしながら、混乱しきったように言った。「何だかいつもと違うというか、元気がないみたい」

「昨日のこの時間より、ほんの十二インチばかり、背と体重が増えただけだよ。ぼくはこの世で一番不幸な男だ、そうだろう? ぼくをそっとしておいてくれないか。でないと、君に死ぬような傷をおわせてしまうかもしれない。ぼくはこの試練に一人で耐えねばならないんだ」

「まあ、フランク! そんなひどいことを言って私を責めさいなむなんて。この苦しみも、全部私のせいだっていうの?」

フランクは一瞬悩んでいた理由を忘れて、悲しげに妻を見つめた。自分の頭を手でつかみ、じりじりと妻に近づく。二、三度慈悲深くも素早い打撃を浴びせると、妻は死んで地面に横たわった。

「何もそんな目で見なくたっていいじゃないか」フランクはつぶやいた。「そんなに太っちゃいないし、今日はおまえの三十二回目の、誕生日だっていうのに」

フランクはその日の朝も、それからの朝も、朝食を自分で作らねばならなかった。

二週間後(もしくは三週間後かもしれない)、再び目覚めたフランクは、なおも自分の上に蠅がいないことに気づいた。

「フランクの上に蠅はいない」フランクは考えた。が、驚いたことに、キッチンの床に横たわったままの妻の身体の上には、おびただしい数の蠅がたかっているようだった。

「いっしょにパンを食べるわけにもいかないし、あんなところに転がしておくわけにもいかない」フランクは思い、書き物をしながら言った。「実家に送り届けてやろう。そこなら歓迎されるはずだ」

フランクは妻を小さな袋につめ（彼女の背丈は四フィート三インチしかなかった）、妻の実家へと向かった。妻の母親の家のドアをたたくと、母親がドアを開けた。

「サザースキルさん、マリアンを連れてきました」フランクは言い、袋を開けてマリアンを戸口におろした（フランクは、サザースキル夫人をお母さんと呼んだことが一度もなかった）。

「そのいやらしい蠅の大群を、うちに入れるわけにはいかないね」自分の家をたいそう自慢にしているサザースキル夫人はそう叫ぶと、ぴしゃりとドアを閉めた。「なんだよ、お茶一杯ぐらいごちそうしてくれたっていいのに」フランクは考え、厄介な荷物を肩にかつぎなおした。

心臓移植

A Heart for a Heart

ロン・ホームズ

この作者ロン・ホームズも身元や経歴は不明である。ホームズ姓の作家は多いがどれにも該当しない。

本編は心臓移植を研究する医師と若い美人助手、心身とも冷えきった医師の妻との三角関係から起こる殺人と、その復讐を描いた血なまぐさいホラーである。

私は慎重に言葉を選びながら、死んだ恋人の血でこの告白をつづっている。彼女には心臓がない。私が彼女の胸を切り開き、心臓を取り出したからだ。彼女には血もない。私が彼女の血をペンがわりに使っているから。そしてもうすぐ彼女と私はこの世から消え去る。私たちはともに火に焼かれてくずれ、無上の喜びを生み出す器官も、くすんだ無力な灰に姿を変えるだろう。そう、もうしばらくしたら。

すべては終わり、私の心と、この血の色でつづられた告白と、研究室の開いたドアから聞こえてくる、妻の悲鳴の中だけに生き続けている。だから私はそれらすべてを、こうして公にしようと思う。

自分が正気でないことは、すでに自覚している。とはいえ、正気を保っていたころの不安だらけの人生では味わったことがないほどの、強烈な興奮を覚えてもいる。もう恐れることは何もない。なかなか悪くない気分だ。

妻はまだ悲鳴をあげ続けており、その悲鳴は、私の研究室の手術台の上から聞こえてくる。妻は意識を保ったまま、手術台の上にしっかりとくくりつけられている。そして、妻の前には、私の恋人、ステラの遺体がある。ステラは裸で、その額には小さな穴が開いている。穴からはひとすじの血が流れており、その血に染まった穴は真珠を抱いた貝さながらに、鉛の弾を抱いている。ステラを殺し、心臓を凍りつかせ、そのみずみずしい身体から熱を奪ったピストルの弾を。そして私は今、死してなお私の胸をときめかせるステラの姿をながめている。ステラの胸の下にはもう一つの穴がある——私が心臓を取り出した時にできた傷が。そこからどくどくと血があふれ出し、ステラの身体を汚している。

すべてを話すためには、かつて私の下で鮮やかに燃え、鼓動していたこの血を使うという冒瀆をせねばならない。ステラは、わずか六ヶ月前に、私の助手になったばかりだった。シュトラスブルクで研究を続けていたころ、人体移植の理論と実践に関する私の実験記録を読んだ彼女は、私に共同研究を持ちかけてきた。彼女はとても美しく、私たちは数日で恋人となった。

私は乾き始めたペンを、ステラの血にひたした。ページをぎっしりと埋めつくす血文字が、読書用ランプの光の下できらめく。

私は何年も前から、妻を愛していなかった。私と妻は、肉体的にも精神的にも相容れない存在となっていた。が、ステラとは身も心も一つになることができた。ステラと私の間にある調和は、もろもろの器官をある生きた肉体から別の肉体へ移植する研究を続けていた私の、信念を裏づけるものだった。ステラは私の中で生き、私はステラの中で生きている。まるですべてをそっくりそのまま、わかちあうことができるかのように。

はっきり記しておきたいが、これから書く顚末《てんまつ》はすべて、無意味きわまりない出来事だった。今朝、妻が銃を持ってこの研究室へとやってきた。その後起きたことを、止めるすべはなかった。妻は私を血走った目でにらみつけ、この場でステラと愛しあうように命じた。私は拒絶したが、妻は銃をステラの頭に向け、再び命令を繰り返した。私はしかたなく、ステラのそばへ行った。そうしながらも、妻に対し、これまで誰にも抱いたことがないような憎しみがわきあがるのを感じていた。私はステラと愛しあった。彼女の肉体の秘められた部分を感じ、彼女の温かな唇が私のそれに重なるのを感じながら。が、その時、轟音が響き、ステラの身体が私の腕の中でだらりと重くなった。ステラの頭ががっくりと後ろにのけぞり、その額から血が噴き出す。

妻が離れた場所で銃をかまえ、私を笑っていた。

それからのことを思い出そうとしたが、どうしてもできなかった。思い出せるのは、私がステラを右に、妻を左に寝かせ、懸命にある作業をしていたことだけだ。

時間はほとんどない。急がねばならなかった。私はステラの心臓を取り出し、それが適切な温度を保っていることを確認すると、妻の手術に取りかかった。

ほら聞くがいい！　妻はまだ悲鳴をあげ続けている。

手術が終わると、私は妻のかたわらで待った。目を覚ました妻にこう告げる。もう大丈夫だよ。誰にも知られないように、ぼくがうまくやったから。ぼくが悪かった、許してくれ。妻が弱々しく微笑むと、私は妻に気分はどうかと聞いた。妻はまだ麻酔のせいでぼんやりしたまま、何があったのとたずねてきた。

ああ、それから起こることを思うと、どんなにぞくぞくしたことか！　私は微笑みをたやさぬまま、研究室を横切った。ステラの遺体は傾いたテーブルの上でだらりと身体を曲げており、その頭は裸の豊かな胸の上でゆらゆらと揺れていた。

「終わったのさ。何もかもね」というのが、その時私の発した正確な言葉だった。頼りなく身体を揺らすステラは、その勝利の声を聞くことはできなかったが。

妻はぞっとしたように目を閉じ、高い熱に浮かされてでもいるかのように、身を震わせた。私はステラをそのままにして冷蔵庫の前へ行くと、手に瓶を持って妻のそばへ戻った。「これが見えるかい?」私は聞いた。最初、妻はそれを見ようとはしなかったが、とうとうそちらへ目を向けた。私は瓶を背中の後ろに隠して言った。「君は気丈な女だったはずだろう」それからおもむろに瓶を突き出し、妻の目の前にかかげてみせる。

「まあ、何てこと!」妻は悲鳴のような声で言った。「あの女の心臓じゃないの!」

私は妻のものわかりの悪さに愕然とし、瓶の中身を指差しながら言った。「ステラの心臓?これは君のだ! 君の心臓だよ!」瓶の中で心臓が優美にゆらゆらと揺れた。瓶と同じく、私のものである心臓が。が、妻はまだわかっていないようだった。「君とステラの心臓を入れ替えたのさ。今、君の身体の中で脈打っているのは、ステラの心臓だ」私は手を、ステラの冷たい胸の上にぱっくりと口を開けた、穴の中へ突っ込んだ。再び手を出し、血にまみれてはいるが何も持っていない手を、妻の目の前にぶらさげてみせる。妻は意識を失った。

私がこれを書いている間ずっと、妻は悲鳴をあげ続けていた。ステラの血は、私のペンの上でもう固まり始めている。あと少ししたら、私は二人のもとへ戻り、研究室に火を放つつもりだ。それしか道はないとわかっているから。そうだ、すぐにでもやらなくてはならない。正気が戻り、悲しみや、後悔や、その他今まで知らなかった多くの感情が、私を襲ってくる前に。すでに私の中の狂気は、衰えつつある。だから、私は死なねばならない。身体をなめつくす炎の中で、ステラや妻と一つになることができるうちに。

美しい色
A Real Need

ウイリアム・サンソム

ウイリアム・サンソム（一九一二～七六）はロンドン生まれのイギリス作家で、ラトランドのアッピンガム・スクールを卒業後、就学のためドイツのボンに渡った。一九三〇年からドイツ銀行のイギリス支店に勤務、その後広告会社から消防士に転職した。その経験をもとに四三年に友人二名と合作で『イギリス消防士物語』を書いて文壇にデビューした。

その後は短編を書き続け四四年に短編集*FIREMAN FLOWER*を出版し、その後書いた短編には四六、四七年に作家協会賞が与えられた。イギリスで最も有名な短編作家の一人といわれた。同時に長編小説や旅行記、児童文学も高い評価を受けた。

彼の短編集は九冊あるが、その文章には定評があり必ずしもホラーばかりではない。六〇年には自選短編集がペンギン・ブックスで出版され、ホラーを集めた短編集には*COLLECTED STORIES*（六三）があり、これまでに雑誌に邦訳された短編もある。

本編のような幻想的な心理的恐怖を扱った品格のあるホラーを多く書いているのは、いかにもイギリスの文学作家らしい。

私の伯父は湿っぽい緑の谷に建つ、白黒の家に住んでいた。雨にぬれた木立のように真っ黒な木が、乾いたチョークのような白い漆喰を支えている。そして家の両側は、背の高い緑の草が茂る、急な坂になっていた。花は咲かず、あるのはただ緑と、それに挑戦するかのような、黒と白だけだった。

伯父は緑の放牧地に、白黒の牛を放していた。牛たちは日がな一日、緑の野に立ち、その白黒のまだら模様をくっきりと目立たせていた。そして偶然にも伯父は牧師であり、その高齢と貧しさにもめげず、白く清潔な襟を立て、きっちりとブラシをかけた、黒い衣服を身につけていた。年齢のためか、あるいは長いこと薄暗がりの中で祈ってばかりいるためか、その顔もはげた頭も、怖いくらいに真っ白だった。

だから、どんよりと曇った長い六月を伯父のもとで過ごしたらどうなるかは、おして知るべしというものだった。何時間も庭の椅子に縛りつけられたまま、私は白い曇り空と、果てしなく続く緑と、時に侵略するかのように迫ってくる黒と白とをただ見つめ続けた。そう、それは侵略にほかならなかった！　これらの色が目の前で身がまえ、激高し、熱弁をふるうさまを見せられているようなものだった。低くたれこめた白い空の下で、若葉の緑が何と生き生きと輝くことか！　家や牛はどこまでも静かに立ちつくし、伯父の年老いた黒い足が、きわめてゆっくりと緑の芝生を横切っていく。

私は腰をおろし、花や青空がどのようなものだったか思い出そうとした。色つきの絵本をながめ、長いこと自分のピンク色の手を見つめ続けた。だが、それ以外の色――緑と黒と白の呪縛はあまりにも強すぎた。これらの色は、レンズのような白い雲の後ろでぎらぎらと輝く、手術用ランプのような太陽とともに、いたるところにあふれていた。伯父といっしょに過ごす午後、私がどんな思いに襲われたかは、察してもらえることと思う。

そのころまでには、私はこの事態に自分なりの理屈をつけ始めていた。そして、黒と白とは色ではないと思い始めていた。あんなふうにくっきり浮きあがって見えるものが、色彩であるわけはない。そして私に言わせれば、内に光を封じ込めた緑も、到底色とは思えなかった。言ってみれば、それは生い茂り、きらめき、そこいらじゅうを這い回る、植物の力のようなものだった。ここに足りないものは何なのかと私は考え――そして伯父の顔をいっそうまじまじと見つめた。

私は数ヤード向こうにいる伯父の姿を、上から下まで観察した。その黒い衣服の形を、突き出たところもへこんだところもくまなく吟味し、白い襟と、その上にあるやはり白くしわくちゃの首をながめた。じっと物思いにふける年老いた顔も、隅から隅まで観察した。固まった糊のような肌、重たげなまぶたの下にある年のせいでむっつりと無表情な目。顔を作る骨格、袋のように力なくだらりとたれた目の下の白いたるみ、できたばかりの真っ白なドームのように、なだらかな曲線を描く頭。

その時不意に、私の頭にひらめくものがあった。伯父の中には赤いものがつまっている。伯父の身体の中は赤い！

もちろん、私は懸命にこの考えを忘れようとした。気分を変えようと、紙や鉛筆を使って手の込んだゲームを考え、数遊びをしたり、並べ替えゲームを作ったりした。許された以上の運動をし、長いこと必死でよろよろと歩き続けた。ひどい足の痛みが、心の中の新たな痛みを和らげてくれることを願って。何だかんだと理屈をつけて、家の中の暗い場所に逃げ込もうとしたりもしたが、すぐに伯父に追い出された。静養するだけでなく、いい空気を吸うようにというのが、私を診た医者の命令だったからだ。伯父自身も同じような生活をしていたため、私は文字通り自分の中にある思いと、四六時中顔をつきあわせて過ごすはめになった。しばらくすると、夜、緑や黒や白と遠く離れた、暗い部屋のベッドの中にいる時でさえ、私は赤い色を思い、まんじりともできぬようになった。

この思いを抑えることは到底できそうになかった。

そしてある午後、私はついに耐えられなくなった。抗いがたい激情が私をとらえていた。私は黒と白でできた老人から赤い色を引き出そうと、パン用のナイフを持ち、伯父を襲ったのだった。

面白いことに、一連の出来事は部屋の中で——正確に言えば、緑などどこにもない食堂で——

起きた。つまり、少なくとも私の中の衝動は、もともとの原因など問題にならぬほど大きくなっていることが証明されたのだった。さらに面白いことに、私は第二の心で感じたかのように、その部屋のいつもと変わらぬ静けさを、たやすく感じ取ることができた。りんごが一つ入ったボウルをのせた、サイドボードの黒い棚飾り。冷えた昼食ののったテーブルの上で、ゆったりとたゆたう時間。柔らかな光、ほこりをかぶった古い織物。壁の上で徐々に色あせていく、額に入った古ぼけた写真。こうしたものに囲まれた生活がいつか変わるものであると――不意に輝きを増したり、突然消え去ったり、バランスを失ったりするものであると――思ったら、大間違いなのだ。いつまでたっても何も変わりはしない。それどころか、同じだということが、いっそうきわだつだけなのだ。

私はパン切り台のそばに座っている伯父の後ろに立った。伯父は冷たい羊肉の上で、こくりこくりと頭を上下させていた。まるでそれに話しかけてでもいるかのように。あるいは羊肉の切れ端に、かもしれない。伯父は食べ物をばらばらに切ってから、フォークを右手に持つのが常だったから。私はその時伯父がフォークを持った右手をあげたのを、そしてもう一方の手をテーブルクロスの左側にのばし、パンをほぐしたのを、はっきりと覚えている。年寄りというのは、貴重な食事時間をたっぷり引きのばすだけの時間を、いやというほど持っているというのに、実に無感動に食事ができるものらしかった。

伯父の姿は向かい側の鏡に映っていたが、頭を低くさげていたので、顔を見ることはできなかった。もっとも、見たいとも思わなかったが。私はおもむろに、パンのかたまりの中に刺さっていたナイフを取りあげた。ナイフはその時、パンを切りわけるのに使われていたのだ。さっと伯父の上にナイフを振りあげ、短剣のようにかまえながら、ナイフにのこぎり状のぎざぎざの刃がついているのを見て取る。私は喜びと興奮を覚えながら、しっかりと気持ちを集中し、伯父の染み一つない白く丸い頭の真ん中に刃をあてると、そのまま引き始めた。

ナイフが伯父の頭に食い込んだ時、伯父は眠りに落ちたか、あるいは不意に白い皿のへりを這っている黒い蠅に気づいたかのように、頼りなく手を前にのばした。だが、実際にはその時が伯父の死の瞬間であり、心臓が止まった瞬間だったのだろう。

私は刃を引き続けた。わかっていたことだが、決して容易な作業ではなく、私は伯父の頭を左手で支え続けねばならなかった。私は作業を続け、そのうちにあせりと絶望とを感じながら、目の前の光景を見つめることになった。最初に現れたのは確かにピンク色だったのだが、それから後はさんざんだった。それは、古い部屋の光の下で見てさえ、とても赤とはいえないもので、私の求めていた赤とは程遠いものだった。

それを見て取り、どうしようもない絶望に駆られて顔をあげた時、正面の大きな黒いサイドボードにつけられた鏡の中で、自分の身体が動くのが見えた。私の胸は再び喜びに高鳴った。希望が出てきた。すべての不幸を、すっかり解決できるかもしれない！

私は周囲の椅子につまずきつつ走り出し、椅子が私の後ろで、過去の破片のように倒れる音を聞いた。それから私は鏡の前に立つと、自分の喉をかき切った。

実にすばらしかった。赤い色が後から後からどくどくとあふれ、私のうっとりした目とぶつかった。目の前にいとも簡単にあふれ出る、明るく鮮やかな燃え立つような色彩に完全に魅了され、私は自分の喉を半分ほどかき切っただけで手を止めた。これ以上は、もう必要なかった。私は喜びにすすり泣きながらがっくりと膝を折り、祈りをささげるように組みあわせた手の後ろで、再び目をあげた。

が、そこに鏡はなかった！　絨毯に膝をついていた私の目に映ったのは、サイドボードの黒い木製の表面だけだった。私はがっかりしたが、本当にさっきの赤を失ったわけではないのはわかっていた。私はただ、鏡の下に膝をついているだけなのだから。とはいえ、二度とあの光景を見られなくなると困るので、私はずきずきと痛み始めた足を引きずって立ちあがった。鏡にうっとりと最後の一瞥を投げかけ、よろよろとドアをくぐって緑の中へ飛び出す。庭の門を抜け、細い小道を進むと、手についた赤い色が緑の中で鮮やかにきわだった。頭の中には、喉からあふれ出す美しい赤の記憶もまだ残っている。それが私のものであるのが、たまらなくうれしかった。

森に住む人たちが、ひどくあわてた様子で丘をくだって私のほうへやってきたのは、私の両手の鮮やかな赤い色を、突然目にしたからだと思う。彼らがえらく取り乱しているのが、残念でならなかった。緑にどっぷりつかって生活しているせいで、真っ赤な色を見てめまいを起こし、気分が悪くなってしまったのだろう。

そして今、私は灰色の新居で、前よりも静かに暮らしている。あの時のようなことは、確かに刺激が強すぎて、あまり身体によくないのかもしれない。それに、色についてちょっとした発見をし、ひそかな歓喜を覚えてもいる。黒だと思っていたものの中に、きらめく青を見つけたのだ――僧侶のように青々と丸い頭を並べた、新たな友人たちの制服の中に。

緑の想い
Green Thoughts

ジョン・コリア

ジョン・コリア（一九〇一～八〇）はロンドン生まれのイギリス作家で、本名ジョン・ヘンリー・ノイズ・コリア。名門の生まれで祖先には国王の侍医もいた。正規の教育は受けず叔父が文学を手ほどきした。長じて独学で文学修業し二十歳で詩集『バリケード』を自費出版した。その後短編小説を書くようになり、本編は初期に書かれた代表作で既訳もいくつかある。

一九三〇年に長編小説『モンキー・ワイフ』を世に問い、猿と結婚した男の風変わりなユーモア風刺小説は、同時代の読書人にショックを与えた。三四年に初短編集 *THE DEVIL AND ALL* を出版した。三五年にフランスからアメリカに渡り、一時帰国したが三九年からまたアメリカに住んだ。

異色短編作家としては定評があり、「エスクワイア」や「ニューヨーカー」などの高級誌の常連執筆家で、三〇～五〇年代が黄金時代だった。一方で文学小説、犯罪小説、詩、映画脚本も書き、ジョン・ヒューストン監督の『アフリカの女王』の脚本も担当した。その後メキシコ、フランスと転地したが、七九年アメリカに戻り、長編小説を執筆中に死去した。

短編集は六冊あるが、邦訳短編集は『炎の中の絵』（五八、早川書房）以外は、すべて日本独自に編纂された短編集で、『ザ・ベスト・オブ・ジョン・コリア』（八九、『ジョン・コリア奇談集』二冊の再編集版、ちくま文庫）、『ナツメグの味』（〇七、河出書房新社）などがある。

作られしすべてのものを破壊しつくし
緑なす木陰の緑の想いにささぐ
マーベル

その蘭は、探検旅行に出てひっそりと謎の死をとげた友人の、遺品の中にあったのかもしれない。あるいは競売の終わるまぎわに、「分類不能」の山に入れられた雑多な品々の中から、せり落とされたものなのかもしれない。どちらだったかは今となってはもうわからぬが、そのどちらかであるのは間違いない。そしてその蘭は茶色に乾ききり、根っこが眠っている状態にあってすら、どことなく薄気味悪い代物だった。あちこち節くれだった房のようになってぼうぼうにのびた茎は、信じられぬほどねじくれており、手招きをしているかたくこわばった手のようだった。そしてその先には、グロテスクな巻きひげがぶらさがっている。とにかく、いったいどういう種類の蘭なのか誰にもわからぬような、何とも不吉な感じの蘭だった。

マナリング氏にしても、こんな蘭を見るのは初めてだった。とはいえ、カタログと肥料の本ぐらいしか読んだことはなかったのだが。マナリング氏は慎重にこの新しい戦利品を箱から出した。この二十世紀に、蘭や桜草相手にここまで気をつかうというのもどうにも間の抜けた話だったし、ましてやこんなおかしな蘭をわざわざ手に入れてそんな風に扱うなど、とんだ酔狂もいいところだった。が、マナリング氏はいつものように気にもとめず、すぐに蘭を「観察室」に植えることにした。そこは氏のずんぐりした赤い家の南側の壁に沿って作られた温室で、マナリング氏はいつも、とっておきの新たなコレクション品や、ひよわな植物や病気の植物を、ここに植えることにしていた。マナリング氏の書斎の壁にはガラスのドアがついており、いつでもそこからこの温室を、自由にのぞくことができたからである。おかげで、ひよわな植物や病気にかかった植物に、危険な兆候が現れても、すぐにそれに気づき、手厚く世話をすることができるのだった。

とはいえ、くだんの蘭は恐ろしいほど頑丈だった。じきに太い紐のような茎の先から、黒光りする葉の列がのび始め、あっという間に四方八方を覆いつくした。その侵略ぶりはすさまじく、そばに植えられた植物は一つまた一つと場所を移され、ついにはまとめて庭の隅にある温室に避難するはめになったのだった。従妹のジェインに言わせると、それはごく普通のホップのつるであるらしかった。茎の先端が葉っぱに変わる直前の辺りから、何本もの巻きひげがのびている。しかしそれらはだらりとたれているだけで、何かの役に立つわけではなさそうだった。マナリング氏は、この巻きひげは何かの器官が退化したものであろうと考えていた。この蘭がつる草であったころのなごりなのだろうと。それにしても、何世代前かはわからぬが、つる草であったころの退化した巻きひげが、こんなに分厚く、たくましいとはいったいどうしたことなのだろう?

長いことたってから、のびほうだいにのびた巨大な葉陰のあちこちに、ちっぽけなつぼみが顔を出した。じきにそれは小さく貧相な花を咲かせたが、その形ときたら、蠅の頭にそっくりだった。貴重な蘭の珍種とくれば、イソギンチャクか中国の灯籠か、あるいはあくびするカバを思わせるような、大きく、まがまがしく、あやしいほどに華麗な花を期待するのが人情というものだ。ましてや世にも珍しい新種なのだから、めまいのするような強く激しい香りも、当然ついていてしかるべきだったのに。

が、マナリング氏はそんなことは気にもとめなかった。新種の蘭の発見者兼命名者になれるという喜びで、有頂天になっていたからだ。それに、貧弱な花が蠅の頭そっくりの形をしていることに、ほんのちょっと科学的な興味を覚えてもいた。蠅をおびきよせて、えさや養分にするためなのだろうか？　だがそれなら、いったいどうして蠅そのものの形をしているのだろうか？

数日後、ジェインの猫がいなくなった。ジェインは恐ろしくショックを受けていたが、マナリング氏は心の中ですまないと思いつつも、たいして気にしていなかった。マナリング氏はこの猫が、あまり好きではなかったからだ。だいたいこいつのせいで、温室のガラス屋根にごく小さな換気窓を作ることもできないというのに、この猫はどうやってか温室の中にもぐり込んでぬくぬくと暖まっては、柔らかな新芽をいくつもだめにしてしまうのだった。ジェインは二日の間泣き暮らしていたが、そうこうするうち、マナリング氏を夢中にさせるような事件が起こった。おかげでマナリング氏は、ジェインの悲しみに同情してみせることも、朝食の席で、いなくなった猫はどうしたかと偽善的かつ思いやり深い質問をすることも、すっかり忘れてしまったのだった。異様なつぼみが現れたのだ。問題の蘭は明らかに、一本の茎にまったく違う二種類の花をつけるらしかった。何とも不思議なことではあるが、植物の世界ではそうした神秘も起こりえるのかもしれない。新しい花は、大きさといい形といい、前のものとはまったく異なっていた。それは日に日に大きくなり、ついには人間のこぶしほどの大きさになった。

が、何とも間の悪いことに、マナリング氏はきわめて不愉快なわずらわしい用件のために、街へ行かねばならなくなった。放蕩者の甥が、また問題を起こしたのだった。今回は不名誉きわまる事柄にあまりにも深く首を突っ込んでいたため、マナリング氏はこのろくでなしの青年を救い出すためにさんざん頭をさげねばならず、忍耐も寛容もすっかり使い果たしてしまった。実際、マナリング氏はことの次第を飲み込むなり、甥にこう申し渡した。助けてやるのは、本当にこれっきりだからな。おまえの悪行と恩知らずぶりには、とうに愛想がつきている。おまえの死んだ母親に免じて今回だけは助けてやったが、しおらしく改心したふりをしてみせても、こんりんざい信じてなどやるものか。そしてマナリング氏は気持ちを落ち着けるために、ジェインに手紙を書いた。一部始終をくわしく知らせ、こんな有様では彼ときっぱり縁を切るしかあるまいと、つけ加えた手紙を。

が、マナリング氏がトーキーに戻ると、ジェインの姿が見当たらなかった。これはすこぶる厄介な事態だった。家にいる使用人は年老いた料理女だけだったのだが、この老女は恐ろしく頭が鈍く、耳が遠かった。おまけに彼女はマナリング氏のおかげで、ある種の強迫観念に取りつかれてしまっていた。というのはマナリング氏は何年もの間、口を開けばこの老女に、何があろうと台所にある大きなストーブを、このぐらいの温度まで暖めておけと、うるさく言い聞かせてきたからだ。問題のストーブは家じゅうにお湯を供給するだけでなく、観察室のパイプの熱源にもなっている。他の温室の世話をしている通いの庭師も、観察室には入らないので、何かあったら大問題なのだった。そうしたわけで、老女は火の番をすることが自分の第一の存在理由《レーゾンデートル》であると、信じ込んでしまっていた。耳が遠いのでただでさえ質問するのが難しいというのに、老女の愚鈍な思い込みの強い頭は、質問を何でもかんでもストーブに関することに結びつけてしまうのだった。当然のことだが、とくにマナリング氏と話す時には、その傾向が強かった。結局マナリング氏が聞き出すことができたのは、帰宅した時に、老女が知らせた事実だけだった。ジェインが何も言わずに姿を消し、三日も帰らないというのである。マナリング氏は当惑し、いらだったが、もともと几帳面な性格なので、少し休んで長旅の疲れをいやしてから質問をしなおすのがよかろうと考えた。この年とった料理女から何かを聞き出すには、とてつもないエネルギーが必要だったし、ひょっとするとどこかに置き手紙があるかもしれない。マナリング氏が部屋に戻る前に温室へ行き、従妹のささやかな不在の間に、大事な蘭に間違いがなかったかどうか確かめる気になったのは、至極当然のことだった。ドアを開けるなり、マナリング氏の目はつぼみに釘づけになった。つぼみは驚くほど形を変え、大きさも人間の頭ほどにふくらんでいた。マナリング氏は、根が生えたようにその場に立ちつくし、たっぷり五分間はそのすばらしいつぼみを見つめ続けた。

どうして氏が床の上のジェインの衣服に気づかなかったのかと、考える読者もいるかもしれない。が、ここがデリケートなところなのだが、実をいえば、衣服は落ちていなかったのだ。ジェインはもちろん、あらゆる点で賞賛に値する立派な女性だった。とうに四十は過ぎていたのだが、心身を磨くということにかけては最先端の意見の持ち主で、スウェーデンやドイツ、新ギリシャなどのやり方を実践していた。そして蘭のある温室は、家の中で一番暖かい場所だった。それはさておき、そろそろ話を戻すとしよう。

マナリング氏はようやくその異様なつぼみから目をそらし、日常の退屈きわまりない急務に気持ちを戻すことに決めた。が、体はしぶしぶと階段をのぼりながらも、心と精神と魂は、あの蘭に奪われたままだった。氏はあきらめのよい性格だったので、最初に咲いた花が小さくて不恰好でも、決して動じたりはしていなかった。とはいえ、今度は新しいつぼみの途方もない大きさを見て、我々同様にわくわくしていた。そうしたわけで、マナリング氏は当然浴槽の中でも、名づけ子であるいとしい蘭が花をつけた様子を想像し、喜びではちきれんばかりになっていた。あのつぼみから咲くのは、きっと見たこともないほど大きく、夢のように入り組んだ、あるいはまぶしいほどに清楚な花に違いない。太陽のように首をもたげ、踊り子のように花開くのだ。こうしている間にも、咲いてしまうかもしれない！　マナリング氏はたまらなくなり、湯気のたつお湯の中から飛び出すと、バスローブを引っかけ、急いで温室におりていった。少々寒気がしたが、ろくに身体を乾かすこともしなかった。

つぼみはまだ開いてはおらず、つやつやとみずみずしい葉の間で、閉じた頭をもたげていた。マナリング氏は今更ながらに、葉がすっかり成長し、ぎっしりと生い茂っていることに気づいた。そして不意に、例の巨大なつぼみが、出かける前に見たものではないことを悟って仰天した。前に見たつぼみは、もう少し下のほうについていたはずだ。今はどこへ行ってしまったのだろう？　新しく突き出し、広がった葉のせいで、どこかへ隠れてしまったのかもしれない。氏は蘭に近づき、くだんのつぼみを発見した。が、すでに花となって開いているそのつぼみを見た時、マナリング氏は驚きのあまり呆然となり、石になったようにその場に立ちつくした。そう、マナリング氏はその花をまじまじと凝視したまま、たっぷり十五分はその場に釘づけになっていたのだった。問題の花は、ジェインのいなくなった猫に瓜二つだった。顔かたちがそっくりだったのはもちろん、まるで生きているようでもあったので、十五分後、マナリング氏が最初にとった行動は、バスローブをつかんで身体にしっかり巻きつけなおすことだった。氏は慎み深い男性であり、買った時はオスだと思ったその猫が、実はまるきり逆の性だということが、その後明らかになっていたからである。こう書けば、性質とか魂とか存在そのものとか、好きなように呼べばいいがそういったものが、いかにこの猫の顔をした花の中に現れていたか、わかってもらえることと思う。マナリング氏はバスローブをかきあわせたが、もうすでに遅すぎた。マナリング氏は、一歩も動くことができなくなっていた。強靭な若葉が知らぬ間に氏を取り囲み、いくつにもわかれたすばしこい巻きひげが、氏の身体じゅうに巻きついていた。マナリング氏は何度か弱々しい悲鳴をあげて床に沈み込んだ。こうしてマナリング氏の通常の人間としての生は、この物語から姿を消すこととなった。

マナリング氏は深い昏睡状態に陥っていた。氏の脳に再びかすかな意識のかけらがよみがえるまで、長いこと暗闇の状態が続いた。マナリング氏の脳の中には、新たに生まれつつあるつぼみの芯があった。それから二、三日たつと、最初は形のない未発達の器官のかたまりだったものが、だんだんと形を変え、マナリング氏と呼べるものにまで成長してきた。このようにある意味では心穏やかな、なかなか悪くない時間が、急速に過ぎていったのだが、外の世界から見ると、つぼみの中の心が夢うつつのまま、人類進化の全歴史における数多くの重要な事件を、再び体験しているように見えるのだった。

その過程は、まさしく胎児が育っていく様子にそっくりだった。長い年月をかけた進化の歴史を圧縮し、駆け足で行き過ぎるような状態がしまいにゆっくりになり、現代にたどり着くとほとんど静止したようになった。やがて、その成長は認識できるものになった。マナリング氏の進化における七つの時代が、教育映画のように大写しであるがままに映し出され、氏の意識は形ある明瞭なものになっていった。つぼみは成熟し、開こうとしていた。そのころのマナリング氏の精神状態は、麻酔から覚めようとする患者のようなものだった。ぼんやりした夢の中から出ようともがき、頼りない声で「ここはどこだ？」とつぶやいている。そして、つぼみは開き、マナリング氏は覚醒した。

温室が、見慣れない角度で広がっていた。ガラスのドアの向こうに書斎が見えた。下には猫の頭があり、そしてすぐわきには――ジェインの顔があった。氏は口をきくことができなかったが、ジェインもまた同じだった。まあ、そのほうがよかったのだろうが。もし口がきけたら、マナリング氏は少なくとも、最近延々と続いていた口論で、ジェインのほうに理があったことを認めざるをえなかっただろう。ジェインは「こんな気味の悪い花」に夢中になっていたら、ろくなことにならないわよと主張してやまなかったのだから。

が、マナリング氏は最初、この日々の生活の異常な激変にさほど苦痛を感じなかった。おそらく、氏がこの変身を自分個人の問題としてだけでなく、もっと一般的で幅広い見地――いってみれば生物学的な見地――からとらえ、興味をよせていたからなのだろう。さらに氏はすでに植物となってしまっていたので、植物としての反応を示すようになってしまっていた。たとえば、移動ができないのはさして苦痛でもなかったし、手足や胴体がないのもあまり気にはならなかった。五十年間ずっと口になだれ込んできていたベーコンやビスケット、ミルクや昼食用コロッケなどの洪水が止まり、かわりに下からほとんど気づきもせぬうちに、ゆったりと絶え間なく養分がのぼってくるのも、そう悪いものではなかった。肉体の変化が精神に多大な影響をおよぼし、マナリング氏は何より静けさを好むようになった。が、肉体だけがすべてではなかった。人間でなくなったとはいえ、マナリング氏はマナリング氏のままだったのだから。そうしたわけで、科学的な興味が静まるやいなや、マナリング氏はこの異変から、主に個人的な感情に基づく、さまざまな苦痛を強いられることになったのだった。

たとえばマナリング氏は、この蘭の命名者になることも蘭についての論文を書くこともできなくなったのが、残念でならなかった。それどころか、こんな状況を発見されでもしたら、命名され、分類されるのは自分のほうなのだ。研究材料にされ、へたをすれば一般紙上で、好き勝手な批評や意見を浴びせられることになりかねない。その不愉快な確信は、氏の中で日に日に大きくなっていった。蘭コレクターの例にもれず、マナリング氏は非常に内気で神経質なたちだった。そしてこんな状況に陥ったせいで、その傾向はますます強くなっていた。あからさまな公衆の視線にさらされることを考えただけで、今にもしぼんでしまいたくなるのだった。

それにどこか他の場所、見たこともない、隙間風の入る、人目につきやすい場所に植えかえられでもしたら！　根元から掘り返されるなど、考えただけでも恐ろしい！　マナリング氏が激しく身を震わせると、マナリング氏を支える茎から生えている分厚い葉むらも、残らずいっしょに身を震わせた。マナリング氏は顔の下にある茎や、そこから芽を出したいくつもの葉の感触を、ごくおぼろげながら感じ取ることができるようになっていた。その感覚はどこか背骨と心臓と手足を思わせるもので、マナリング氏は自分が木の精になったような気がしていた。

　が、何はともあれ、日の光は気持ちがよかった。温室の中は暖まった土の、つんとむせかえるような香りに満ちていた。湯を運ぶパイプにつけられた専用の装置から、暖かな湯気がたちのぼっている。マナリング氏は、ゆったりと自堕落《レッセアレ》な気分にひたり始めた。が、その時、ガラス屋根の隅の換気扇の辺りから、ブーンと低く長い羽音が聞こえてきた。その音はすぐにいらだたしげなものから、もっとうれしそうなものに変わった。蜂が金網の間のわずかな隙間から、苦労して温室の中にもぐり込んだところだった。闖入者《ちんにゅうしゃ》は静かな緑の空気の中を、水中にもぐるかのように下へ下へとおりてきて、マナリング氏の眉にあたる花びらの上にとまった。それから氏の顔のあちこちを探検し始め、しまいに下唇にでんと身体をのせたのだが、その重みで花びらがたれさがると、マナリング氏の口の中にもぐり込んでしまった。もちろん、マナリング氏にとっては大変なショックだったが、その感触は思ったほど恐ろしいものではなく、それほど不快でもなかった。「そうとも」と、植物になったマナリング氏は考えた。「なかなか気分のいいものじゃないか」

が、その感触をじっくり分析している暇はなかった。マナリング氏のもとを離れた蜂が、一、二度ゆったりと空中で輪を描いたかと思うと、まっすぐに未婚の乙女であるジェインの唇に舞いおりたのだ。植物の世界における単純な法則を思い出し、あわれなマナリング氏の胸に、稲妻のように不吉な衝撃が走った。ジェインもそれを承知しているはずだった。もっとも、ジェインがその法則を知るようになったのは、ここ数年のことで、ジェインの興味を引こうとマナリング氏が植物学の初歩を教えたりしなければ、知らずにすんでいたはずなのだが。ああ、自分は何という独りよがりの、愚かなおしゃべり男であったことか！　気の毒なマナリング氏は、今や猛烈な自責の念に駆られていた。花の下で、二つの葉むらが震えおののき、混乱し抗議する二本の手のように、苦しげに上にあがった。ジェインの顔の上に行儀よく並んだ柔らかな花びらが、怒りと恥じらいに真っ赤に染まっておどおどと震え、それから恐怖と狼狽のせいでクチナシのように真っ白になった。が、マナリング氏にはどうすることもできなかった。氏は、しっかりと教育を受けた良識あふれる男性であり、蘭コレクターにふさわしい騎士道精神の持ち主でもあったので、内心はらわたが煮えくり返る思いだったのだが、顔は麻痺して動かず、無表情のままなのだった。マナリング氏は、懸命に顔の筋肉を動かそうとした。運命の前で自らの無力さを嘆き、いさぎよく己の非を認めてきっぱりと改悛の情を示し、なるようになるだろうという精一杯の曖昧ななぐさめをつけ加えたいのだが、何もかもうまくいかなかった。緊張のあまり神経が焼き切れそうになるほどの努力をしてみても、左のまぶたをかすかに動かすことができただけで、何もしないよりなお悪いのだった。

この出来事のおかげで、マナリング氏は植物的な無気力状態から完全に抜け出すこととなった。マナリング氏は、中身は人間のまま押し込められることになったこの制限の多い身体に、反抗を始めたのだった。何といっても、氏の心はまだ人間であり、人間としての希望も、理想も、野心も——苦痛を感じる感覚も持っていたのだから。

夕暮れ時になり、ぎっしりと葉を生い茂らせた巨大な蘭の不吉な姿は、ぼんやりと闇にかすんだ。そして、明るい真昼の光を浴びている時よりも、いっそう不気味な感じになった。熱帯の森の空気が、逃亡者の夢か、サキソホーンの郷愁のように、温室の中を満たした。猫のひげがだらりとたれ、ジェインの目もゆっくりと閉じたが、あわれなマナリング氏はしっかりと目を見開いたまま、深くなる闇を見つめていた。が、その時不意に書斎の電気がつけられ、二人の男が部屋に入ってきた。マナリング氏の弁護士と甥だった。

「ここが伯父さんの書斎。もちろん知ってると思うけどね」と、性悪の甥が言った。「水曜に来た時も見てみたけど、何も見つからなかったよ」

「夕方、何度もこの部屋をおたずねしたことがあるのですが」弁護士は不快そうな顔をしながら答えた。「私は暖炉のこちら側に座り、マナリング氏は向こうに座っていました。それにしても、マナリング氏はいったいどうしてしまったのやら。失踪された時は、麻薬とか性的倒錯とか殺人とかいろいろ考えたものですが、まあ、答えはじきにわかるでしょう。それまではあなたがここを管理なさるとよろしい。一番の近親者なんですから」

そう言うと弁護士は踵《きびす》を返して戸口へ向かい、青年の顔には邪悪な笑みが広がった。それを見て、マナリング氏は最初に甥の姿を見た時から感じていた不安が、身の毛のよだつような恐怖に変わるのを感じた。

甥は弁護士を外まで送ると書斎に戻ってきた。してやったりというような、満足しきった表情でまわりをぐるりと見回すと、暖炉の前の敷物の上で、おもむろにはね回り始める。勘当されたはずの家で誰にも文句を言われず、勝手気ままにふるまえると、一人腹黒く悦にいる姿は、マナリング氏が見たこともないほど邪悪で恐ろしかった。ああ、何といういやしく卑劣な勝利の表情が、その顔に浮かんでいることか！　胸が悪くなるような邪悪さと、ぞっとするような復讐心、そしてかたくなで無慈悲な心！　マナリング氏は不意に、甥が子供のころから、驚くほどに残酷だったことを思い出した。蠅の羽を容赦なくむしり、猫に乱暴し……。マナリング氏の額にしずくのようなものがにじんだ。甥がちらとでもこちらを見たら、すべてが露見してしまうとマナリング氏は思った。明かりのついた部屋から、暗い温室の中をのぞくなど、とても無理だとわかりそうなものだったが。

マントルピースの上には、マナリング氏の大きな写真が額縁に入れないまま置いてあった。甥はすぐにそれに目をとめ、勝ち誇ったように尊大に鼻を鳴らしながら、ずかずかと写真の前に歩み寄った。「どうしたっていうんだ、老いぼれの偽善者め？」甥は言った。「女を連れてブライトンにでも行ったってのか？　ふん！　このまま帰ってこなけりゃ万々歳なんだがな。崖から落ちるとか、波にさらわれるとかしていてくれりゃ、言うことなしだ。ま、どっちにしろ鬼のいぬ間の何とやら、こっちは好きにやらせてもらうぜ。このしみったれの守銭奴め！」手をのばし、写真の鼻先を馬鹿にしたようにぴしゃりと指ではじく。それから、この乱暴者の悪党は電気をつけっぱなしにしたまま、部屋を出ていった。おそらく、書斎のまじめでいかめしい雰囲気より、食堂の酒瓶が恋しくなったのだろう。

そんなわけで、その夜は一晩じゅう、書斎の電灯のぎらぎらする光が、安っぽい人工の太陽さながら、マナリング氏とジェインの顔を照らしていた。よく、真夜中の公園で、アスターの花がアーク燈の光に驚き、ぎこちなく固まったまま開いていることがある。眠っていいのか起きていいのかわからずに、人工の光の中で弱々しい色を浮きあがらせ、緊張でがちがちになりながら、その実、神経衰弱にかかったようにぼうっとしているということが。その様子をごらんになったことがあれば、不幸な男女がどのような夜を過ごしたか、おわかりいただけるものと思う。

明け方近くに、ある事件が起きた。事件自体はごくささいなものだが、気の毒なジェインをその場で不幸のどん底へと突き落とし、マナリング氏の当惑と悔恨をあおるには、十分な事件だった。蘭が植えてある土入りの巨大な箱の隅めがけて、小さな真っ黒な鼠がちょろちょろと走り寄ってきたのだ。そいつは意地悪そうな赤い目と、むきだしのいやらしい鼻と、こうもりのようにおかしな形をした大きく醜い耳を持っていた。鼠はまっすぐにジェインの頭の下のほうにある、葉っぱめがけて突進してきた。まさしくぞっとするような事態だった。蘭を支えている紐のように頑丈な茎が、石炭の火に焼かれた髪の毛さながらに縮こまってのたうち、葉っぱが枯れたオジギソウのように苦しげに痙攣して収縮した。おびえきったジェインは発作的な恐怖のため、もう少しで、我と我が身を地面から引っこ抜くところだった。鼠が彼女のそばを走り過ぎてくれなかったら、きっと本当にそうしただろう。

とはいえ、鼠は行ってしまったわけではなく、一フィートも離れていない場所で上を見あげ、自分の上にのしかかるように立っている花を見ていた。体の毛を意志あるもののようにざわざわと逆立てている、かつてはチブと呼ばれる猫だった花を。息づまるような瞬間だった。鼠は明らかに恐怖で棒立ちになっていたが、猫のほうも舌なめずりをしながら見ていることしかできないのだった。不意に、ひとかたまりの葉がしなやかにそっと外側へしない、催眠状態の鼠の後ろにそろそろと忍び寄るのが見えた。「よかった、あれは行ってしまって、もう決して、決して、決して戻ってはこないわ」そう思って狂喜していたジェインは、だしぬけに恐ろしい可能性に思いあたった。ジェインは力をふりしぼって痙攣するように身を震わせ、その動きで呪縛の解けた鼠は、ぜんまい仕掛けのおもちゃのように身をひるがえして逃げ出した。が、無慈悲な蘭の茎が、すでにその退路をふさいでおり、鼠はまっすぐにそちらへ向かって飛び込んでしまった。茎の先についた五本の巻きひげが、逃げる鼠を電光のような速さでがっちりととらえ、すぐに鼠の身体は小さくなって消えてしまった。今やジェインはすさまじい恐怖に胸を震わせながら、やつれた顔をのろのろと苦しそうに、あちらこちらに動かしていた。新しいつぼみがどこに現れるのかが、心配でたまらないのだった。ジェインの頭を支える茎には、緑色のみずみずしい吸器のようなものが軽く巻きついており、ジェインのすぐそばで、アスパラガスの先そっくりの丸い頭をもたげていた。それが不意に、あやしげな感じにむくむくふくらみ始めた。ジェインは身震いしながら魅入られたように、そのふくらみを横目でながめた。これは私の妄想かしら。いや、そうではなかった。

次の日の夕方、また書斎のドアが開き、甥が入ってきた。今回は連れはなく、食堂のテーブルからまっすぐここへ来たのが一目瞭然だった。手には逆さまのグラスで蓋をしたウイスキーのデカンターを持っており、小わきにサイフォン瓶をかかえている。その顔は真っ赤に染まっており、唇には酒場でよく見るような笑みが浮かんでいた。甥はかかえていたものをおろすと、マナリング氏の煙草入れのほうへ向きなおり、鍵束を取り出した。失敗するたびにぶつぶつと悪態をつきつつ次々に鍵を試し、ついに鍵を開けると、一番いい煙草をくすねた。甥が自分の持ち物を好きほうだいに荒らし、のうのうと煙草をふかしているのを見て、マナリング氏は屈辱といらだちを覚えると同時に、これまで以上の不安を感じていた。あのろくでなしの甥は、マナリング氏の家の、どんな私的な場所にも立ち入ることができるのだ。何しろ、鍵束を持っているのだから。

少なくとも今のところは、甥はそれ以上の探索をする気はないようだった。タンブラーにしこたまウイスキーをつぎ、満足しきってくつろいでいるように見えた。が、そのうちに一人きりで飲むのにあきあきしてきたらしかった。といっても、居酒屋仲間をこの家に連れ込むほどの時間はなかったので、黙ってウイスキーのボトルを傾けるしかなかったのだが、飲めば飲むほど退屈を紛らわすものがほしくて、たまらなくなってきたようだった。甥の目が、ふと温室のドアにとまった。遅かれ早かれ見つかる運命だったが、そう思ったからといって、絶体絶命のマナリング氏にもジェインにも、大きなな慰めになるわけではなかった。ついに温室のドアをたたく音が聞こえた時、二人の男女は温室の中で身を震わせた。

甥がガラスのドアについたハンドルを手探りしている間に、ジェインは自分の両側に育っていた二本の葉の房を、ゆっくりと茎の上にあげ、不安に満ちた顔を葉の後ろに隠した。それを見ていたマナリング氏は、不意に希望で胸が高鳴るのを感じた。ジェインの姿はよくよく見なければわからないほど、うまく隠れていたからだ。マナリング氏は、急いでジェインにならおうとしたが、あいにく自分の手足（？）を動かすこつをまだよくつかんでいなかった。血のにじむような努力をしても、自分の葉の房を水平にするのが精一杯だった。ドアが開き、甥が入ってすぐのところにある、電灯のスイッチを探った。人間パニックに駆られると思わぬ力が出るものだが、その瞬間のマナリング氏がちょうどそんな感じだった。言葉にできぬような奮闘を重ねるうちに、突然、右側の葉を持ちあげることができたのだ。まっすぐ上にというわけにはいかなかったが、苦労して房を出したり引っ込めたりしているうちに、じりじりと房があがり始め、とうとう頭の後ろのほうまで持っていくことができた。ぱっと明かりがついた時、茎の先の小枝についた何枚もの葉が、みずみずしいトチノキの葉さながらに扇形に開き、マナリング氏の不安げな顔を隠した。やれやれ、これで一安心だ！　が、甥が温室の中に踏み込んできた時、顔を隠した男女は同時に猫という致命的な存在を思い出し、葉脈を流れる樹液がいっぺんに凍りつくのを感じた。やがて甥は、蘭のすぐそばまでやってきた。利口な猫はといえば、猫特有の鋭い直感で、この若者が寄生虫のようななまけ者の好色漢であることを感じ取っていた。粗野で乱暴で、目上の者にも敬意を払わず、弱い者をいじめ、猫に対しても残忍であることを見抜いていたのだった。そうしたわけで、猫は息を殺してじっとしていた。自分の頭は蘭の下方の奥まった場所にあり、相手は半分酔っ払っているのだから、こうして花のふりをしていれば、気づかれることはあるまいと信じて。だが、すべては徒労に終わった。

「何だこいつは? 猫じゃねえか」甥は言い、無力な生き物をひっぱたこうと手を振りあげた。が、猫のひるまぬ威厳たっぷりの様子が、酒に酔った頭を刺激したらしい。振りあげたこぶしをおろすこともできずに、きょろきょろと視線をさまよわせ、勇敢なる猫の、静かな軽蔑しきったまなざしから逃れようとした。この威張り屋の若者は、そうした輩の例にもれず、根は臆病であるらしかった。が、そうこうするうち、彼は黒っぽい葉の奥に、何やら白く光るものがあるのに気づいた。何事かと邪魔な葉っぱをかきわけてみると、ジェインの顔だった。

「ほう! こいつは驚いた!」甥はすっかり混乱して言った。「戻ってたのか! けど、なんだってこんなところに隠れているんだ?」

口をぽかんと開け、当惑した目で蘭をながめているうちに、甥にもことの真相が飲み込めてきたようだった。たいていの人間なら、この場合、まず意志の疎通をはかろうとするとか、何らかの手助けをしようとするとか、そういう反応を示しそうなものである。あるいは少なくとも、自分がこのような悲惨な目にあわずにすんだことに安堵しつつ、ひざまずいて神の恵みに感謝をささげ、事故にあわぬよう、さっさと温室を後にするのが普通だ。が、酔っ払っていっそう意固地になった若者は、恐れも畏怖も、感謝の気持ちも感じていないようだった。状況がわかってくるにつれ、その顔に悪魔めいた笑みが広がってきた。

「はっはっは、こいつはいい！　で、伯父貴はいったいどこにいるんだ？」

甥はマナリング氏を探して、あちこちを熱心にのぞき回り、じきにマナリング氏の居所を突き止めた。頼りない葉の覆いをかきわけ、我らが主人公の苦悩に満ち満ちた顔を発見する。

「やあ、ナルシスどの」甥は言った。

それから長い沈黙が続いた。悪意に満ちた卑劣漢はすっかり悦にいっており、言うべき言葉が見つからぬようだった。彼は両手をこすりあわせつつ唇をなめ、新しいおもちゃを見つけた子供のように、じっとマナリング氏を見つめ続けた。

「だいぶ困ってるみたいだな」甥は言った。「すっかり形勢逆転ってところか。この前会った時のことを、忘れたわけじゃないだろ？」

苦悩に満ちた花の顔の上を、ちらりと感情がよぎり、意識があることをさらけ出した。

「ほう、ちゃんと耳は聞こえるらしい」甥はなおも意地悪く続けた。「感情もあるみたいだな。それじゃ、これはどうだい？」

甥は手をのばし、花の下側にひげのようにのびている、細くてもろい縁飾りのような銀色の糸をつかむと、ぐいと強く引っ張った。じっくり様子を確かめようともせず、科学的な興味すら覚えた様子で、マナリング氏がびくりとたじろいだような微妙な反応を示すと、満足したようにげらげらと笑い出す。そしてこの悪党は、くすねた吸いかけの煙草を深く吸い込むと、いやな臭いのする不快な煙を、マナリング氏の顔の真ん中に吹きつけた。

「気に入ったかい、洗礼者ヨハネどの？」意地悪く、横目でマナリング氏を見やりながら言う。「疫病にはこれが一番だぜ。なかなかのもんだろう？」

が、その時、甥の上着の袖の上で、何やらざわざわと蠢くものがあった。見おろすと、例の恐ろしい巻きひげをつけた長いつるが、上着の乾いた表面を不満そうに探り回っていた。つるはあっという間に甥の手首をとらえたが、しっかりからみつく寸前に、蛭か何かのように払いのけられた。

「畜生！　こういうわけだったのか。扱い方を飲み込むまで、しばらく近づかんほうがよさそうだ。物笑いの種になるのはごめんだからな。それにしても、服を着てりゃあ大丈夫のようだったが……」ふとそこに思いあたった甥は、マナリング氏からジェインへ、ジェインからマナリング氏へと交互に視線を動かした。床をつぶさに観察して、物陰に、しわくちゃになったバスローブが一枚落ちているのを見つける。

「やっぱりな！　なるほど、そういうことか！　へえ！　ほう！　ふうん！」背後ににやりといやらしい視線を送って、甥は温室を出ていった。

マナリング氏の苦しみも、とりあえずこれ以上増すことはなさそうだった。とはいえ、明日になるのが恐ろしくてならなかった。マナリング氏は、悪夢のような想像に悩まされながら、眠れぬ長い夜を過ごした。想像力でふくれあがった頭の中に、屈辱に満ちた途方もない拷問の数々が、次々と浮かんでは消えた。拷問！　もちろん、甥が伯父をそのように残酷に責めさいなむなどと、考えるのは馬鹿げていた。が、マナリング氏は、若者が冗談半分におかしな気まぐれを起こさないものかと、それが怖くてならなかった。ことに酒が入ってでもいたら、どんなよからぬ出来心を起こすかわかったものではない。ナメクジやカタツムリをけしかけるとか、蘭に垣根風の装飾的な刈り込みをほどこしてみせるとか。あのろくでなしが、目の前で自分の金や大事な所持品を荒らし回り、馬鹿にするような軽口をたたくだけで満足してくれればいいのに、とマナリング氏は思った。たまに、ひげを引っ張られるぐらいなら、まだ我慢もできる！ そのうちに、自分の中に残る人間の心も段々と消えてなくなることだろう。人間らしい情熱や憧れや欲望が消え去れば、何もかもをあるがままに受け入れ、植物的な悟りの境地に達することができるはずだ。が、マナリング氏は翌朝、そう簡単にはいきそうもないのを悟った。

甥が入ってきたが、温室の親戚二人をおざなりにからかっただけで、すぐに机に向きなおり、一番上の引き出しを開けた。その熱心さからして、金を探しているのは明らかだった。先日マナリング氏のポケットからかすめ取った金も、すっかり使い切ってしまったらしい。銀行から直接金を引き出すすべは、まだ突き止めていないのだろう。が、引き出しには十分な額が入っていたと見え、やくざ者の青年は満足そうに手をこすりあわせた。家政婦の老女を呼びつけ、その耳元でワインと酒を買ってこいと無茶な命令をわめく。

「さっさと行きやがれ！」ようやく老女が命令を飲み込むと、甥は怒鳴った。「すぐにでももうちょっとましな女中を雇わないとな。ちゃんと俺の世話をしてくれるような。うん、そうしよう」甥はひとりごち、その無作法な態度にいたく心を傷つけられたあわれな老女は、びっこを引き引き部屋を出ていった。「よし、かわいい小間使いでも雇うとするか」

甥は電話帳をあさって、地元の職業紹介所のナンバーを調べた。そして午後になると、伯父の書斎で何人もの小間使い志望者の、面接を行なった。不器量だったり、身持ちがかたそうだったりする娘はそっけなくおざなりにあしらい、すぐに次の志望者と交代させた。が、この若者のけしからぬ好みにあうような、色っぽくてふしだらで厚顔そうな娘が入ってくると、面接はたちまち長びいた。こうした場合、甥は相手に自分の真意があからさまにわかるようなやり方で、話を結ぶのが常だった。たとえば、ずいと前に乗り出し、娘の顎をとらえていやな笑いを浮かべながら言う。「この家には俺のほか、誰もいないんだよ。君のことは家族同様に扱うつもりだぜ。わかるだろ?」あるいは娘の腰にひょいと腕を回して、こんな風に言う。「俺たち、きっと仲良くやっていけると思うんだがな」

こうした扱いをされて、二、三人があわてふためいて部屋を出ていった後、見るからにあばずれめいた若い娘が部屋に入ってきた。派手な服装やけばけばしい化粧、染めた髪を見るだけでもそれは明らかだったが、そこに誘うようなしぐさや、蓮《はす》っ葉《ぱ》な微笑みが加われば、一目で素性がわかるというものだった。甥がこの娘と話をまとめるまで、そう時間はかからなかった。実際、娘の本性は一目瞭然だったので、不良の甥は茶番を楽しむようにごくあたりまえの質問をしただけだった。それも、望みのものを手に入れる前に、ちょっとした刺激を味わっているだけのことで、型通りの会話をしつつも、みだらな視線をかわしあっているのだった。こうしてその娘が、翌日から来ることになった。マナリング氏は、自分のためというより、不幸なジェインのために気をもんだ。「いったいどんな見たくもない場面を、見せられることになるものやら。きっとジェインの黄色い頬が、真っ赤に染まるに違いない」マナリング氏は思った。

ああ、口をきくことができさえすれば！

その夜も甥は書斎でだらだらしていたが、いつも以上に酔っ払っていることは明らかだった。アルコールのせいで、ところどころ赤く染まった顔には、不機嫌そうな嘲笑が浮かんでいる。どんよりとにごった目はぎらぎらと険悪に輝き、小声で何事か乱暴にののしり続けていた。この人間の形をした悪魔は、明らかに怒り上戸と呼ばれる人種で、酒のせいでごくささいなことに、癇癪を起こしているらしかった。

面白いことに、このころになると、マナリング氏に急激な変化が現れていた。完全に自分本位になってきたというか、直接身体に受ける刺激以外には、反応を示さなくなってきたのだ。酔いつぶれて怒り狂った甥が衝立《ついたて》をけやぶり、火のついた吸殻を絨毯の上に放り出し、ぴかぴかのテーブルの上でマッチを擦っている。が、そうした様子を見ても、マナリング氏の心は少しも乱されなかった。所有の感覚も自尊心もしびれたように麻痺し、怒りも屈辱も感じなかったのだ。マナリング氏の身体は急速な発展と進化をとげ、完全な植物というゴールに大きく近づいたらしかった。ほんの数時間前まで、つつましいジェインが甥に苦しめられはしないかという思いが、マナリング氏を激しくさいなんでいたのだが、それは氏の他人を思いやる心の、最後の揺らめきであるらしかった。人間らしい心のほとんどが、マナリング氏の中から消え去ろうとしていた。が、そうした変化は、現時点では純粋に喜ばしいこととは言えなかった。人間としての幅広く明確な意識がせばまったことにより、多くの苦悩の原因であったプライドや他者への思いやりが薄れたのはいいとしても、ギリシャの古典などからも引用できる通り、一連の苦しみの中でマナリング氏を支えていた、不屈の精神や超然たる無関心までが、消えてなくなろうとしていたのだから。さらに、こうした極限状態の中にあって、マナリング氏の自我は小さくなったというより、凝縮したような状況にあった。家具が手酷く扱われているのを見ても、花のように無関心に落ち着いていることはできたが、その一方で、同じような暴力が自分に向けられることを、花のように一心に、ひたすら恐れているのだった。

書斎の中ではまだ甥が激昂し、わめき続けていた。マントルピースの上に、マナリング氏がジェインにあてて送った、手紙の封筒が置いてある。マナリング氏が街から、甥のどうしようもない不良ぶりを知らせた手紙だった。甥の目が、ふとその手紙に落ちた。つまらぬ好奇心に駆られた甥は、無遠慮に手紙を取りあげ、封を切った。読むうちに、その顔がこれまでの百倍ほどはどす黒く染まっていった。

「何だと」甥はつぶやいた。「競馬狂いのろくでなしだと？　ごくつぶしの不良……見さげはてた悪党……それに、何だ、永久に俺と縁を切るだと？」甥は聞くにたえない呪詛の言葉をまくしたてた。「畜生！　永久に俺と縁を切るだと？　それならこっちにも考えがあるぞ、あの悪魔どもめ！」

甥は、机の上にあった大きなはさみをひったくると、温室に飛び込んだ。

魚の中でもある種の鯛には、人間につかまった時、悲鳴をあげるものがいるという。虫の世界でもスズメガの幼虫は、ごくかすかにではあるが、恐怖の叫びをあげるという。植物の世界では、苦悶の声をあげるのはマンダラゲだけだと言われていた——そう、たった今までは。

冷たい手を重ねて

Give Me Your Cold Hand

ジョン・D・キーフォーバー

ジョン・D・キーフォーバーも、まったく身元も経歴も不明の作家である。

　本編は男の大きな手や針に奇妙なフェティシズムをもつ悪女をめぐり、そのとりこになった男たちの異常心理を描いたホラーである。

身体の痺れがとれた今、待っているのは本当につらかった。シャベル一杯の土が、幾度も穴から放り出され、振りおろされたつるはしが、投光器に照らされたぬれた地面に、ざっくりと深くめり込んでいく。もし、本当に死体があったとしても、見つからないこともありえるのではないか？　すでに覆いをかけられ、穴の近くに転がっている死体一つでは、満足できないというのだろうか？　汗を流しながら、のろのろと掘り進む警官たちを見て、ぼくは彼らを気の毒に思った。

いや、気の毒なのはこのぼくだった。それにジョージも。ぼくの左手首に手錠でつながれ、ぼくのかたわらに立つジョージは、下着をぬらさんばかりに興奮していた。その両目はぎらぎらと輝き、広い肩は緊張でこわばりつつもぐいと前に乗り出し、首の筋肉は湿った太いロープのようだった。優にぼくの三倍はある大きな手は——ぼくもそう小柄なほうではないのだが——掘り進む警官たちを手助けしているかのように、無意識に不安げな痙攣を繰り返していた。ぼうぼうにのびたひげが、雨の中で光っている。例の声を聞き始めてからというもの、ジョージはひげをそっていないのだった。ひげを生やし、巨人のような身体つきをしていても、ジョージの心は子供のままだった。このぼくがモンテレーの学校教師であり、ついでにトニーという名の、愚かな男であるのと同じように。

そう、ぼくは正真正銘の愚か者だった！　だからこそこんな事件に巻き込まれ、みじめな思いをしているのだ。だからこそアニタと――少なくともこんなに長く――離れることができなかった。だからこそこんな夜中に、太平洋から押し寄せる夏の霧に包まれ、地面を掘り続ける警官の群れに囲まれて、ぼんやり立ちつくしているのだ。死体のすぐそばで、もう一つの死体が出るのを待ちながら。

そもそもの初めから、ぼくは救いようのない馬鹿だった。男とはたいていそういうものだとはいえ、いともたやすく女に――アニタに――征服されたのだから。そして、何よりも救いがたいのは、アニタが悪い女だと知っても、彼女と離れられなかったことだった。

今となっては信じられない話だが、ぼくとアニタはほんの数ヶ月前、サンフランシスコから数百マイル南のモンテレー半島にある、カーメル・ビーチで出会ったばかりだった。皮肉なことに、ぼくはその時も、死体の埋まった穴のそばにいた。どこかの気の毒な男が――こいつもかなりいかれた頭の持ち主だったのだと思うが――自分と妻と三人の子供たちのために即席の更衣室を作ろうと、砂の中に深いたて穴を掘っていたのだ。午後遅くになってから、男は子供のように、穴の底のトンネルから運び出された。トンネルが男を入れたままくずれ、男は窒息死したのだった。

ぼくは男を助け出そうと、必死で地面を掘った者の一人であり、アニタはそれを見ていた傍観者の一人だった。ぼくはすぐにアニタに――その身体と表情に――目をひきつけられた。アニタはたいていの女より背が高く、骨太で、力強く高慢な雰囲気をただよわせていた。日に焼けた身体はすばらしい曲線を描いており、うっとりするほどなまめかしかった。そしてアニタの表情はぼくの心ににかわのようにこびりつき、ぼくは彼女のほうを、何度も何度も盗み見ることになった。様子を見ていた者たちは、皆一様にあわれみの表情を浮かべ、心配そうな顔をしていた。が、アニタの顔は大洋のように冷たく、無表情だった。ただ一度、誓ってもいいが、頬をゆがめてかすかに微笑んだ時をのぞいては。

むろん、その時は見間違いだろうと思った。こんな恐ろしい死を目の当たりにして、微笑むような人間はいない。ぼくは本当に、何一つわかっていなかったのだ……。

男の遺体が浜から運び出されると、様子を見ていた者たちも、死神に聞かれるのを恐れるようにささやき声で話しながら、一人また一人と散っていった。が、アニタはそこを動かなかった。

「馬鹿げた死に方をする人もいたものね」アニタは北欧のアクセントの残る、ハスキーな声で言った。「砂に埋もれてどろどろになって。髪にも目にも両手にも、砂がこびりついていたわ。せっかくきれいな手をしていたのに。あなたは気づいたかしら?」

その時初めて、ぼくはその針に気づいた。アニタの胸の少し上、水着の左の肩紐辺りに針が刺さっており、午後の日ざしの中できらめいていた。話しながらアニタは手をあげ、ほとんど無意識のように、人差し指をその長い銀の表面にさっとすべらせた。その様子は指を舌で湿らせているかのようでもあり、また、あとでわかった通り、自分の存在や魂、女としての性に、手を触れているかのようだった。

その午後、アニタはぼくを自分の家へ連れていき、数日でぼくらは恋に落ちた。数ヶ月たった今でも、ぼくはどうしてそんなに早く、どういう経緯でそうなったのか、まったくわからずにいる。が、どうしてある男が、ある特定の瞬間に、ある女のベルベットのような泉に身を投げるのか、うまく説明できる者がいるだろうか。なぜ、女が男を欲するのか、真の結びつきとは何なのか、いったい誰にわかるだろう？

とにかく、今となってはもう遅い。そうなってしまったのは確かなのだから。かたく目を閉じ、耳をふさぎ、酩酊した心のままに、ぼくはアニタの中に身を投げた。アニタはスウェーデン人であり、ブロンドの髪と、なまめかしい身体と、海のような青い目を持っていた。ぼくは彼女を抱き、その青い目におぼれたいと願った。アニタは四年前に、スウェーデンからやってきたばかりだった。こっちにいる男友達のほとんどはブロンドだったが、ぼくは浅黒く日焼けしたオリーブ色の肌と、黒い髪をしていた。彼女の夫、ネルソンのように。たぶんそれが、アニタがぼくを選び、恋人にした理由なのだろう。もちろん、それだけではない、ないはずだとぼくは自分に言い聞かせていた——いや、今も言い聞かせ続けている。アニタに関して、はっきり信じられることは何一つなかったから。

ぼくの身体にはもう一つ、アニタの夫と似ているところがあった。この大きな手だった。二十年もフットボールやバスケットボールをやり、ここ数年は体育の教師として働いていたので、この両手は、強力な武器となっていた。「たくましい手に愛撫してもらうのって、本当にすてきだわ」アニタは出会ったばかりのころから、何度もぼくの手をなでて言ったものだった。

「ネルソンはこの手で私をぶったのよ」

　自分はネルソンに捨てられたのだとアニタは言った。ネルソンはある朝サンフランシスコへ行ってしまい、二度と戻ってこなかった。それからまだ一年もたっていないのだと。ネルソンが出ていった時、二人は結婚して一年にもなっていなかった。それからは何の便りもなく、アニタは彼が死んだものと思っているという。が、アニタはそれを喜んでいた。ネルソンはペブル・ビーチに二十万ドルの豪邸を持つ大金持ちだったが、見さげはてた残酷なろくでなしで、しじゅうその百万ドルの両手でアニタをたたいていたから。

　少なくともアニタはそう言った。

　が、ネルソンがたぐいまれな両手を持っていたことだけは確かだった。アニタがぼくに、彼女とネルソンの全身を写した写真を見せてくれたから。ネルソンはやせた小柄な男で、アニタよりも背が低いぐらいだった。が、その両手は関節のついたハムかこん棒のようで、身体の他の部分とまったくつりあっていなかった。寄り添うアニタの手は、そのこん棒のような手の中にすっかり隠れてしまっていた。

　最初にその写真を見た時には、ぼくはあの針に気づかなかった。が、数週間後、そのきらめく鋼の意味について、疑いと恐れを抱き始めた後で、再びその写真を見ると、アニタのドレスには、確かにあの長い針が刺さっていた。カーメル・ビーチで出会った日、水着に刺さっていたのと同じ針、彼女がいつもいつも、衣服につけているのと同じ針が。

「なぜ、いつも針をつけているんだい？」とうとうぼくは聞いた。アニタにキスをする時にも、その針が、ちくりと皮膚を刺すことがあったからだ。

　アニタは薄く笑って肩をすくめ、「これは私のものだから」と言っただけだった。それだけ言えば十分だとでもいうように。

　これを聞いた時、ぼくは初めて、アニタの瞳がけわしくそらされ、太平洋から岸に押し寄せてくる霧のように、本心を覆い隠すのを見たと思った。そして、アニタを知れば知るほどに——そんなことが、本当に可能だとしてだが——彼女がいつでもぼくや他人を締め出し、自分の世界にこもってしまえることを、見せつけられることになったのだった。ぼくと話している時でも、アニタは不意にぼんやりと瞳をくもらせ、眠っているような顔つきになって、事実上、ぼくを置いていってしまうのだった。ぼくやアニタの言った言葉が、彼女しか入れない部屋のドアを開けてしまったかのように。ベッドで激しく愛しあった後でさえ、ぼくはアニタの頭の中から、完全に締め出されていると感じることがあったし、ことの最中に、そうなったことすらあった。アニタは突然ぴくりとも動かなくなり、その身体が一気に冷たくなったようにすら思われたのだった。

　拒絶。奇妙にも、その後友人めいた関係になったとはいえ、ぼくは初め、ジョージからすらそれを感じていた。アニタが海岸からぼくを連れ帰った日、ぼくはジョージの敵意と嫉妬を感じ取った。そうしたわけで、すぐ考えを改めることになりはしたが、最初はジョージもアニタの愛人の一人なのだろうと思っていた。あの日、ぼくらがカーメル近郊の、ペブル・ビーチの家に帰り着くと、ジョージが堂々たる正門を開け、アニタのコンバーチブル型のキャデラックを中に入れた。車の中にぼくがいるのを見ると、ジョージは見る間に不機嫌そうになった。アニタがぼくを紹介するのに答える声にも、子供じみた怒りが感じられた。

ジョージはひげをたくわえ、長くぼさぼさの髪をした大柄な男で、母屋の裏にある、ゲストハウスのような場所に住んでいた。髪の毛が顔を隠しているせいで、二十代なのかそれとも四十を過ぎているのか、よくわからなかった。アニタの庭師兼雑役夫である彼は、いつも短くなるようにものを言う、子供っぽく、頭の鈍い、ゴリラのような男だった。

アニタは、夫が失踪する数ヶ月前に、ジョージを雇ったのだと言った。「でも、二人の仲は最悪だったわ。ネルソンときたら、ジョージを汚らしい靴磨きの小僧みたいに扱って。ジョージをくびにしたくてたまらないみたいだった」それから、アニタの瞳がぱっと明るくなったのを、ぼくは覚えている。「でも、ジョージは私のものよ（あの針みたいに？　と、あとでぼくは思った）。ジョージを見つけたのは私なんですもの。ジョージはモンテレーの漁船で働いていたの。一目見て、私のところに来るべき人間だってわかったわ。あんなに大きくてたくましい手をしているんですもの」アニタの瞳の中の光が、異常に強くなるのを見て、ぼくは落ち着かない気分になった。「あの手があれば、家の中のことをすっかりまかせられると思ったの。私のしてほしいことを、何でもしてくれるって。そう、何でもね」

手。ネルソンの、ジョージの、そしてぼくの手。アニタはまるでこれらの手から力を得ているかのようだった。大きな手が、アニタにとってどういう意味を持つのか、悟った時にはもう遅かったのだが。あるいはぼくは、すべての男がするように、そうやって自分を正当化しようとしているのかもしれない。とにかく、今はぼくにもうわかっている。アニタがぼくを――他の男たちと同じように――恋人に選んだ理由の一つは、間違いなく、この大きく力強い手にあるのだと。

アニタの家もまた、とても大きく堂々としていた。近くの海岸から運んだ石で建てたというその邸宅は、まるで城のようだった。高い場所に作られた、てっぺんが三角形の細い窓も、屋根の四隅の小塔めいたものも、大きな金属のちょうつがいがついた巨大な木製の扉も、堀のような深い溝も、この二十世紀の世では、どこか奇怪に見えた。海側以外の場所をぐるりと取り囲んでいる巨大な松や糸杉の間で、風が悲しげに鳴っている。屋敷の天井は高く、壁も床も石がむきだしで、ほとんどすべての部屋に暖炉がつけられていた。夜になると、大広間に飾られた鎧の上で、暖炉の火がゆらゆらと踊った。

アニタの寝室は海に面した場所にあり、ぼくたちはそこで岸に向かって砕ける波のように、互いの胸に身を投げかけあい、激しく抱きあった。その後アニタは、ぼくの手を取って自分の胸に押しつけながら、こう言うのだった。「あなたの手は波のように力強いわ。その力を私にわけてちょうだい」

が、ある時、アニタはいつものようにぼくの手を両手で囲みながらこうつぶやいた。「でも、波だって消えてなくなるわ」そして彼女はだしぬけに身を震わせ、ベッドのわきのテーブルにある、あの針に手をのばした。

アニタは夜も、くだんの鋼のかけらをナイトテーブルに置いたままにしていた。ぼくはだんだんだんと、その存在がうとましくなり始めていた。むきだしのまま放り出されたその針は、しじゅう月光のなかで、きらきらとその存在を主張するのだった。アニタは針を他の場所へ置くことも、衣服からはずすことも拒絶した。ぼくが針をしまってくれと頼み、懇願しても、ただ「いやよ」と言うだけで、それ以上は何も語ろうとしないのだった。そしてもちろんぼくは、針を話題に出すのをやめた。その針が、アニタにとって大きな意味を持つものであり、彼女が針のこととなるとやたらと過敏になるのに、遅まきながら気づいたからだった。

アニタ、針、ジョージ、大きな手。これらのつながりを、もっと早く理解していさえすればー　ジョージと手錠でつながれ、汗を流して穴を掘り続けるあわれな警官たちをながめながら、ぼくは深い悲しみと喪失感を味わっていた。皆が多くのものを失った――ジョージも、アニタも、ぼくも、そしてネルソンも。警官たちが穴の底に死体を見つけたほうがよいのか、見つけないほうがよいのか、ぼくにはもうわからなかった。が、覆いをかけられ、ぼくのかたわらに横たわっている、もう一つの死体のほうは――そのままそこにあってほしいと思わずにいられなかった。

恐怖を最初に感じたのがいつだったか、今となってはよくわからない。それは、ゆるゆると押し寄せてきては、アニタへの情熱の前にまた薄れていくのだった。恐怖がぼくの心をむしばみ始めたのは、ジョージが外でうめいているのを、最初に聞いた時だった。夜、アニタの家から帰ろうとしていたぼくは、裏庭の車をめざして歩いていた。ジョージは母屋の裏手の、自分の住居からそう遠くないところにいたのだが、ぼくが車に向かって彼のいるほうへ歩いていくと、月夜に長く尾を引く、うめき声が聞こえてきたのだった。ぼくの足音に気がつくと、ジョージは静かになった。ジョージは新しく植えられた花壇のそばに座り込んでおり（つまり、ぼくが今立っている場所からそう離れていないところだ）、アニタの年とったブラッドハウンドのサッグズが、その膝に頭をのせていた。ぼくはジョージに何かあったのかとたずねたが、彼は答えなかった。そのキャベツのような頭は、小さな樽のような胸に顎がくっつかんばかりに、がっくりとうなだれていた。ぼうぼうにのびた髪が、すりきれたジャケットの襟の上でめちゃくちゃにもつれている。

「ぼくにできることはあるかい？　気分が悪いのか？　アニタを呼んでこようか？」

「いや、いい」とうとうジョージは言い、いとわしげにこう吐き捨てた。「あんな女、もう顔も見たくねえ。ひどい女だぜ」ジョージはネルソンのように大きく、ぼくのよりもさらに大きな手で陰気にサッグズをなで、サッグズは応えるように小さく尻尾を振った。「あの女は、今夜俺に、とんでもねえことをさせようとしてるんだ」

ぼくは、ジョージの言葉を聞き流した。いつものことだ。子供っぽい嫉妬にとりつかれ、発作的な怒りに駆られているだけなのだ。ある時、ジョージはぼくにアニタが針を持って彼を追いかけ回したと言ったことがあったが、もちろんぼくは信じなかった。ぼくは本当に、何一つわかっていなかったのだ……。

「そろそろ寝たほうがいいよ、ジョージ。こんなところにいたら風邪をひくぞ」

「もう俺にはあの声が聞こえてる」ジョージは言ったが、その声はますます陰気なものになっていた。

ぼくは不覚にも、いったい何のことかと聞いた。あの時口をつぐんでさえいたら、少なくとも恐怖のおとずれをもう少し遅らせることができただろうに。

「ネルソンさんが、俺に毎晩話しかけてくるのさ」ジョージは（あとでそう思ったのだが）、そんなことを思ったり口にしたりしないでとアニタに叱られたことがあるかのように、挑戦的な口調で言った。

「ネルソンはもうここにはいない」ぼくは言い聞かせるように答えた。

ジョージの大きな頭が上下に揺れた。「いや、いるさ。俺にはあの人の声が聞こえるんだ。簡単なことさ。あの人は、俺に何かを伝えようとしてる。俺に何かをしてもらいたがってる。簡単なことさ」

次の日になると、サッグズの姿が消えており、その週ずっと見当たらなかった。ぼくはとうとうアニタに、サッグズはどうしたのかとたずね、アニタはあの犬は死んだのよと答えた。ジョージが、激しい罪悪感に耐えきれなくなったようにこう告白したのは、それから数週間もたたないころだった。アニタが彼にサッグズを殺し、裏庭に埋めるよう命じた。彼がわめいていた「とんでもないこと」とは、そういうことだったのだと。

「なんでそんなことを?」ぼくは怒ってアニタにたずねた。そして、そこには確かに、いくらかの恐怖も混じっていた。それが恐怖の始まりだったのかもしれないし、あるいはもっと正確に言うなら、ぼくは恐怖を感じつつも、その時はまだ、それに気づいていなかったのかもしれない。

アニタは肩をすくめて答えた。「あの犬は、年寄りでもう役に立たなかったのよ。それに、ネルソンにかわいがられていたから。あの犬を見ていると、ネルソンを思い出すんですもの」アニタの手がさっとドレスに刺さった針にのび、その声は、今まで聞いたことがないほど、はりつめた、感情的な、甲高いものになっていった。「我慢できないのよ！　人でもものでも、たとえ犬でも、ネルソンを思い出させるようなものは！」

恐怖。ジョージがある晩、庭でぼくを待っていた。アニタの家を出た時点で、ぼくはもう恐怖に揺すぶられていた。アニタと抱きあい、一つになり、ほとんど耐えがたいまでの熱に浮かされている最中に、彼女はうめくようにある名前を呼んだのだった。

「ネルソン！」そしてアニタの身体は冷たく、動かなくなった。しばらくして、アニタはぼくの手のほうへ手をのばして、こうつぶやいた。「ネルソンは私が恐ろしいと思った、たった一人の人だったの。一瞬、あなたがネルソンのような気がしたのよ」

「どうしてそんなことを！」

「あなたの手のせいよ。さっき急に、あなたの手が、ネルソンのもののような気がしたの」

「ぼくの手はあんなに大きくはない」

「そうね。でも、とてもたくましくて力強いわ。さあ、その手をこっちへ。いいえ、両方ともよ！」アニタはぼくの両手を握り、一時間近くも胸の上に押しあてていた。「これは、私のもの。私のものよ」とつぶやきながら。

その後ジョージが、庭に出たぼくをつかまえたのだった。ジョージはぼくの背中辺りまで届きそうな巨大な手で、ぼくの肩をぽんとたたき、ぼくを裏庭のほうへ引きずっていった。「ネルソンさんが、あんたと話をしたがってる」ジョージは興奮にうわずった声でささやいた。ぶつぶつとわけのわからぬことをつぶやき続けながら、ジョージはぼくを引っ張って、新しく作られた花壇のそばへ導いた。以前ジョージが、かわいそうなサッグズの頭を膝にのせて、座り込んでいた場所だった。「あの人が、あんたを連れてこいとそう言ったんだ！　そう、ネルソンさんがな！　俺にははっきり聞こえるんだよ！」

「ジョージ、ぼくはもう家に帰らないと」

「ネルソンさんが毎晩俺に、はっきり話しかけてくるんだよ。『助けてくれ、ジョージ。連れてきてほしい者がいるんだ』ってな。あんたも聞いてみろ」

「ジョージ、頼むからもうやめてくれ。ネルソンはここにはいないんだ！」ぼくは心底疲れ、げっそりしながら言った。

ジョージの巨大なキャベツのような頭が、痙攣するように激しく上下に揺れた。「いるさ！　いつだってな。声が聞こえるんだから。ネルソンさんはこう言ってる。『助けてくれ、ジョージ。私はおまえに……』」

もちろん、ぼくにはそんな声など何一つ聞こえなかった。が、実を言えば、ぼくは一瞬――ほんの一瞬だけだが――その場にたたずみ、耳をすました。今思えば、思った以上にアニタやアニタの人生に、深く影響されていたということなのだろう。

ぼくがそれ以上ジョージといっしょに、声を聞こうとしないのを見ると、ジョージは激しく気分を害したような、そっけない顔つきになり、怒った声でこう言った。「ミス・アニタは、きっとあんたのことも手に入れるぜ。まったくひどい女だ。あんな女、もう顔も見たくねえ」

ぼくはこの言葉を、狂人のたわごととして聞き流した。あるいは、聞き流そうとした。ぼくは一度、ジョージがネルソンの声を聞いたと言っていると、アニタに話したことがあった。アニタはすぐに、顔にかすかな警戒の色を浮かべて、きっぱりと言った。「ジョージには私からよく言っておくわ。ジョージがそういうことを言っても、もう取りあわないで。ジョージはちょっと頭が弱いのよ」

だが、ジョージの「ミス・アニタは、きっとあんたのことも手に入れるぜ」という言葉は、ぼくの心ににかわのようにこびりつき、いつまでも離れようとしなかった。夏の休暇の間、モンテレーのアパートを引き払い、ここでアニタと暮らすという計画を、取りやめにしようかと思うほどに。が、結局ぼくは計画通りにした。その時から、ひどい間違いを犯しているとわかってはいたつもりだが、どうしてもアニタに――アニタの豊かな身体と力に――抗うことができなかったのだ。そう、アニタは確かに力を持っており、ぼくも、おそらくはネルソンやジョージも、その力に支配されていた。ぼくは、より多くを求めて、アニタのもとに戻らずにはいられなかった。そしてぼくは、こうしたアニタの力が人を魅了し、しまいには滅ぼすものであることを、重々承知していた。が、その時は何もかもに疲れ果てていて、そうしたことを、実感として悟るまでにはいかなかったのだ。

そうしたわけで、学校が休みに入ると、ぼくはアニタの家に引っ越した。ぼくらはうまくやっていたと思う――少なくとも最初のうちは。二人で海へ出かけ、ビッグ・サーへと続く海岸沿いをドライブした。カーメルやモンテレーの催し物に参加し、夜になると、いっしょに家の外の岩に腰かけた。ベッドに入ると、アニタはぼくの手を取ってなでさすり、そこへ向かってささやきかけるのだった。本当に力強い手ね、パパにそっくりだわなどと言いながら。アニタは何度も父親の夢を見たと言っていた。夢の中で、彼女は子供のように父親の手にかかえられており、父親が何度も何度も彼女を放りあげ、またつかまえるたびに笑い声をあげていた。「パパはいつも私をつかまえてくれたわ」その夢の話をした時、アニタはぼくに言った。「いつもよ。決して私を落としたりしなかった」その夢は、事実に基づいたものだとアニタは言った。アニタの父親はアニタを放りあげ、決して、決して落とすことはなかったのだと。

手。それらはいつもアニタの心の中を占めていた。「その手で私をたたかないでね」と、アニタは何度もぼくに言った。「お願い、トニー。ネルソンはいつも私をぶったのよ」アニタの手がさっとあの針の上にのびた。緊張や、恐怖や、怒りを感じた時に、いつもするように。「それにパパも、私を一度だけたたいたことがあったわ。私を放りあげてくれたあの手で。まるで、落とされたような気がしたものよ。お願いよ、トニー。その手で私をたたかないでね」

ある夜、アニタは腹を立てた。アニタが例の針を常に衣服につけ、夜はベッドのわきのテーブルに置いておくことに、ぼくが耐えられなくなったからだった。いったいなぜなのか、ぼくは知りたかった。今日こそは理由を教えてほしいと思った。いったいどうしてなんだ？　ぼくは言った。

「これは私のものだから」いつものように、アニタは言った。

「それじゃ、答えにならない！」ぼくは叫んだ。

「これがなければだめなのよ。あなたが煙草を手放さないのと同じよ」

「ぼくはそいつが嫌いなんだ。そいつをはずしてくれ！」ぼくは怒鳴った。その長いきらきら光る鋼を、どれほど恐れているか自覚しないままに。

「だめよ。これは私のものよ」

ぼくは手をあげ、アニタのドレスの上の針をつかもうとした。が、その瞬間、アニタはまるでこれまで何度もそうしてきたかのように、さっとドレスから針を引き抜くと、ぼくの手を突き刺した。針の先が、ぼくの手の平にめり込んだ。

地面を掘り進んでいく警官たちのかたわらで、ジョージと手錠でつながれている今この時でさえ、その時の傷跡が、むずむずとうずくのを感じる。

恐怖。あれから一ヶ月ちょっとしかたっていないのだが、その晩から、ぼくは恐怖がだんだんとつのっていくのを感じていた。荷物をまとめてアニタのもとを去りたいと思うほどに、急激で強烈な、鋭く身を切るような恐怖ではなかったが、鈍い痛みのようなかすかな恐れが、確実にぼくの中で育っていた。

ある晩、風向きのせいなのか、ジョージが庭で繰り返しうめく声が、ぼくらの寝室まで聞こえてきた。「はい、ネルソンさん。わかりました、ネルソンさん。きっとおっしゃる通りにいたします。そいつが誰なのか教えてくださいくびにしたほうがいい」

「あの男は少しおかしいよ。くびにしたほうがいい」ぼくはアニタに言った。

「だめよ。私が見つけてここに連れてきたんですもの。ジョージは私のものよ」

また別の夜、ぼくはジョージのすさまじい叫び声によって、浅い眠りから呼び覚まされた。その声はだんだん高くなり、ぼくはとうとう出ていって彼を黙らせようという気になった。が、ぼくがアニタの身体を乗り越えてベッドを出ようとすると、アニタが目を覚ました――あるいは半分夢うつつだったのかもしれない。本当のところはよくわからない。何度も思い出そうとしてみたのだが、ぼくの頭は混乱するばかりだった。とにかく彼女は目を開けた。ぼくの思い込みかもしれないのだが、月の光の下でさえ、その瞳におびえた色があるのがわかった。「ネルソン、やめて！」アニタは叫び、ぼくに額をぶつけんばかりの勢いでぱっと身を起こした。

「ぼくだよ、トニーだ」ぼくは静かに言った。

「ネルソン、お願いだからやめて！」アニタはまたしても悲鳴をあげ、無意識にパジャマの上部に手をのばした。ドレスをつけていれば、針があるはずの場所に。

ぼくはアニタを乱暴に揺すぶったが、確かに目を覚ましたはずのアニタは、みたび金切り声をあげた。「ネルソン、お願いだからやめて！　もう私をぶたないで！」

なおもアニタに覆いかぶさるような格好でベッドのわきの明かりをつけたぼくは、目の前の光景に後ずさった。アニタの顔は、文字通り恐怖でぬりかためられていた。色を失った唇はぎゅっときつくかみしめられ、その両目は、後から後から恐怖をほとばしらせる、二つの泉のようだった。アニタはほとんど必死の形相で、狂ったようにパジャマの上を探り、例の針を探していた。そしてそれがベッドわきのテーブルにあることを思い出すと、ぼくの下で身をよじり、そちらへ手をのばした。ぼくは今や怒りに駆られ、アニタの腕をつかんで怒鳴った。ぼくはトニーだ、トニーなんだと。が、アニタはぼくの顔をまともに見すえながら、こうつぶやいた。

「ネルソン、お願い」

ようやくアニタを落ち着かせると、ぼくは彼女の腕を離してベッドを出た。アニタはもう何も言わず、ぴくりとも動かなかった。ぼくが上着を引っかけ、靴をはき、寝室を出ていくのを、ひたすら見つめ続けていた。

外に出ると、ジョージの姿は消えていた。聞こえるのは、岩にぶつかっては消えていく波の音と、松や糸杉の間を渡る風の音ばかりだった。が、家の中に戻ろうとした時、ぼくは遠くで、苦しげな悲鳴のような声がこう叫ぶのを聞いたように思った。「助けてくれ、ジョージ。助けてくれ」

もちろん、ぼくの妄想だったのだろう。恐怖のせいで、ありもしない幻聴を聞いたにすぎない。アニタやジョージや針や手に、あまりにも深く心をとらわれていただけなのだ。この時ぼくははっきりと、アニタと別れねばならないと悟った。

が、それはあまりにも遅すぎた。

寝室に戻ると、アニタはベッドの中の、さっきと同じ場所にいた。ガラス玉のような生気のない瞳だけが、服を脱ぎ、ベッドに戻るぼくの姿を、物憂げに追いかけていた。ベッドのそばの明かりを消そうと手をのばした時、ぼくは例の針が見当たらないことに気づいた。「針はどうしたんだい？」ぼくは静かに聞いたが、アニタは答えなかった。もう一度質問を繰り返したが、やはり答えはなかった。そしてぼくは、針がアニタのパジャマの上に刺さっているのを見て取った。ぼくはためらいがちに明かりを消し、寝つかれぬ夜を過ごした。

そんなことがあってから、アニタは昼間衣服に針をつけておくことはもちろん、夜もパジャマに針を刺したまま、眠るようになった。「これがあると落ち着くのよ」と、アニタは言った。「あなたが煙草を手放さないのと同じよ」そんなことももうめったになくなっていたのだが、夜ベッドの中でアニタがぼくの手をとって胸に押しあてると、ぼくは時々指に突き刺さる針の感触を感じた。ぼくをネルソンと呼んだことについて、アニタは決して触れようとせず、ぼくも（賢明にも？）その話を持ち出すことはなかった。

ぼくらの仲は、急速に冷えていった。いっしょに外出することも、海へ出かけることも、海岸の岩に腰かけ、岸に押し寄せてくる夜霧をながめることもなくなった。抱きあうことももうなかった。アニタは一人で外へ出かけ、家ではほとんど自室にこもっていた。針を手に持ち、ゆっくりと丹念に、ぼくの煙草の箱に穴を開けているのを見かけたこともあった。

恐怖。ある夜、目を覚ますと、ベッドの中にアニタの姿がなかった。ぼくはアニタを求めて家じゅうを探し回り、やがて、外の地面に座り込んでいるアニタの姿を見つけた。ジョージがうめき声をあげていたあの花壇のわきに座り、指先で針をくるくると回している。ぼくはアニタのほうへ歩いていった。

「こんなところで何をしているんだい？」

答えはなかった。

中に入るようにと言っても、何かあったのか、ぼくが何かしたのかとたずねても、アニタは何も答えなかった。

恐怖。ぼくはアニタに、落ち着き先が決まったら、すぐここを出るつもりだと告げた。アニタは肩をすくめ、「どうぞお好きに」と言っただけだった。ぼくはほんの一週間前に部屋探しを始めていた。今日手ごろな部屋を見つけ、明日にはそこへ移るつもりでいた。ああ、もう一日早く部屋が見つかっていたら！　あと二十四時間早ければ、今こうして穴のかたわらに立ち、そこが墓穴であるのかどうか、確かめることもなかったのに。

数時間前、ぼくは一人でベッドに入ったが（アニタとはすでに別々の寝室を使うようになっていた）、眠ることすら恐ろしかった。そしてぼくは、降りしきる雨の音にも負けないほどの、ジョージのうめき声を聞いた。その声はだんだんと大きく、ぞっとするようなものになったので、ぼくは彼を黙らせるため、起きあがって外に出ようとした。が、アニタの部屋の前を通り過ぎた時、アニタが霧のような冷たい声で言った。「どこへ行くの？」ぼくがアニタにわけを話すと、アニタは「行くことはないわ」と言ったが、ぼくは足を止めなかった。ぼくが懐中電灯を手にドアの外に出ると、アニタは怒った声で言った。「ジョージの言うことに、耳を貸さないでと言っているでしょう。あの男は頭がおかしいのよ！」

ああ、君もな。ぼくは思った。

外に出てジョージのほうへ歩いていくと、ジョージはぐいと頭をあげ、泣きそうな声で言った。「ネルソンさん?」

「ジョージ、ぼくだよ。トニーだ」

「ああ」ジョージの声は失望で暗くなった。

ぼくはジョージの前で足を止め、懐中電灯の光を彼の顔にあてた。ジョージがこんな穏やかな安心しきった表情をしているのを見るのは、初めてだった。ジョージの膝から一フィートも離れていない、耕されたばかりの花壇に、鉢植えの花が置いてある。

「この花はどうしたんだ?」ぼくは聞いた。

「俺が持ってきたのさ。ネルソンさんのためにな。あの人は、今夜俺に会いにくると言ってる。簡単なことさ」

「中へ入ろう、ジョージ。こんなところにいたら、ずぶぬれになってしまう」

「ネルソンさんは、誰を連れてきてほしいのか教えてくれると言ってる。あの人と俺は、今夜たくさん話をした。ここで二人きりで、じっくりとな」ジョージは花壇と鉢植えの花を見おろして続けた。「そうでしょう、ネルソンさん。そうですよね? 二人で話しましたよね?」

「ジョージ、もうわかったから。少し静かにしてくれないか」そう言うとぼくは踵を返し、家の中に戻ろうとした。こんな馬鹿げたやりとりは、もうたくさんだった。この不愉快な、頭のいかれた男には、好きなようにわめかせておけばいい。あと一晩なのだから我慢もできるだろう。

が、いまいましい狂人は、ぼくの腕をつかんだ。「ここにいろよ、トニー。俺やネルソンさんといっしょにな。ネルソンさんは、あんたを気に入ってると言ってたぜ」誇らしげに顔を輝かせて、こう続ける。「俺と同じぐらい気に入ってるってな」

「その話はもういい」

「けど、ミス・アニタのことは、もう顔も見たくねえと言ってた」

ぼくはジョージのハムのような手から腕をもぎ離そうとしたが、ジョージは手にいっそう力をこめた。

「ネルソンさんは、あんたに中に戻ってほしくないと言ってる。あの女といっしょにいてほしくないってな。ひどい女だ。まったく蛇みたいに腹黒い女だ。いや、それ以上だぜ！」ジョージの指が、ますますぼくの腕に深く食い込んだ。

「畜生、ジョージ、離せ！」

「だめだ。ネルソンさんがだめだと言ってる！」

自由になろうと身をよじった拍子に、ぼくは花壇のすぐ内側にあった鉢植えの花を足でへし折り、めちゃめちゃに壊してしまった。

「あああああ」ジョージはぼくを離してうめいた。花壇の土の上に膝をつくと、ぎこちなく植木鉢の破片をかき集め、花を元通りに起こそうとする。「あああああ、何もかもめちゃめちゃだ。ネルソンさんの花が。これじゃあ……」

不意にジョージはぴたりと口をつぐんだ。植木鉢のかけらを手から落とし、泣き声をあげながら地面にくずおれると、花壇に盛られた土の上に額をすりつける。「はい、ネルソンさん」彼はうめいた。「はい、ネルソンさん。わかりました、ネルソンさん」一言話すたびに、頭を地面にがんがん打ちつけながら、ジョージは繰り返した。

しばらくすると、ジョージの「はい、ネルソンさん。わかりました、ネルソンさん」がぴたりとやんだ。ジョージは顔をあげ、懐中電灯の光を見あげてにっこりと笑った。「あれがネルソンさんだ。あんたも聞いただろ?」ぼくは無意識に頭を揺らしていた。「ネルソンさんはこう言ったんだ。『ジョージ、そろそろトニーを離して家の中に入れてやれ』ってな。簡単なことさ。こうも言った。『その手でトニーをつかまえるのはやめろ。私がいいと言ってからその手を使うんだ。おまえは大きくてすばらしい手を持っているんだからな』って。簡単なことさ」ジョージは子供のように喜んで、頭を上下にゆらゆらと揺らした。「俺はネルソンさんが求めている人を、つかまえる手助けをするのさ。それが誰なのか教えてもらったら。簡単なことさ」

本当にもう耐えられなかった。骨の髄まで凍えるような恐怖が、ぼくを突き刺していた。何もかもが、虫酸がはしるほどいとわしかった。この男も、アニタも、この家も、針も……。とにかくここを出て、どこでもいいから暖かく正常な場所へ行きたかった。家の中に戻って服を取ってくるつもりなのか、何も持たずにただ出ていくつもりなのか、それすらわからないまま、ぼくは向きを変え、ジョージのそばから離れようとした。が、不幸にもジョージの言葉を聞き、思わず足を止めてしまった。

「ネルソンさんが墓穴から出てくる。そして……」

ジョージはまだしゃべり続けていた。最初はいつものたわごとだろうと思っていたが、何かぼんやりと胸騒ぎのようなものを覚えたぼくは、ジョージの言葉を聞き取ろうと耳をすました。おそらく、墓穴という言葉が、鍵穴に差し込まれた鍵のように、この場にぴったりの言葉だったからだろう。

ジョージはうれしそうに、花が植えられたばかりの花壇に向かって、ぶつぶつとつぶやき続けていた。たぶん、ぼくがまだそこにいることすら、気づいていなかっただろうと思う。その恐ろしい言葉を聞くうちに、ぼくは心がゆっくりと、ゼリーのように溶け出すのを感じた。

「あんたが死んでるからって、何も変わっちゃいませんよね、ネルソンさん。あんたはこうしてこの墓穴から出てこられるんですから。ねえ、そうでしょう? あの邪悪なミス・アニタは何にも知らずに、ネルソンは死んだ、墓穴から出てこれるはずがないなんて、抜かしやがるんですよ。俺があんたを殺したから、もう話すことも歩くこともできないって。俺があんたを殺したから、あんたはもう俺をかわいがっちゃくれないって。あの女は、あんたが俺を許してくれたことも、俺があんたの手助けをしてることも、何も知らないんですよ。何一つわかっちゃいないんです。本当にむかつく女だ。あんただってそう思うでしょう? 何もかも、あの女がやらせたことなんですから。あの女があんたを殺して穴を掘って埋め、その上に花壇を作るよう、俺に命じたんですから。ねえネルソンさん、俺だってほんとは、そんなまねはしたくなかったんです。けど、あの女が針を持って、俺を家じゅう追いかけ回したんですよ。俺をさんざんおどかしたあげく、あんたが俺を殺そうとしてるなんて、大嘘をつきやがった。まったく蛇よりも邪悪で腹の黒い女だ。あんな女……」

いつからアニタがぼくの後ろに立っていたのか、ぼくは気づかなかった。が、何にせよジョージの言葉をすべて聞いたのは、確かだったのだろうと思う。アニタが身をひるがえし、ほとんど逃げるような早足で家のほうへ向かう気配を感じ、ぼくは彼女の後を追った。なぜ後を追う気になったのか、理由はよくわからない。怒りや恐れやヒステリー、あるいはこれらすべてが混じりあった感情のせいかもしれない。アニタがぼくをあやつる糸を引くのに、あやつり人形さながら、引きずられただけかもしれないし、あるいは蜘蛛を追いかけてたたきつぶそうとするような気持ちで、彼女を追いかけたのかもしれない。どこをどう追ったのかはよく覚えていないが、アニタの――ぼくらの――寝室で、彼女を見つけたのだけはぼんやりと覚えている。アニタは部屋の隅に後退し、獣のようにぎゅっと唇をゆがめていた。手にきらきら光る針を持ち、その先端をぼくに向かってつきつけながら。

「近づかないで、ネルソン」

「ぼくはただ、自分のものを取りにきただけだ」

「ここにあるものは、みんな私のものよ」アニタは言い、身体の前で針をかまえながら、ぼくのほうへ一歩踏み出した。「あなたはもう、私をおびやかすことはできないのよ」

アニタはまたぼくのほうへ、一歩踏み出した。これをはっきり覚えているのは、その一歩で、アニタがぼくを攻撃することができるようになったからだ。目にもとまらぬ速さで、針がぼくの手を突き刺した。その時の痛みを、ぼくはまだ覚えている。そしてアニタは蒼白になった顔に、ひきつった微笑みを浮かべた。

ぼくはアニタを打った。

アニタが片膝をつき、そのまま後ずさる。

そこをまた、たたいた。

「ネルソン！」アニタは悲鳴をあげた。「ネルソン！」アニタは這ってぼくのわきを回り、ドアのほうへ逃げ出した。「ネルソン、やめて！　お願いだから、やめてちょうだい！」

ぼくはアニタが手に針を持ったまま、部屋を出ていくにまかせた。「近づかないで、ネルソン！　やめて、ネルソン！　こっちに来ないで！」階段を駆けおりながら、アニタはヒステリックに叫び続けていた。

その後を追って階段をおり、庭に出ると、アニタは悲鳴をあげながらジョージのほうへ駆けていくところだった。「来ないで、ネルソン！」アニタは叫びながら、ジョージに身体をぶつけた。「ジョージ、助けて！　ネルソンが追いかけてくるの！　私の後を追ってくるのよ！」

「あんたを？」ジョージは言った。「ネルソンさんが……あんたを追ってるって？」

「ええ、そうよ」

ぼくはジョージが、いかにも幸せそうにこうしゃべるのを聞いた。「そうだな。ネルソンさんはずっとあんたを探してた。あんたのことを追いかけてた」

そして次の瞬間、ジョージは言った。「はい、ネルソンさん。わかりました、ネルソンさん。簡単なことです」

ジョージのハムのような手が、アニタの頬を優しくなでたのを、ぼくは覚えている。「ネルソンさんが、探していたのはあんただと言ってる」ジョージは短くアニタに言った。「簡単なことさ」

「助けて、ジョージ」

「俺が助けたいのは、ネルソンさんだ」

ジョージの指が、アニタの首に食い込んだ。

「俺はネルソンさんが言った通りにするだけだ。簡単なことさ」

ジョージの力強い指がアニタの首を締めあげるのを、ぼくはじっと見つめていた。アニタはあえぎ、もがき、ジョージを打った。少なくとも一度は、その針でジョージを刺したのだろう。手錠をかけられる時、ジョージの手から、血が出ているのが見えたから。

ぼくがジョージのほうへ歩いていくと、ジョージは満足しきった顔で微笑んでいた。その足元にはアニタが横たわり、アニタのかたわらには針が転がっていた。「ネルソンさんの言いつけを果たした」ジョージは目にうれし涙をためながら、誇らしそうに言った。「やっとあの人の手助けができた。そう、簡単なことさ」

それからいろいろあり、警察が来た。たぶんぼくが呼んだのだと思う。細かいことはもう覚えていないが、ともかくぼくは、ジョージとともに手錠をかけられた。そして警官たちは穴掘りの後、予想通り、死体を発見した。ネルソンの死体を。ジョージは嬉々としてぶつぶつとわけのわからぬことをつぶやき、ネルソンと話し続けていた。死体を確認させるため、ジョージを居残らせた警官たちは、何度もジョージに黙るように言ったが、ぼくはジョージが何を言おうと、もう気にならなかった。耐えがたい苦しみに襲われた後では、あたりまえの痛みは苦にならないものだ。

警官たちは死体を引きあげた。ぬれてしまうじゃないか。ぼくは思い、めまいを感じながら顔をそむけた。ああ、死体がぬれてしまう。ぼくはそう思い続けた。その馬鹿げた考えを捨てることができないままに。ネルソンの遺体は、アニタの体のわきに横たえられ、その下に死体を抱いていた花壇は、すっかりめちゃめちゃになっていた。

その時、誰かがこう言うのが聞こえた。「おい、この手を見ろよ。この男の右手を見ろ！一面に小さな穴が開いているじゃないか」

アニタが針を使ったのだと、ぼくは思った。アニタがかわいそうなネルソンの手を、何度も何度も突き刺したのだと。おそらくネルソンの手でたたかれた後に。そして、ネルソンが死んだ後にも。

誰もが一瞬口をつぐみ、雨の音だけが辺りに響いた。ついにネルソンを見つけたジョージは、もうつぶやくのをやめていた。雨の音だけを、ぼくは聞いていた。

私の小さなぼうや

My Little Man

エイブラハム・リドリー

エイブラハム・リドリーも身元や経歴を示す資料のない作家である。
本編は狂気に駆られた女の妄想が引き起こす殺人が一人称で物語られ、
最後になってその原因が判明する幻想的ホラーである。

私の小さなぼうやは、私のことが大好きだった。毎晩のように、ぼうやは私にそう言った。これは秘密。絶対に秘密だ。彼らはぼうやのことを、よくは思っていないから。ぼうやが私といっしょにいるのも、きっと面白くはないのだろう。あの人たちは、私をここで一日じゅう、一人ぼっちにしておきたがるのだから。まあ、そうは言うものの、私はこの家から、十分すぎるほどのものをもらっていた。この卵色の壁だって、自分の肌と同じぐらいよく知っていたし、私の身体には、この屋根裏部屋の湿った板の匂いが、すっかり染みついてしまっていた。

いつか私はぼうやを連れて、あの暗い、真っ暗な階段を駆けおり、廊下を抜け、ばら色の絨毯を横切って通りに飛び出す。そして、二度とあの人たちに、わずらわされることのない場所に行くのだ。あの人たちが私を怒鳴ったり、閉じ込めたりすることのできない場所に。

私はとてもきれいだとぼうやは言った。ぼうやは本当にいい子だったが、実を言うと、愛らしいとは言えなかった。

今夜、私は引き出しから絵の具を出し、ぼうやのすてきな似顔絵を描くつもりでいる。ぼうやは決して、器量よしではないけれど……。いや、でもそれは私が悪いのだ。私がぼうやを床に落とし、鼻を壊してしまったのだから。そう、今更言ってもどうしようもない。

今日はわびしい一日だった。

二月三日、水曜日。鉄格子のはまった窓の外に見えるのは、向かいにあるパン屋の、何もない壁ばかりだった。

雨が降っていた。雨は赤い壁の上を、たった今流れ始めた血のように、つるつるとすべり落ちていた。とてもとても美しかった。

アンナってとてもかわいい名前だと、ぼうやは言った。私も同感だったので、今日は一日じゅう、自分をアンナと呼ぶことにした。

アンナでいるのはとても楽しく、今までずっとずっとアンナでなかったことが、何だか馬鹿らしいぐらいだった。アンナという、かわいい名を持つのはすばらしいことだ。もし、私に幼い娘でもいれば、やっぱりアンナと名をつけただろう。

二月四日、木曜日。

昨夜、私はまた絵を描き始めた。大きな押入れの中から絵の具箱を取り出し、その小さな鼻にできた傷は無視して、私はぼうやの似顔絵を描いた。

なかなかのできだった。ぼうやの誕生日プレゼントにしよう。私は思った。

ぼうやは次の誕生日で三歳になる。本当にすばらしいことだ。

もし、彼らがいいと言ったら、ここで二人きりのパーティーをしよう。オレンジジュースとアイスクリームがあれば、きっと楽しくやれるだろう。

だめだと言われたら、ここで一晩じゅう歌を歌ってやるのだ。

いいえ、やっぱりだめ。彼らを心底不機嫌にすることはできても、そんなことをしたら、きっとエルビンストーンさんが、私に注射をしにくるだろう。私をいい子にさせておくには、こうするしかないのだと言って。

私は二十三歳で、今日はアンナと名乗っているけど、それは本当の名ではなかった。本名は、コンスタンス・マリー・ダー、略してコニー。父はアルフレッド・ライルといい、かなりの有名人だった。

階下には私の夫、ロビン・ダーが住んでいたが、ロビンは二月一日月曜日から、少なくとも三日は、私に会いにきていなかった。ロビンはしじゅう忙しくしていたし、本当のところ、もう私たちは愛しあってはいないのだと、私は考えていた。私はロビンが好きでたまらないのに、彼は私を怒鳴りつけるのだ。そう、いつもいつも。眠っている時に怒鳴られることもあった。眠っていると、ありとあらゆる人たちがやってきて、私の前でわめき散らしていく。でも、ロビンがそんなことをするとは思ってもいなかったし、実際信じられなかった。

でも、今は私にもわかっている。

本当に恐ろしいことだった。

みんなが私をぐるりと取り囲んでおり、ロビンもそこにいた。が、ぞっとするようなゴム製の顔のせいで、どれが彼なのかはわからなかった。彼らはげらげらと笑い続け、私は小さなベッドの上で起きあがって、その気味の悪い顔の一つをつかんだ。夫のロビン・ダーなのかどうか、確かめようとして。

ああ、冷たく湿ったパン生地のような、おぞましい感触！　私の指が、その顔の真ん中に突き刺さり、ぐにゃりと水気を帯びた肉をえぐった。閉じた目からじんわりと血が流れ出し、私がまぶたの後ろで指を動かすたびに、ぴちゃぴちゃと飛び散って、私のかわいらしい寝巻きを汚した。私は注射を打たれるまで、叫んで叫んで叫び続けた。

私のぼうやはおとなしい子だった。夜、横になっていると、ぼうやの静かな寝息が聞こえ、彼が元気で幸せで、何の危険にもさらされていないことを、私に知らせてくれるのだった。そしてそれは、このいやらしい家で、私が唯一気にかけていることだった。

この子さえそばにいてくれれば、怖いことなど何一つなかった。

二月五日、金曜日。

今日はエルビンストーンさんが、ハムと卵の朝食を持ってきた。そして、夫のロビン・ダーがやってきて、まるまる一時間もここで私といっしょに過ごした。私たちは、蛇とはしごのすごろくゲームをした。三回とも私の勝ちで、ロビンは一度も勝てなかった。

私はロビンに夜、私の前でわめき散らすのはどうかやめてちょうだい、と頼んだ。

ロビンは何も答えなかった。

私はロビンがなぜ、夜、ぼうやと私が眠ろうとしている時に、あのおぞましい柔らかな仮面をつけてこの部屋へやってきては、私たちの前でわめくのか教えてほしかったが、ロビンは何一つ説明してくれないのだった。ロビンは蛇とはしごのゲームをかたづけると、椅子に座ってあのいまわしい、古いパイプをふかしながら言った。そう興奮するなよ。君がもう少しよくなったら、ここを出よう。そうしたら何もかもうまくいくさ。

私は答えた。よくなんかなるのかしら、と。

エルビンストーンさんが、そろそろ下におりて、私を休ませるようにとロビンに言った。

ああ、私はエルビンストーンさんが、本当に嫌いだった。夫のロビン・ダーがこうして私と話しにくるたびに、彼女はロビンを追い払うのだった。もし、エルビンストーンさん抜きでロビンと話すことさえできれば、ロビンだってきっと夜中に私の部屋で叫ばないでという私の訴えを、わかってくれるはずなのに。

いったいどうしたらいいのだろう？

エルビンストーンさんは、私の看守にほかならなかった。彼女はでっぷりと太った清潔そのものの女性で、私に献身的につくしているように口では言っているけれど、実は夫のロビン・ダーと結婚したがっていることを、私はちゃんとわかっていた。お世辞にも美人とは言えず、おまけにロビンと結婚するには、あまりにも薹《とう》が立ちすぎているというのに。

私のぼうやも、エルビンストーンさんが大嫌いだった。昨夜、私にそう言った。エルビンストーンさんがママだったらどう、と私がたずねてみた時に。

今度夫のロビン・ダーに、ぼうやがエルビンストーンさんをどう言っているか、話してみようと私は思った。ロビンが私のことをもう愛してはいないにしても、この子のためを考えなくては。彼らが私に何をしようとかまいはしないけれど、この子にだけは指一本、触れさせるわけにはいかないのだから。

今日は輝くような晴天だった。パン屋の壁に私たちの家の煙突が、くっきりと影を落としていた。そしてそれは、太陽が空にのぼり、さんさんと美しく輝いている証拠にほかならなかった。

ぼうやを連れて、おもちゃのボートやかわいらしいアヒルが見られる公園に行くことができれば。私は思った。

いつかエルビンストーンさんは、今度夜中に大声を出したら、ぼうやをよそへやると言ったことがあった。そんなことを言うなんて、あまりにもひどすぎる。

彼らが私の前でぎゃあぎゃあわめく時、私は彼らを追い払おうと、大声を出すことがあった。さびしくてたまらない時、ぼうやに歌を歌ってやることもあった。が、エルビンストーンさんは、そのどちらも気に入らないのだった。エルビンストーンさんは、屋根裏部屋に住むちっぽけな鼠さながら、私を静かに黙らせておきたいのだ。彼女が私のことを、すっかり忘れてしまえるように。

エルビンストーンさんは、みんなが私のことをすっかり忘れてしまうようにと、願っているに違いないのだった。夫のロビン・ダーに、結婚を迫ることができるように。私が屋根裏部屋に住むちっぽけな鼠さながら、静かにじっとしていれば、みんなは私とぼうやが死んだと思い込むだろう。そうしたら、エルビンストーンさんはロビンに、私とぼうやが死んだことを伝え、ロビンとともにここを出るつもりなのだ。この部屋に鍵をかけ、私とぼうやを、あのわめき散らす者たちの中に置き去りにして。

二月六日、土曜日。私のぼうやは、今日で二歳八ヶ月と十一日になる。私はぼうやのために特別の絵を描き、ぼうやが起きた時、見えるような場所にかけた。

彼らがまたやってきて私の前で叫んでも、もう何も怖くはない。目を開けて、あのすてきな絵をながめればいいのだから。

私の小さなぼうやは、私のことが大好きだった。世界じゅうで私のことを心から愛してくれるのは、私のぼうやだけだった。そして私も彼のことを、とてもとても愛していた。

今日、私はエルビンストーンさんに、どうして私に死んでほしいのと言ってやった。彼女が夫のロビン・ダーと結婚したがっていることを、白状させてやりたかったのだ。そして、私の小さなぼうやが世話を必要としているかぎり、私は絶対に死ねないのだと、はっきり言ってやりたかった。

が、年を食い、ぶくぶくと太ったいけすかない女は、なぜ私に死んでほしいのか白状しようとしなかった。本当にずるい人よと、私はぼうやに言った。エルビンストーンさんは、あくまで私たちの面倒を見ているふりをし続けるつもりなのだ。そしていつか近いうちに、あのゴムの仮面をかぶった者たちを差し向け、私たちを傷つけるつもりなのだろう。彼らが叫んで叫んで叫びまくれば、私たちの声など聞こえなくなる。

エルビンストーンさんには言わなかったけれど、その時どうすればいいか、私にはわかっていた。耳に指を差し込み、彼らの声を聞かなければいいのだ。
とにかく私のぼうやを傷つけさせるわけには、いかないのだから。

太った巨大な緑色の男が腹ばいになり、床の上を這い回っていた。私は彼がベッドのほうへ這い寄ってくる音を、聞くことができた。彼はぐにゃりとしたすべりのいい身体をしていたので、這い寄る音もずるずるつるつると、ひそやかなのだった。私のすてきな絨毯のそこいらじゅうに、ぬめぬめしたいやらしい跡がついてしまったに違いないと、私は思った。すぐにでも、緑男はベッドの上にまで這いあがってくるだろう。

緑男がベッドの上に腰をおろした時、私は彼を蹴飛ばそうとした。が、緑男の腕や足から、白っぽい色をしたおぞましい蛭がばらばらと落ちてきて私の上を這い回り始め、緑男は奇声をあげながら蛭を集めようと、その後を追いかけてすべり始めた。何よりおぞましいのは、押しつぶされた蛭の身体が、夜具の中にぴったりはりついてしまったことだった。蛭は私の身体にぺたりぺたりとくっついてきては、一晩じゅう離れようとせず、私はエルビンストーンさんが来ることを恐れて、助けを呼ぶこともできなかった。

そして今夜も、私は緑男をそこに座らせたまま、夜具をかぶっていた。

私は緑男の息遣いを聞くことができた。彼は私のちっぽけなベッドの端に、足を組んで座っており、ちょっと足をのばせば触れてしまいそうだった。

私はこの巨大な緑男が怖くてたまらなかった。

例の蛭の一匹が、ベッドの中に入り込んできていた。そいつが確かにベッドの中にいるのを、私ははっきり感じ取ることができた。蛭は私のすてきな寝巻きの中にもぐり込んで、背中を這いあがり始めた。後から後から蛭は現れ、緑男といっしょになって甲高い声をあげた。そして、動転する緑男をよそに、私を食べ始めた。そう、蛭たちはぶよぶよと湿った生温かい身体を私に押しつけ、私を食べているのだった。

私は悲鳴をあげ続けた。エルビンストーンさんが来てしまうと思いながら。

ゆったりした赤い上着をはおったエルビンストーンさんがやってくると、緑男は逃げ出した。

私はエルビンストーンさんに、どうしていつも怒ってばかりいるのとたずねた。

あなたはかわいそうな人ですね。エルビンストーンさんは答えた。

どうしてあんな男をここへよこしたりするの、ロビンに会わせてよと私は言った。ロビンが来たら、エルビンストーンさんのことを、彼女が私とぼうやにしようとしていることを、すべてぶちまけてやるつもりだった。

エルビンストーンさんは、大きな注射針を持ってきていた。彼女は私に注射をし、私を眠らせるつもりなのだった。

私が眠ったら、エルビンストーンさんはぼうやをさらい、この部屋に私を一人閉じ込めて、ロビンとともに出ていくのだろう。

彼女が針を持って近づいてきたら、刺される前に刺してやろうと私は思った。それからぼうやを連れてあの暗い、真っ暗な階段を駆けおり、廊下を抜け、ばら色の絨毯を横切って通りに飛び出す。そして、二度とあの人たちに、わずらわされることのない場所に行くのだ。あの人たちが私を怒鳴ったり、閉じ込めたりすることのできない場所に。

そうとも、やるのだ。やらなくてはいけない。そうすれば私たちは、本当に幸せになれるのだから。

エルビンストーンさんがベッドの端に腰かけ、私に腕を出すよう命じていた。私は言われるままに腕をのばし、注射器ごと彼女の手をつかんだ。エルビンストーンさんは、私が何をしようとしているのか、すぐにわかったようだった。ばたばたと空を蹴飛ばす太い不恰好な足を尻目に、私は彼女の頰に針を突き刺し、何度も注射を繰り返した。

私は彼女を突き刺した。それこそピンクッションのように。

これもみんなぼうやのためなのだ。

出しては入れ、出しては入れ。

うるさい女の身体を、私は何度も刺し続けた。

二月七日、日曜日。

夫のロビン・ダーと私は、家を出ていこうとしていた。

私はこぎれいなドレスをつけ、ロビンが私のスーツケースに荷物をつめていた。みんなが上にあがってきて、私を手助けしてくれた。

私はロビンに言った。本当にすてきだわ。あなたやぼうやといっしょに、ここを出てどこかへ行けるなんて、何てすばらしいのかしら。

みんながコートを持ってきて、ロビンが私にそれを差し出した。

身体がすっぽり包まれてしまい、ろくに身動きもできないような、おかしなコートだったけれど、とても暖かくて気持ちがよかった。

ロビンは本当に優しくて、思いやりのある夫なのだった。

誰かがドアを開け、みんなは私を連れて暗い、真っ暗な階段をおりていった。廊下を抜け、ばら色の絨毯を横切って通りに出ると、救急車に乗り込む。

私は寝台の上に、心地よくゆったりと寝かされていた。

私たちはロビンが、ぼうやを連れておりてくるのを待っていた。

ロビンがおりてきた。

だけど、ぼうやはどうしたのだろう？

ロビンはぼうやを置き去りにして、救急車に乗り込もうとしていた。

「だめだ」ロビンは言った。「もういいかげん、きちんと埋めてやらなきゃいけない」

うなる鞭
Crack O' Whips

H・A・マンフッド

ハロルド・アルフレッド・マンフッド（一九〇四～九一）はイギリスの短編作家で、その作風はコッパードやポーイズと並び称されている。舞台は地方が多く昔話や民話に材を取り、幻想的な寓話や伝説風な物語を得意とする。

経歴は不明だが変わった人物で、サセックス郊外に客車を持ち込み、それを改造して自宅とし、長年にわたって住み執筆生活を続けていた。自分で畑を耕して自給自足の生活を送り、りんご酒（サイダー）を醸造していた。晩年には書きものからすっかり手を引いてしまった。

短編集には、*NIGHTSEED AND OTHER TALES*（一九二八）、*APPLES BY NIGHT*（三二）、*FIERCE AND GENTLE*（三五）があり、四七年には短編選集が出版されている。長編には *GAY AGONY*（三〇）があるのみ。

本編は小さな犬サーカスをもつ小悪党の芸人が、悪ガキたちの悪戯に嵌まる暗いホラーである。

のろのろと行く手をふさぐ呼び売り商人に小さく悪態をつきながら、スクワラー・アダムズは、しゃれた山高帽の下にある、唇の薄い、ジプシーめいた冷たい顔を、苦しげにゆがめた。サーカスの模様が描かれたバンを駆って、薄汚い高い壁に囲まれたホワイトチャペル通りを抜けると、スワン・アンド・アボット広場に車を乗り入れる。

バンの前でふざけていた子供たちが、広場のど真ん中にあるマンホールの蓋の上に作られた、泥と石と花の洞窟を壊してしまったと、スクワラーを激しくののしり始めたが、スクワラーはほとんど気づきもしなかった。スクワラーは、広場の名前のもととなっている、バルコニーつきのさびれた宿屋の前で、やかましい音をたてて車を止めた。

車が止まると、中にいる犬たちがほえ始めたが、スクワラーの一声で静かになった。吸いさしの汚れた煙草を新しい煙草に取りかえると、スクワラーはかたくこわばった足取りでドアの前に歩いていった。つるつる頭の太った宿屋の主人が、ながめていた賭け用の記入表から顔をあげ、おどけた驚きの表情を作ってみせたが、その愛想よさの裏には、どこかおどおどした雰囲気がにじんでいた。

「これはこれは。誰かと思えば、スクワラーさんではありませんか！　ようこそ！」

「アダムズさんと呼んでもらいたいものだな」スクワラーは悪意をこめてきっぱりと言った。

「はいはい、わかっておりますとも。でもあたしらは友達でしょう?」

「友達?」スクワラーは馬鹿にしたように、指を何本もたててみせた。「そんなものを持った覚えはないし、ほしいとも思わない」

なら、さっさとどこかでくたばりやがれ。主人は思ったが、口には出さずに、ため息まじりに言った。「そんな風にお思いとは、残念ですな。まあ、こちらで一杯どうぞ」主人はスクワラーを、すえた臭いのする酒場に案内した。「何か大きなトラブルでも?」主人は何者かが、とうとうスクワラーを打ちのめしたことに喜びを覚えつつ、おずおずとたずねた。「予定が狂ったんですか? 北のほうに巡業に行かれたと思ってましたがね。ゴシップ欄に記事がのってるのを読みましたよ。〈スクワラー・アダムズと、かの有名なプードルたち〉とか何とか……」

主人はまた酒を注ぎながらぎこちなく唾を吐き、自分の大胆な行動に仰天した。主人はスクワラーが大嫌いだったが、同時に恐れてもいた。スクワラーは金になる上得意なので、辛抱していたが。実際、スクワラーの飲む量ときたら、半端ではなかった。今も混じりけのないジンを飲み続けるうちに、スクワラーの目の前であらゆるものがふわふわとただよい始め、毒をはらんだクリスタルのように冷たく、かたく、鮮やかに見え始めていた。

主人の考えることなど重々承知しているスクワラーは、がぶがぶと酒を飲みながらそっけない説明をし、巧妙に主人を意のままにすることに、意地の悪い喜びを覚えていた。「そこの広場を、一、二週間、貸切で使わせてもらいたいのだが。いまいましいことに舞台裏の釘がはずれて、二匹が転落事故を起こした。六番と七番、私の一番いい犬だ。おかげでショーはめちゃくちゃだ。誰かがわざとやったに決まっている」

「それはとんだご災難で、アダムズさん」（誰がやったのか知らないが、そいつに幸あれだと主人は思った）。

「だが、奴らはもっと災難だったさ」スクワラーは馬鹿にしたように言った。金歯が、まるで装塡された弾丸のように、きらりとその口の中できらめいた。

「賠償金をよこせと言ったのに、奴らは聞かなかった。だが、今ごろは、素直に払えばよかったと思っているだろうよ。あの豚どもめ！」スクワラーはポケットからするりと新聞を――薄汚れた地方紙を――引っ張り出し、水たまりのできたカウンターの上に広げた。「まあ、天罰てきめんというやつだ」あざけるように言い、また酒をあおる。

主人は地方の劇場で起こった悲惨な火事の記事を読み、呆然と口を開けた。二人が死亡し、火災の原因は不明。主人は背筋を這いあがってくるものを抑えようと、親指をベストのポケットに突っ込み、神経質に服をひっかいた。この物騒きわまる男の不興を買わぬよう、せいぜい気をつけねばと思いながら。

主人の表情に満足したスクワラーは、新しい煙草に火をつけ、まだ煙を出している吸殻を、手ごろな穴に突っ込んでみせた。火事を起こすなどわけはないとでもいうかのように。そして言った。「ジミー・ザ・ドーズはこの辺りにいるか？」

「すぐ来れるかどうかは、わかりませんがね」主人は苦労して吸殻を踏みつぶしながら、点々と小さな染みのついた、時計の文字盤を見やった。「マイクの玉突き場にいるでしょうから」

「なら、あそこにいる悪がきどもの一人に、こいつを持っていかせてくれ」スクワラーはテーブルの上に手をのばし、花瓶から白い紙でできたふわふわの菊を、二本抜き取った。「スクワラー・アダムズに新しいのを二匹。それだけでわかるはずだ」スクワラーは使い賃として一シリングを添えたが、主人はありがたそうな笑みを浮かべつつも、ドアに向かう途中で、これを抜け目なく半ペニーに変えた（菊の花の代金だと、主人は思った）。そして、轟くような大声でわんぱく小僧の一人を呼び寄せ、使いに走らせた。

主人が宿の中に戻ると、スクワラーは踊り子が色っぽく身をくねらせている、ウイスキーの広告をながめていた。その左目は、煙草の煙の中で、半分閉じかかっていた。

「この宿のためを思うなら、この手の酒を入れるべきだな」スクワラーは言った。

「はい、アダムズさん」

「何なら、これよりもっとひどいジンを出したっていい。どうせ誰も気づきゃしないさ。私はこの宿が広場に面した場所にあって、犬をのせたバンを止めたらすぐ、食事ができさえすればいい。いいな？」

主人はうなずき、片目でちらりと時計を見やった。「二時半から何があるか、ご存じで？」あわれっぽい期待をこめて、そうたずねる。

「レッドラベルが勝つだろうよ」スクワラーはぴしゃりと言い、広場に出ていった。主人はありがたく賭け馬のリストを作り、急送したが、それから落ち着きなく思考をめぐらせ始めた。

まったくあのスクワラーは悪夢から抜け出してきたような男だ。主人は思った。ぴったりと身体にはりつくしゃれた衣服をつけ、蝶ネクタイをしめ、底が浅く、先のとがった黄色いブーツなんぞはいているくせに、まさしく、中国のユダそのものだ！　だが、犬の調教のしかたは、よく知っているらしい。犬たちは、まさにスクワラーの意のままに動いているのだから。そうしなければ鞭《むち》でたたかれ、命を落とすことになるのだから、しかたがないのだろうが。ああ、まったく。主人はため息をつき、また唾を吐いた。自分がスクワラー一座のプードルでなかったことを、心から感謝しながら。そして、どたどたとキッチンに駆け込むと、鼻歌を歌っている太った妻を脅しつけて、スクワラーの好物の塩漬けの魚を急いで買いにいかせた。

外では、けばけばしい模様の描かれたバンが低いうなりをあげて後退し、広場の内側へと続く入り口をくぐっていた。犬同様、スクワラーによってきちんと訓練されたものであるかのように。子供たちが騒々しく四方へ散り、興味津々でまた広場の入り口に集まってきた。バンからひったくったビラを握りしめた彼らは、余興への期待ではちきれそうになっており、スクワラーのことをまったく怖がっていなかった。

が、スクワラーはプードルたちをバンの中にある、犬小屋用の箱から出す前に、子供たちの前で広場の門を閉めた。スクワラーの一声で、七匹の犬たちは歩き回るのをやめ、高いレンガの塀の下に、ひとかたまりに集まった。気の毒なほど警戒し、罰を避けるためには言うことを聞くしかないのだと、ひもじそうな目で辛抱強くスクワラーのほうを見すえながら。スクワラーはいやな臭いのする牛肉のかたまりと、粗末な犬用ビスケットの袋を持ってくると、ナイフから刃を飛び出させ、一匹ずつ犬をそばへ呼んだ。「一番！　こっちへ来い！」犬の口や耳や足を調べてから肉を食べさせ、ビスケットを持たせてもとの場所へ戻す。壁際に戻った犬は、ほっとしたようにビスケットを食べていた。「二番！　こっちへ来い！」罰の必要もないまま肉を配り終わると、スクワラーはバンから犬小屋用の箱を出し、酒場のごみ置き場をかたづけた。壁に沿って番号順に箱を並べ、中へ入るよう犬たちに命じる。いなくなった二匹のせいで混乱した八番が、間違って六番の箱に入ってしまった時には、容赦なくこぶしを使った。それからスクワラーは壁についた蛇口から水を出して、金属の皿を満たし、鞭で犬たちを威嚇しながら、また番号順に飲むことを命じた。その後再び犬小屋に戻された犬たちは、またしても鞭で脅されながら、サーカス駆けをするため、呼ばれるままに一列になった。そして後足で立ちあがり、一定のリズムで頭を低くさげねばならなかった。

が、広場の中は風もなく、まるで熱した炉の中のような有様だった。街はまるで青い毛織物にすっぽりくるまれてでもいるかのように、夏の暑さにじわじわと締めつけられ続けていた。低く轟くような往来の音も、女たちの声や飛び交ううわさ話も、頑丈な靴をはいた子供たちが手回しオルガンのまわりで駆け回る足音も、広場の隅の靴直しの店から響いてくるこつこつというかたい音も、すべてが気だるく、くぐもって聞こえるのだった。まるで音までもが、この暑さに苦しんででもいるかのように。水をもらったばかりの窓辺の植木鉢の列の下で、子供らが口を開け、サボテンのようなおかしな格好でバランスを取りながら、水のしずくを受けとめていた。その姿はまるで、世の中が貧困にあふれ、上流階級の気まぐれな力に支配され続けていることを象徴する、壁面彫刻のようだった。

じきにまた酒がほしくなったスクワラーは、犬たちに箱の中に戻るよう命じた。鞭を手に、スワン・アンド・アボットの横手のドアから中に入り、酒場で賭け金の計算をしているのみ屋と、そのみすぼらしい走り使いのほうへうなずいてみせる。主人は悦にいったようなうなり声をあげ、興奮した様子でよい知らせをささやいた。「レッドラベルが無事、勝ちましたよ」

「なら私の情報は、酒一クウォート分ぐらいの価値はあるだろう。ジンを頼む。ビールはだめだ」

主人は興奮したことを後悔しつつ言った。「ジミー・ザ・ドーズが、例のものを手に入れたそうです。暗くなってから持ってくると言ってました」

「よろしい！」スクワラーは主人の太った肩を、油をぬったなめらかな鞭の柄でぽんとたたいた。「一番いいジンだ。わかっているだろうな」

天井の割れた、陰気なかびくさい部屋で一人になると、スクワラーはほこりまみれの鹿の角に、上着とカラーをかけた。部屋の鏡は染みだらけで、広場を見渡せる場所にある窓には、ぼろぼろのカーテンがかけられていた。スクワラーは山高帽を脱ぎもせず、足をソファーベッドに投げ出す格好で腰をおろすと、食事をし、酒を飲んだ。

食事をしながら、スクワラーは古い新聞を読んだ。ニュースから広告まで、一ページずつ丹念に、一行もあまさずに熟読する。それからテーブルの上を掃除して場所を作ると、ポケットから一組の古びたカードを取り出して、赤いシルクの帯をはずした。カードを切り、新聞を読んでいた時同様、表情を動かしもせずに一人遊びを始める。煙草はつかの間の命を燃やす魂の芯のように、煙を出してたれさがった。時折、スクワラーはグラスに手をのばしたが、飲むのに必要な時以外、決してカードから目をあげなかった。

窓の下の広場で、犬たちは静かにおとなしくしていた。ますますひどくなる熱気に抵抗するように、時折台所でなべがかたかたと音をたて、広場の外では、あやしげな品を売りつけようとする行商人の声が響いていた。六時近くに工場労働者が家路につき始めると、大通りから聞こえてくる喧騒は大きくなり、それからまただんだんと小さくなっていった。そして二時間後、疲れをいやし、身づくろいをすませた労働者たちが、楽しみを求めて通りに飛び出すころになると、ざわめきは、新たな活気あるものに変わった。母親は子供たちを寝かしつけようとし、子供たちはまだ明るいうちからベッドに入るなど愚の骨頂だと、大声で駄々をこねていた。

夕暮れ時になると、背が高く、品のよいジミー・ザ・ドーズが、左右の手に一匹ずつぶるぶる身を震わせる白いプードルをかかえて、のんびりスワン・アンド・アボット広場に入ってきた。

二日前にウエスト・エンドで盗まれたばかりのその二匹の犬は、慣れ親しんだ自由でぜいたくな暮らしを恋しがってしょんぼりしていた。が、ジミーは気にもとめなかった。犬をあわれむような余裕はなかったからだ。他の売人同様、ジミーはこれらの犬を安く買い取り、高く売りさばくつもりでいた。そしてスクワラーはすぐに犬の外見を変え、元の飼い主である公爵夫人ですら、見分けられぬ姿にしてしまうのだった。二匹の手ごろな犬がたまたま売人の手元にいたのは、ちょっとした幸運といえた。でなければ、どこかから犬二匹を調達することになり、下町の外に住む紳士淑女の多くが、迷惑することになっただろう。

哲学的な心とユーモアとをあわせ持つ男にとって、犬を使った商売をするのは、何かと収穫が多かった。金色の首輪をつけたいい匂いのする犬、気難しげに目を細める育ちのよい犬を抱きあげると、飼い主はどんな人間だったかということが、かなりよくわかる。そしてそれは、いわゆる上流階級と下層階級の間にあるものにじっくり思いをはせ、考えを変えることにつながる。そこから生まれる結論は、傲慢でもなければ滑稽でもなく、マルクスやその信奉者が、予想すらしないようなものなのだ。

十分な教育を受けてはいるが物好きなジミーは、純然たる興味から盗まれた犬の故買人になったのだった。二つの世界を結ぶこの仕事は、いつも彼の心に、知的な刺激を与えてくれた。さらにジミーは、うわべばかりを取り繕い、金めっきで飾り立てたウエスト・エンドよりも、気のいい人々のあふれるタワーハムレッツを愛していた。ジミーは陽気な探究心から犬のショーにいそいそと足を運び、しばしば貴族と間違えられた。そしてそれは、もう一つの世界で金持ちののみ屋と間違えられるよりも、ジミーにとって喜ばしいことだった。

スワン・アンド・アボットの中に入ると、ジミーは二匹のプードルを片腕にまとめて持ち、仲間に向かって山高帽を持ちあげてみせた。そして、内臓に染み渡る冷たく澄んだ水を注文した。こうした注文に慣れており、また水がシャンペンなみに値がはることを知っている宿屋の主人は、ジミーのグラスを満たすと、廊下の一角にあるドアのほうへ親指を突き出した。元気を取り戻し、一儲けできると上機嫌になっていたジミーは、ドアを入る前に、高らかに犬のほえ声をまねた。が、陰気なスクワラーはそうしたユーモアを喜ぶ様子もなく、うなずいて値踏みするようにプードルをながめただけだった。

「悪くないな」スクワラーはうなるように言った。ジミーは口をぽかんと開け、むっとしたようにその言葉を繰り返した。

「悪くないですって！　こりゃあ驚いた！　こいつらがどこから来たか、知ってるんですか？」ジミーは肉づきのいい長い顔を尊大にしかめ、小さく鼻を鳴らした。ありもしない巻き毛を後ろになでつけると、鍵束をつけた環の向こうから、あざけるようにスクワラーを見つめる。「ねえ、もっといい羊皮紙はありませんか？　血統書の伝道をしてくれる、修道士もほしいんですけど」

スクワラーはにこりともしなかった。「いくらだ？」

「二十ポンドです」

くしゃくしゃになった薄い紙幣の束から、スクワラーは十ポンドかぞえてジミーに差し出した。

ジミーは紙幣をかぞえなおし、無邪気に言った。「一匹しかいらないんですか？」実は一匹分が優に二匹分の値段だったのだが。

定石に従い、抜け目なく許せる値段の倍の額を、提示してみたというわけだった。

「まあ、一杯やっていけ」スクワラーは低く言い、プードルを検分しようと再び向きを変えた。

「二十ポンドと言ったじゃありませんか」ジミーはもっともらしく、あわれっぽい声で訴えた。「二匹でたった十ポンドだなんて、そんな殺生な」

が、スクワラーはまるで聞いていないようだった。二匹のプードルの鼻面をつかんで自分のほうを向かせ、その目に勢いよく煙を吹きかけては、彼らをおびえさせていた。それを見ていたジミーは、不意に全身の力が抜け落ちたかのような、落ち着かない気分になった。まるで生気を吸い取るスポンジの上に、立ってでもいるかのようだった。ジミーは喜んで自らのルールを曲げることにし、値段の交渉をあきらめて飲んだ。あの犬たちにはとんだ災難だろうが、そのうちに慣れるだろう。おそらくいつかは、スクワラーに正義の鞭がくだされ、すべての帳尻が合うすばらしき日がやってくるはずだ。それには、自分が今持っている以上の勇気が必要だろうが、とジミーは思った。

蜘蛛の心を持った醜い悪魔。だいたい、誰かが一人でこんなに飲んでいるのに出くわした時には、たいていろくなことにならないのだ。ジミーはそっけなく「それじゃあ」と言うと、ポケットの中の紙幣をぎゅっと握りしめて部屋を出た。ジンでにごった目をしたスクワラーが、紙幣をひったくるのではないかと思ってでもいるかのように。

再び一人になると、スクワラーは邪悪な笑みを浮かべた。二つのガス灯をつけ、おびえて身を震わせているプードルの一匹を、カードや食べ物の散乱するテーブルに連れていく。そして、威嚇するように煙草を振り、時折犬の新しい名である六番という言葉を叫びながら、奇妙なかぼそい声で話しかけ続けた。しゃれた格好に刈り込まれた犬の毛を、他の犬たちとつりあうように刈り込みなおし、仕上げにインクで不規則な六つの斑点をつける。身をよじって後ずさる犬を荒々しく殴りつけると、背の高い竹の台に置いて動けなくし、二匹目の犬に取りかかった。

七番が新たなスタイルに刈り込まれ、七つの斑点をつけられて変身を完了すると、スクワラーは二匹の犬を窓から広場に放り出し、鞭を手に、自分も窓を乗り越えた。開いた窓からもれる光はかまどの口のように熱く、犬たちは狂ったように逃げ回った。スクワラーは犬たちを呼んだが、二匹は駆け回り、縮こまるばかりだった。が、鞭が彼らを追いかけ、音をたてて容赦なく打ちすえると、二匹は喜んであてがわれた小屋へ這い込んだ。残りの犬たちは新たな仲間の匂いをかぎ、落ちつかなげにくんくん鳴いたが、低くこだまする鞭のようなスクワラーの声を聞くと、すぐに静かになった。

スクワラーは犬小屋の箱の口を閉めると、また窓を乗り越えて部屋に戻り、酒を飲みながら待った。数分後、例の二匹のプードルが、あわれっぽくきゃんきゃんほえ始めると、スクワラーはすぐさま鞭に手をのばし、箱の上で威嚇するように振り回した。しばらくは静かになったが、二匹は心細さのあまりまたほえ始めた。再び鞭が鋭くうなった。しかし、愚かな犬たちはまだわかっていないらしく、がりがりと小屋をひっかいては情けない鳴き声をあげ、みじめなコーラスを奏で始めた。が、今度スクワラーが使ったのは鞭ではなかった。窓を乗り越え、無言でプードルたちをつかまえると、どんな物音もたてられぬよう、きつく口輪をはめたのだ。

再び窓を越えて部屋に戻ったスクワラーは、最後のジンをごくりと飲み干し、ブーツを脱ぎ捨てて、きしみをあげる狭いソファーにあおむけになった。染みのついた天井にとまっている蠅をまばたきもせずに見つめるうちに、すぐにうとうとし始め、やがて眠りに落ちる。その身体の上ではガス灯が蛇の頭を持つ用心深い番人のように、しゅうしゅうと音をたてていた。

翌日、スクワラーは宿屋のおかみのノックで、遅くに目を覚ました。のびをして唾を吐き、煙草のほうへ手をのばしながら、ぶっきらぼうにお入りと告げる。おかみは新聞と塩のきいた揚げ魚と、粉っぽい濃いコーヒーを手に部屋に入ってきた。大きめのスリッパを、そうやって軽蔑を示してでもいるかのように、ずるずると引きずりながら。分厚い紫色の唇をきゅっとすぼめつつガス灯を消し、床やテーブルに散乱した吸殻を拾い集め、空のグラスや瓶を回収すると、ものも言わずに部屋を出ていく。

スクワラーは、おかみにほどんど注意を払わなかった。不機嫌そうに新聞を取りあげて読み、煙草を吸い、砂糖をぼりぼりかみながら苦いコーヒーを飲み込むと、この後のことを考え、魚とパンを広場の犬たちに放った。

すでに日は高くのぼり、疲れきったままの世界を、新たな焼けつくような熱で満たしていた。海水浴にはもってこいの天気だ。スクワラーは、己の不運を呪った。海沿いの街にでもいれば休暇につめかけた客をカモに、がっぽり稼げたかもしれないものを、こんなところでもたもたと、犬を訓練せねばならないとは！

が、七匹だけでショーをやるなど、もってのほかだった。犬たちは、九匹で芸をするのに慣れていたからだ。古くからいる犬に新たな立ち位置を教える前に、新しく来た犬を訓練せねばならなかった。

スクワラーはうなりながらブーツを探し出し、紐を結びもせずに足を突っ込むと、帽子と鞭を取りあげて窓を乗り越えた。古くからいる七匹は箱の中で動いたり身をよじったりしており、スクワラーの指示通り、秩序正しく箱から出た。が、六番と七番は、悲しげにうずくまったきりだった。

スクワラーはきびきびと二匹の口輪をはずした。鋭い声で命令し、名前を呼んだりこぶしで注意をひきつけたりしつつ、歩き回っている仲間のほうへ、二匹の犬を追い立てる。しばらくすると、鞭でその二匹だけを呼び戻し、鞭の先がその身体を軽くかすめる程度に、二匹のまわりで鞭を鳴らした。広場の中で、まるで恐怖に駆られてでもいるかのように、ほこりがもうもうとたちのぼった。二匹の犬は、黙って見守る七匹の仲間のほうへ駆け戻ろうとしたが、鞭が怒れる生きた壁となって、檻《おり》のように犬たちを閉じ込めてしまっていた。

二匹は悲しげな鳴き声をあげ、互いの匂いをかいだ。そして、お互いの身体に残るかすかな芳香と、今目の前にある鋭い声や鞭とはまるでそぐわぬ、安楽な生活の記憶に取り乱した。二匹がヒステリーを起こしそうになった時、スクワラーは不意に二匹に肉を与え、ささいなことを忘れさせた。おかげで二匹の心の中には、鞭への圧倒的な恐れだけが残り、こうしてこれらの犬たちは、従わねばならぬことをようやく理解し始めたのだった。

スクワラーは犬たちすべてに肉を配ると、身体を傾けて煙草を吸った。古くからいる七匹が、その性別に気を取られつつも、新参者をさげすんでいることに、残酷な喜びを覚えながら。

スクワラーは犬たちをしっかりと訓練し、自分がどのような男であるか、よくよく覚え込ませた。が、その時、門の近くで物音が聞こえた。見ると門が少しばかり開いており、その間から赤毛の頭がのぞいていた。スクワラーは稲妻のような速さで手首をねじり、せんさく好きな闖入者の、上を向いた鼻から一インチも離れていないところに、ひゅっと鞭をたたきつけた。赤毛の少年は驚いて飛びさがり、憤慨しきったようなきいきい声でわめいた。

「おいおい！　何て危ないことをするのさ？」

スクワラーは意地悪くにやりと笑って言った。「とっとと消えうせろ！」

「なんだよう、いいじゃないか、おじさん。見物させてくれよ。みんなに自慢もできるしさ。ねえ、いいだろ」

少年はじれたように片足を門にぶつけたが、スクワラーが脅すようなののしり声をあげると、ぶつぶつ言いながら立ち去った。そしてスクワラーはまた仕事に取りかかった。奇妙な引き具で六番と七番を縛り、引き綱でその動きを制限する。二匹が引きずられてよろめいた時には、容赦なく鞭を鳴らした。

まずは簡単な動きを教えたが、たとえそれがうまくいっても、短い休息以外のほうびはやらなかった。結果に応じたほうびをやるなど、利口なやり方とは思えない。そんなものをやらなくても、犬たちは飛びはねるのだから。二匹の動きがよくなってくると、スクワラーは段ばしごを取り出し、前からいる犬の一匹を呼んで、鞭と身振りで命令をくだした。はしごをのぼらせ、しばらく立ち止まって三度ほえさせ、犬の名前を呼んで宙返りをさせる。それから六番をはしごの前へ連れていき、後ずさる尻の辺りで鞭を鳴らした。一段のぼったところでまた鞭を鳴らし、二段めまではのぼらせたが、その時不意に犬たちが混乱しだし、六番の制御もきかなくなった。広場の外側で第二の鞭が高らかに鳴り出し、スクワラーの鞭の音と混じりあったのだ。

スクワラーはかんかんに怒って、乱暴に門を開けた。赤毛の少年が上機嫌で、にわかごしらえの鞭を鳴らしていた。スクワラーはその鞭を奪い取り、少年をとっちめてやろうと飛びかかったが、少年は軽々と身をかわし、逃げながらこれみよがしに鞭を見せびらかしてみせた。打ち負かされたスクワラーは広場に戻って門を閉めると、鞭を鳴らして秩序を回復しようとした。犬たちがおとなしく一列になるまで、彼らを次々と傷つけながら。

が、訓練を再開するやいなや、反対側で第二の鞭が鳴り響いた。そしてまた別の鞭も。赤毛の少年が他の子供たちに、鞭を鳴らすというこの上ない楽しみを、見る間に広めてしまったのだった。犬たちは混乱し、手がつけられなくなった。スクワラーは門を開け、逃げる子供たちめがけて鞭を振りおろしたが、子供たちは恐ろしくすばしこかった。冷やかすようにスクワラーの目の前まで突進してきては、殴り返してくる始末なのだった。

スクワラーは腹立たしげに、また広場の中に戻った。ジンを運んできた宿屋の主人は、スクワラーにおしみない同情を示し、自分に何も打つ手がないことを残念がった。「あの年のがきどもってのが、どういうものかご存じでしょ。あんただって同じようなことを（いや、あれよりはるかにひどいことだって）、やったことがあるでしょうが。あとでショーを見せるって約束すれば、あるいは……。あ、いやもちろん、約束を守る必要はありませんがね」が、そんな妥協はもってのほかだとスクワラーは思った。「もし、あいつらをつかまえたら……」

スクワラーは不遜にも、プードルたちを自分の鞭と声だけに従わせようとした。が、広場の外で入り乱れる鞭の音は着実に増え続けており、犬たちは混乱しきってまごまごするばかりだった。子供たちは棒やら紐やらを見つけてきては、陽気に競い合うように鞭を鳴らし、スワン・アンド・アボット広場は鋭い鞭のうなりであふれかえった。

広場の住人たちはあらゆる種類の騒音に慣れきっており、当然のごとくこの見世物を面白がっていたので、スクワラー以外、誰も文句を言わなかった。スクワラーはなすすべもなく、怒りに燃えながら酒を飲んだ。あの赤毛の小僧の首根っこを、押さえることができさえすれば……。

そこでスクワラーは、ずるがしこく犬を箱の中に入れ、広場の門を少し開けて、すぐ手が届く場所で待ち伏せた。案の定、赤毛の少年がやってきて、うかうかと中をのぞいた。スクワラーはさっと少年をとらえて中へ引きずり込み、広場のほうへ突き飛ばすと、足で門を閉め、その前に立ちはだかった。鞭を取りあげ、その健康そうなピンクの頰に真っ赤なみみずばれができるまで、よろめく少年を打ちすえる。鞭打たれた少年は、甲高い悲鳴をあげ、大声で助けを呼びながら闇雲に逃げ回った。

そのとたん、多くの鞭の音が、ぴたりとやんだ。どんどんという物音やつぶやき、「こっちへ来て尻を押せ、バート」という呼びかけが聞こえたかと思うと、いくつもの頭が塀の上に現れた。赤毛の少年がまたわめき声をあげると、彼らは塀のてっぺんのガラス片に触らぬよう注意しながら、もっと上へとよじのぼり、次々と塀を越えて飛びおりてきた。別の子供たちが無理やり門を押し開け、スクワラーを大の字に這いつくばらせる。こうして、二ダースもの怒り狂った子供たちが、興奮しきった様子で、広場をはね回り始めた。赤毛の少年が血のにじむ唇をなめながらスクワラーを指差すと、彼らはいっせいにスクワラーに飛びかかり、鞭で打ったり蹴飛ばしたりした。

「この、汚い豚野郎め！」

打ちのめされたスクワラーは鞭の握りで子供らをたたいたが、すぐさま手から鞭を奪い取られた。殴り、蹴飛ばそうともしたが、相手の数が多すぎ、いっせいに殴り返してくる何本もの手の前に、よろめいて地面に転がった。指揮をとっていた赤毛が、甲高い声で命令をくだした。

「そいつを押さえろ！」

子供たち――ありとあらゆる年齢の少年と、何人かの元気のよい少女――は、言われる通りにした。スクワラーの手足をぐいと引っ張って平らにのばさせ、そのまましっかりと膝をついて、スクワラーの力を奪う。

「急げ！　おまえら二人で門を押さえてろ！」

酒場の主人がこっちへ来ることを、誰かが大声で知らせたのだった。もっとも、そう速い足取りではなかったのだが。

「さてと！」赤毛の少年は、威勢よく唾を吐いて言った。「おいおまえ、そいつの手を押さえろ！」頬のみみずばれをそっと指でなぞると、今度はスクワラーに向かって唾を吐きかける。「ずいぶん鞭が好きなんだねえ。けど、よく覚えておいたほうがいいぜ。おいらたちは犬じゃないし、おじさんは神様じゃないんだ。おい、しっかり押さえてろよ！」

赤毛の少年はすこぶる念入りに全体重をかけて、スクワラーの手首を二度踏みつけた。鉄の金具のついたブーツは、スクワラーの骨をやすやすとへし折った。スクワラーは苦痛と驚きにうめき、なすすべもなく身をよじった。しかし、少年は容赦なかった。反対側の手首に慎重に狙いをつけるとブーツを振りおろし、そちらの手の骨も粉々に砕く。

それがすむと、子供たちは勝利にはね回りつつ、風のように姿を消した。広場を抜け、門を抜け、陽気で自由な通りに向かって。

入院患者

The Inmate

リチャード・デイヴィス

リチャード・デイヴィス（一九四五〜）はロンドン生まれの作家、脚本家、編集者である。ガイ・フォークスの人形の恐怖をテーマにした中編「ガイ・フォークス・ナイト」（一九六三、『魔の誕生日』に収録）が処女作である。中短編は数十作あるが、すべてが雑誌やアンソロジーに収録されており、彼の短編集の有無は不明である。

彼が名前を売ったのはアンソロジストとしてである。六九年の*TANDEM BOOK OF HORROR STORIES*にはじまり、七一〜三年には*THE YEAR'S BEST HORROR STORIES*を創刊して有名になり、このシリーズは編者が変わり現在も続いている。またSFのアンソロジーも編集して英米から出版した。

ノンフィクションでは、モンスター本やホラー百科を書いている。このほかにBBC放送のテレビやラジオ番組の企画構成、ホラー・シリーズの脚本や映画脚本を担当した。

本編は私設動物園まで作った動物好きの夫と、コンゴから連れて来られた牡ゴリラに惚れ込み過ぎた美人妻の恐怖の結末が、友人の一人称で描かれている。

ええ、彼女は気の毒な人なんですよ。あなただってそう思うでしょう? まだ三十二かそこらだったと思います。いやいや、私があなたなら、あまり近づかないようにしておきますね。いつもは愛想のいい人なんですが、時々——。そう、もちろん、それが隔離の理由です。用心にこしたことはありませんからね。実に驚くべきことですが、一つ暴力沙汰が起こると、すぐ他の患者にも伝染するんですよ。普段隠れているありとあらゆる種類の性向が、表に出てくるのでしょう。そりゃあ、患者と職員がいるこの手の施設には何かとこう——ささいなトラブルがつきものだってことは、皆さんお聞きおよびでしょうが、あの患者たちの豹変ぶりときたら……。普段蠅一匹殺せないようなお優しい老紳士どころか、あなたのようにここを見学しにくる方だって、とても信じられないと思いますよ。こうしたことはもちろん、私たちのほとんどが、何かの拍子で爆発しかねない、凶暴な部分を持っているからこそ起こるんですがね。こんな場所とは縁もゆかりもなく、笑って正気だと言ってもらえる人だって、それは同じですよ。たいていはそういう凶暴な部分は、厳重に隠され、うまくコントロールされていますから、よほど強い刺激がないかぎり、外に出ることはありません。が、ここにいる患者たちは、そうしたコントロールがうまくできないので、当然必要な刺激も、より小さなものになるわけです。医学用語を並べたててあなたを退屈させるつもりはありませんが、完全な正気なんてものが存在しないことは、あなたもおわかりになるでしょう？　眠れる虎の古いことわざを覚えておいでですか？　あの、オマル・ハイヤームの？　そう、あれは間違いなく真実です。私たちは皆、心の中に獣を飼っているのです。何かの拍子に飛び出すのをじっと待っている獣をね……。

獣の話をしていたら、さっきの気の毒な女性のことを思い出しましたよ。でも、考えてみれば、お話ししたところで、きっと信じてはもらえないでしょうね。

それでは、事務所に戻りましょうか。見学の締めくくりに、飲み物をさしあげます。緊急事態に備えて、少し用意してあるんですよ。

ウイスキーでよろしいですか？　え、さっきの女性？　本当に聞きたいんですか？　獣で思い出したと言ったじゃありませんか。ええ、彼女の夫は私の友人です。だから、彼女がここへ入らざるを得なくなった時、私はいっそうつらい思いをしたのですが。もうなおる見込みはないだろうと思っています。わけを聞いたら、あなたもきっと納得されますよ。信じてもらえるかどうか、わかりませんがね。

彼女の夫のボブは、動物コレクターでした。ええ、でしたと言ったのは、あいつがもう死んでいるからです。あの経験からそうたたないうちに、彼はこの世を去りました。一夜で老人のようになってしまいましてね。そう、ボブは動物を集めては、彼が持っている私設の動物園に入れていました。法外な金がかかったようですがね。が、スコットランドではまだ時々聞く話ですが、ボブはあそこに広大な地所を持っていました。さる没落した旧家から土地を安く買ったのです。このままではやっていけないと悟り、死亡税を払うためにも土地を売る必要があった一族からね。ボブの一家は、例の粉石鹼のたぐいを売りさばいて財を得ていました。株の買い取りをやって、会社を丸ごと買収するにも十分な額でしたから、わが友人はいつのまにか、たいした金持ちになっていたのです。もちろん、彼は大変な好青年でしたし、そう醜男《ぶおとこ》というわけでもありませんでしたから、娘を彼に嫁がせようともくろむ母親たちに、さんざん追いかけ回されることになりました。

私の話し方が、少々ふまじめだとお考えのようですね。ええ、その通りです。どうも落ち着かないのですよ。どうお話ししたらいいか、わからないのでね。私がこの目で見たことには、とても医学的な説明などつけられませんし。それに何より、実を言えば、これ以上お話ししたくはないのです。この話をするのは、私の精神衛生上、あまりいいとは言えませんから。実際にそうなるかどうかはわかりませんが、お話ししたら、眠れぬ夜がいっそう増えるような気がしてならないのです。

あなたがあちらで見た女性、微笑みを浮かべて一人つぶやいていたあの女性はリンダといって、かつてはエジンバラ社交界でも評判の美女の一人だったのです。ダンスパーティーか何かで彼女と出会ったわが友人は、すっかり彼女に夢中になってしまいました。リンダが本当にボブを憎からず思っていたのか、お金にひかれただけなのか、それはわかりません。少々ふしだらな女だという、うわさもありましたしね。しかし、今時の若い女性はたいていそんなものですし、でなくても、そんなふうに思われてしまうふしがありますから。先ほども言いましたが、少なくともリンダは名門の女性でしたから、わが友人にしてみれば、それでたいていのことは許せたのでしょう。そうしたわけで、ボブの心を射止められなかったライバルたちや、彼女ら同様、失望した母親連中の嫉妬にもめげず、リンダはボブと結婚したのです。

最初は万事順調なようでした。都会の雑踏の中でしばらく生活した後で、リンダは西ハイランドでの静かな隠遁生活に、興味を覚えるようになりました。まだうら若い女性のことですから、そうしたロマンチックな暮らしにあこがれていたのでしょうし、美しい山や湖のために、不十分な配管という不便を、耐え忍ぶ覚悟もあったのでしょう。あの辺りのことを何かご存じですか？　歌にも歌われた、フォート・ウイリアムからマレイグへの、島へと続く道のことを？　まあ、そうでしょうね。私はフォート・ウイリアムの近くに小さなコテージを持っていまして、時々そこへ骨休めに行くものですから、実際にあの辺りに行ったことがあるのです。ボブが夜中に、ほとんど誰だかわからぬようなおびえた声で、電話をかけてきたことがありましたが、そんなことが起きてもおかしくないようなところでした。

リンダはよく、この辺りの美しく平和な景色は、すばらしい霊感を与えてくれると、私に言ったものでした。リンダはそういう女性でした。ここにいると、思考がより高尚なものになり、より高レベルの意識に到達することができると、そう言っていました。こうした心理状態からか、リンダは神秘主義に傾倒し、オカルトを勉強するようになりました。リンダがすでに退屈し始めていて、時間をもてあました多くの女性がするように、幻想世界に刺激を求めているのではと私は思いました。私は一度そのことを責め、もっとすることを作ってはと、リンダを非難したことすらありましたが、あなたってお医者にしては恐ろしく鈍い人なのねと、言い返されただけでした。

彼女の夫のボブは、このころから動物園の建設に着手し始めていました。ことの起こりはたぶん、地所で飼われていた白い鹿の群れでした。白い鹿は絶滅したも同然とされている非常に珍しい動物で、スコットランドでこれほどの鹿の群れを持っている地所は、ボブの屋敷以外にはあと一つだけだったと思います。ボブはこの鹿の群れにたいそう夢中になり、これを使って一儲けすることを考えました。ボブにお金が必要だったのかどうかは、あやしいものですがね。ボブは私に自分の計画を話してくれました。動物園を開園し、見物料を取って、一般に公開するというのです。そのうちに、屋敷や残りの地所も、開放するつもりだということでした。リンダは初めこの計画に大反対しており、とくにボブがベルギー領コンゴや、インドのジャングルへの探険に出資を始めた時は、強い抵抗を示しました。ガイドを雇ったり、機材をそろえたりといった、最低限の費用だけでなく、動物を船で運んだり、必要なえさを手に入れたりと、それこそ数え出したらきりがないほどの雑費がかかりますからね。ええ、ちょっと考えるだけでも、目の玉が飛び出るほどの額になったことでしょうよ。

が、ボブは思いとどまろうとはしませんでした。実際に探険に加わることこそ、しませんでしたが。行きたくても、こっちで地所を管理するのに忙しくて、行くことができなかったのです。少なくとも、そう弁解していました。まあ、だからといって、彼を責めることはできませんがね。ご承知の通り、ボブはそう冒険好きなほうではありませんでしたし、マラリアを持った蚊が飛び交う不快な場所に狩りに出かけるよりも、隙間風の入るハイランドの豪壮な広間で、一応の快適さを味わうほうが好きであることは確かでしたから。

その獣が連れてこられたのは、コンゴへの二度目の探険の時でした。おや、まだお話ししていませんでしたか？　あれを頭から締め出しておくことは難しいもので、もうお話ししたものと思っていましたよ。そう、今でもはっきり覚えています。そいつは茶色いもじゃもじゃの毛をびっしりと生やした巨大な獣で、ゴリラにしてはおとなしいほうでした。とはいえ、その腕にはものすごい力があり、人間などひとひねりで粉々にできると思われるほどでした。彼はひどく醜いにもかかわらず、ある種の美しさも持っていました。圧倒的な原始の力を感じさせるものには、何らかの美しさがあるものですし、ゴリラとしては完璧といっていい姿をしていましたから。彼を見た時、私は彼がたぐいまれな知能を有しているように思いました。人間の知能レベルは白痴から天才までさまざまですが、類人猿にも同じような知能レベルがあるとするなら、彼は前者より後者に近いのではないかと思われたのです。

リンダは初め、夫の「愚行」――彼女に言わせれば――に、何の興味も持っていませんでした。真っ暗な夜に、動物たちが残らず脱走して地所の中で暴れだしたらと、気が気ではなかったのでしょう。彼女は夫の計画を思いとどまらせようとし、しまいにはこの国にはもういくつも動物園があるとか、お金の無駄遣いだとか言ったりしました。私のボブへの影響力を使おうと、一言言ってやってくれと頼んできたりもしました。が、私は夫婦間の議論に首を突っ込むつもりはありませんでした。結局のところ、どう使おうとボブの金ですしね。

が、そのゴリラがやってきてからというもの、事態は一変しました。今になっても、私はどうしてそうなったのか、説明することができません。説明をつけたいのは山々ですが、医学的な理屈をつけることなど、できそうもないのです。とにかくゴリラがやってきたその日から、リンダは彼に興味を示し、彼に夢中になってしまいました。移送の間じゅう、ゴリラは暴れて逃げ出すことのないよう、鎮静剤を打たれていました。いや、私が知るかぎり、ゴリラを個人で所有することを禁じる法律はなかったと思いますよ。ゴリラは動物園の呼び物となり、お客が遠くから彼を見ようとつめかけました。ゴリラを入れるために、特別に頑丈な檻が用意され、ちょっとした歓迎委員会までできる始末でした。リンダもその一員でしたがね。それはまったく彼女らしくもないことでした。今まで動物には何の興味も示さなかったのに、いきなり——。ええ、もちろん退屈した女の気まぐれだと思うこともできるでしょう。あるいは純粋な好奇心だとか、何とでも理屈はつけられます。しかし、リンダのふるまいは、とても純粋な好奇心でかたづけられるようなものではありませんでした。私はいまだに、お話しすべきではないのではないかと思っています。あの気の毒な人が、五十ヤードと離れていない場所にいて、あなたが彼女に会ったばかりだというのに。絶対にここだけの話にすると、約束してくださいね。そう、リンダのゴリラに対する執着ぶりには、どこか異常なものがありました。何時間もゴリラの檻の前に立ち、すっかり魅せられた様子で、うっとりとゴリラを見つめていたりするのです。ボブはとても心配していました。いや、気をもんでいたと言ったほうがいいかもしれませんね。初めのうちは、ボブも事態をそう深刻には受けとめていませんでした。リンダの風変わりな気晴らしの一つだろうぐらいに、思っていたのです。が、どうにも手に負えなくなってくると、彼はフォート・ウイリアムまで、私に会いにやってきました。私は休暇が取れる時には、週末をそこで過ごすことにしているのです。この場所をまかされるようになってからは、そんなことも少なくなりましたがね。が、ある週末、私がそこにいる時に、ボブは純粋に友人として私をたずねてきました。そして私に、一部始終を打ち明けたのです。

　ボブにとって、理解しがたいことが起きたのだと、私はすぐにわかりました。いや、誤解しないでいただきたいのですが、ボブはおびえていたわけではなく、困惑していただけでした。リンダがのべつまくなしに、ゴリラのことばかりしゃべり続けているというのです。どこから来たのかだの、もともとの生息地はどうだの、つがいの相手がいなくてさびしくないのかだの、そういったようなことを。ゴリラの来歴とか、類人猿や哺乳動物の進化とかにも、急に異常な興味を示しだしたようでした。もちろん、博物学や生物学の本をひもとけばすぐわかるようなことですが、リンダはこれまでそうした分野にまったく無関心だったどころか、あからさまな嫌悪すら示していたのですから、この変わりようは少しばかり病的に思えました。少なくともボブはそう感じており、夕食にでも立ち寄って、妻とそれとなく話してみてくれないかと、私に頼んできました。医者と患者のようにではなく、友人同士の雑談として。

　ボブの屋敷に着くと、私は二人の案内で、動物園の中を回りました。思ったより大きな動物園でした。ゴリラのことはもう話しましたから、またくどくどと繰り返して、あなたを退屈させるようなまねはしません。が、私はゴリラを見つめるリンダを観察し――彼女はいっしょに来ると言って聞かなかったのです――その表情の中にどうにも理解しがたい、ひどくいやなものが混じっているのを見て取りました。そしてその瞬間初めて、ボブが気をもんでいたわけを悟りました。具体的に何がいけないというわけではなかったのですが、とにかく何かを感じたのです。そして、ゴリラもそれを感じ取り、信じられないことですが、確かに反応を示していました。どうやって、ですって？　それは難しいご質問ですね。はっきりした答えを言うことはできないし、見つけることもできませんでしたが、ゴリラが私たちのことはまるで意識していないにもかかわらず、どうやってか、リンダがそこにいることを感じていることは確かでした。あまりに微妙な変化なので、うまく伝えることができないのですが、リンダがいると、ゴリラはそれほどけだものじみた姿に見えないのでした。彼女が去った後、しばらくその場にとどまっていた私は、ゴリラの肉体的な変化を見たような気がしました。その様子ときたら、私の前で進化の段階を逆にたどっていくかのようで、私は少なからずぎょっとしました。リンダとこのゴリラは、ボブや私が入り込むことができぬ、どのような接点を持っているのでしょう？　なぜリンダだけが、ゴリラの心の奥深い場所に、踏み込むことができるのでしょうか？

　リンダは、動物園から後ろ髪を引かれるような調子で戻ってきては、まだ熱心に本を読んでいる様子でした。夕方になって、私は予備のテーブルの一つに、リンダの本が伏せてあるのを見つけました。私たちが着いた時、ここに投げ出されたままになったのでしょう。輪廻《りんね》について述べた本でした。「輪廻を信じているのかい？」とにかく会話のきっかけを作ろうと、私はたずねました。

　リンダは微笑みましたが、その瞳にはどこかはりつめたものがありました。「本当にお知りになりたいの？　それとも単なる儀礼的な質問かしら？」

「そのうちゆっくり話を聞かせてもらいたいな」できるだけ何気ないふりを装って、私は言いました。「その手のことには、まるでうといものだからね」が、リンダはからかわれていると思ったらしく、貝のように口を閉ざしてしまい、それ以後、私が何を言ってもその話に乗ってこようとはしませんでした。

しかし、リンダの機嫌を悪くしているのは、私だけではないようでした。ボブもいろいろ細かいことで、リンダをいらだたせているようでした。リンダが夫にはっきりと嫌悪の表情を向けるのを、私は一、二度目撃しました。おめでたいことに当人はそれにまったく気づいていないのでしたが。そんなわけで、帰る時間になると、私は胸をなでおろしました。私を不安にさせる何かが、だんだんと大きくなっていることは確かでしたが、その時私は、すべてを一つに組み立てることが、まだできていませんでした。いってみれば、自分が見たことや発見したことをうまく結びつけ、説得力のある結論を引き出すことができなかったのです。

その後、私はかなり長いこと、二人に会いませんでした。ここでの仕事にほとんど全エネルギーを吸い取られ、空いた時間は食事か睡眠にあてるしかない有様だったのです。ボブとリンダの間のトラブルは、完全に私の頭から抜け落ちていました。が、もちろん、ボブから便りが来ることもありました。私たちは戦争前、休暇先のスペインで出会ってからずっと、何年も不定期な文通を続けていたのです。一通だけ、リンダのゴリラへの執着について、記した手紙がありました。ボブは明らかに、たいしたことではないのだと自分を納得させようとしており、そのあまりにも何気ない書き方に、私ももう少しでそう思ってしまうところでした。すっかり安心するとまではいきませんでしたが。とはいえ、問題の手紙には、どことなく狼狽した様子が感じられました。現場を見たわけではないが、リンダが一晩じゅう外で過ごしたらしいと、ボブは書いていました。その晩はボブ自身も遅くに屋敷に入り、まっすぐに寝室へ向かいました。リンダを起こさないよう、明かりのスイッチを入れずにベッドに入ったのですが、朝になってようやく、リンダのベッドがもぬけのからであることに気がついたというのです。

ボブはまず、敷地の中を探させました。この時になっても、ボブはリンダがそんな場所にいるなど、想像もしていなかったからです。そう、リンダはゴリラの檻の中で見つかったのでした。文字通りゴリラの檻の中でゴリラといっしょに、寝息をたてていたのです。怪我などは、まったくしていませんでした。どうにかして檻の鍵を手に入れたか、複製を作ったかのどちらかで、話を聞けば、最後にゴリラを一目見ようと外に出て――そのまま眠ってしまったのだということでした。殺されていたかもしれないぞと言われた時には、声をたてて笑って「まあ、彼は私を傷つけたりしないわ」とか、そういう意味のことを言ったそうで、とにかく、この冒険にもけろりとしていたと、ボブは書いていました。

ボブの話を信じてもいいものかどうか、私にはわかりませんでした。ボブがリンダのことを心配するあまりに、無意識に事実をゆがめているのではないかと思ったのです。事実をどうゆがめればこんな話になるのか、まったくわかりませんでしたが。ボブはまた同じことをしないようにと、リンダに言い渡しはしましたが、それ以上のことはしなかったようでした。

が、私はこの時にも本気で心配はしておらず、積極的な行動を起こしたりもしませんでした。私はこの場所を少しばかり改変し、構造改革をしようとしていました。のんびり手をこまねいていたことの言い訳をさせていただけるなら、そう申しあげるほかありません。実際、他のこと一切を切り捨てねばならないほど忙しかったのです。ボブからの次の手紙が、私が感じていた小さな不安を、すっかり解消してくれたと申しあげれば、あなたも私をそれほど厳しくは糾弾なさらないでしょう。リンダが妊娠したというのです。何よりもおめでたいニュースでした。これでリンダは、病的な馬鹿げた考えを、すべて頭から追い出さねばならなくなるでしょう。休みが取れるようになったら、真っ先にフォート・ウイリアムへ車を飛ばし、お祝いを言いに行こうと私は決心しました。

幸い、私はキャノン博士を雇うことができました。今日の午後、あなたもお会いになったでしょう。若いけれども優秀な人です。彼にならば、安心してここをまかせることができると思いましたし、週末にもう一度長い休みを取るぐらい、何でもありませんでした。日曜日に、ボブの屋敷をたずねた私は、リンダを一目見て自分の考えが的中したことを悟りました。リンダは結婚前よりもいっそう美しく、幸せそうに見えました。私は心からお祝いを述べ、リンダは私たちの間に育ちつつあった、あからさまなよそよしさなど微塵も感じさせずに、私の言葉を受け入れました。たぶん、前に会った時は、リンダが神経質に取り乱していたせいでああなったのであって、私個人に腹を立てていたわけではなかったのでしょう。彼女とボブの間がまだ少しぎくしゃくしているようなのも、私の異常にふくらんだ想像力のせいだと、笑ってかたづけることができました。妊娠したと聞いたばかりの、初めて母になる女性は、気持ちの整理をつけるためにある種の努力が必要であり、それを辛抱するのが夫たるもののつとめですからね。まあ、そのうちにおさまるだろうと、そう思っていました。リンダが妊娠を喜んでいるのなら、それで十分だと。

夕方、客間でコーヒーを飲んでいる時、私はリンダとの仲違いが終わったことを、しっかり確かめておこうと思いました。そして軽率にも、そのためには最初に喧嘩の原因となった話題を、また持ち出してみるのが一番だと考えたのです。「輪廻について、話してくれる約束だったね」私はボブのぎょっとしたような顔を、平然と無視して言いました。

「私は輪廻があると、かたく信じているわ」リンダは議論を始めようともせず、きわめて穏やかに答えました。「自分に前世があったことも、確信しています」

「しかし、どうしてそう言い切れるんだい？　何か覚えているとでも――」二人が同時にびくりと飛びあがったように、私には思えました。が、先に立ちなおったのは、リンダのほうだったと思います。

「ええ、その通りよ、ティム。私は覚えているの！　もちろん、ちゃんとつながった記憶ではないけれどね。私はブライディー・マーフィー（米国のある主婦が、自分の前世として詳細に思い出した女性）とか、そんなものじゃないし。でも、突然わけもなく、風景が頭の中に浮かぶのよ。一度も見たことがない風景が」

「本か何かで見たのでは？」

リンダは笑って答えました。「あなたを説得するつもりはないわ。そんなことをしても無駄だと、わかっていますからね。だからもう、何も言いません」そしてリンダは口をつぐみました。私はもっと議論を続けたかったので残念でしたが、私が何を言おうと、彼女の信念を揺さぶることができないのは、わかっていました。リンダは私に、自分の夢の話をしてくれました。リンダにとってはまぎれもない事実なのですから。が、リンダが信じていることは、リンダにとってはっと、妊娠するよりもかなり前から、リンダは何度も同じ夢を見ているというのでした。最近ずは、夢のあまりの鮮やかさに恐ろしくなったものの、そのうちに夢を受け入れ始め、ついには歓迎するようになったのだと。その夢について、もっとくわしく話してくれるよう頼みましたが、リンダは話したがりませんでした。リンダは夢についてあれこれ聞かれることを、ある種のプライバシーの侵害と考えているようでした。

夜になると、外はすっかり冷え込み始めました。ボブの煙草を吸い、極上のブランデーを味わっているうちに、私は動くのがすっかりいやになってしまいました。そんなわけで、車のエンジンは暖まっており、フォート・ウイリアムまで車を飛ばせば十五分もかからなかったでしょうが、ボブに泊まっていくよう勧められた時、私はたいした異議を唱えませんでした。

が、頭を枕の上に落とすか落とさないかのうちに、私は窓の外から聞こえてくる悲鳴や怒号に、はっと飛び起きることになりました。芝生のはずれのやぶの中で、明かりがゆらゆらと揺れるのが見え、服を引っかけて、何が起きたのか確かめようとした時、ライフルが発射される鋭い音が響きました。そして次の瞬間、両目を興奮で血走らせたボブが飛び込んできて、くずれるように椅子に座りました。「いったい何が――」私は言いましたが、ボブが手をあげて私を制しました。ボブはぜえぜえと息を切らしており、まともに話せるようになるまでに少し時間がかかりましたが、とうとうしぼり出すようにこう言いました。「ゴリラが。あいつが檻から逃げた！」

「そんな馬鹿な──！」私はドアの外に飛び出し、階段を駆けおりようとしましたが、その前にボブが叫びました。

「大丈夫だ。トムがもうしとめた。奴は死んだ」

「怪我人は？」

「奴はトムのほうへ向かっていったが、トムがわきへのくと、森のほうへ歩いていった。トムの助手の一人が、いつもライフルを持っていたから、俺はその男に奴を射殺しろと命じた」

「そんなことになるとは、残念だな」

「他にどうしようもなかったんだ。奴は危険な獣だし、そうそう危ないまねはできない」

それから私は、ゴリラの死体を見にいきました。辛《から》くも難を逃れた飼育係長のトムが、まだ青い顔をして震えながら、その上に防水シートをかぶせてやっていました。が、シートをめくり、そのたぐいまれな身体を最後に一目見ようとした時、怒りに震える女の叫び声が響きました。「何て馬鹿なことを！」

次の瞬間、リンダが私たちのほうへ飛びかかってきました。まさしくそうとしか言いようのないような、登場のしかたでした。リンダはシートの上に身を投げかけ、すっかり胸を打ち砕かれた様子ですすり泣きました。

「ひどいわ」リンダはうめくように言いました。「どうしてこんなことをする必要があるの。あんなに美しくて、強い生き物を。ひどいわ！」

私はリンダの身体に手を置き、彼女をなだめ、落ち着かせようとしました。

「そうする必要があったんだよ、リンダ」私は精一杯穏やかな声で言いました。「そうしなければ危険だったんだ」

リンダは、私になど指一本触れられたくないと思ってでもいるかのように、さっと私から身をもぎ離しました。「あなたに何がわかるの」彼女は我を忘れて叫びました。「あなたになんか、わかるはずがないわ。誰にもわかるはずがない。私以外に、あれの美しさをわかる人間なんていないわ」

リンダはくるりと振り返りました。ボブはリンダの後ろに、悲しげな途方に暮れた顔をして立ちつくしていました。リンダは夫を軽蔑しきったような、激しい憎悪の目で見やると言いました。「本当に残酷な人ね。絶対許さないから」

そして彼女は言葉通りにしました。私は次の朝早く、ボブの屋敷を発ったのですが、リンダは顔を見せようともしませんでした。そしてロンドンに戻ると、ボブからの苦悩に満ちた手紙が届きました。リンダが、ボブと一切口をきこうとしないというのです。リンダのふるまいは、どう考えても常軌を逸したものでした。ご承知の通り、ボブはリンダを心から愛していましたから、彼女の沈黙は、ボブを言葉にできぬほど傷つけているのでした。ボブはリンダがゴリラの死に、なぜそうまで腹を立てるのか、まだよくわかっていないようでした。私はリンダ宛に、子供のためにもボブと仲直りしてやってくれと手紙を書かなかったことを、いまだに後悔しています。しかし、そんなことをしてリンダが大きなお世話よというののしりの手紙でもよこしてきたら、もうボブの屋敷に行くに行けなくなってしまうと思ったのです。そして私は、見抜けるはずのことを見抜けなかったことでも、深く自分を責めています。おそらく、無意識に真実を察してはいても、心がそれを受けつけなかったのでしょう。

その夜以降、スコットランドに行こうとしなかったことについて、私は自分自身にすら言い訳をし続けなければなりませんでした。ここでやることがたくさんあったのは、もちろん本当でした。が、言ってみれば、私はそれをいい口実にしていたのです。リンダが助けを必要としていることを、心の奥底ではわかっていながらも、もう関わりたくないという思いがありました。それに、私が善意でへたなおせっかいを焼いても、二人の間の溝を広げるだけだという気もしていました。

最後の事件が起こった時、私が向こうにいたのは、まったくの偶然でしかありませんでした。少なくとも、私は自分にそう言い聞かせ続けてきました。そのころ、良心のうずきを感じていたのも確かですし、今思えば、くだらぬ好奇心も少しはあったのかもしれませんが。あれから約九ヶ月が経過しており、私はリンダの赤ん坊がしかるべき効果を発揮したかどうか、確かめたいと思いました。

フォート・ウイリアムに着いてから、夜中に、電話のベルが鳴りました。さっきもお話ししましたが、私はボブの声をほとんど聞き分けることができませんでした。その声はまるで――

地獄を垣間見た人間のようでした。いや、まさしくその通りだったのですが。芝居がかった言い方だとお思いになりますか？　ボブはほとんど口をきくこともできぬ有様でしたが、どうにか言葉をしぼり出し、すぐ来てくれと懇願しました。私がボブの屋敷に駆けつけると、ボブが玄関で私を出迎えました。彼は私が来るのを、ずっと待ちわびていたようでした。その顔は死人のように青ざめており、目は恐怖で呆然と見開かれていました。ボブは何も言わずに私の腕をつかむと、小さな部屋に引っ張っていきました。そして私はそこで目にしたものに、思わず吐きそうになりました。

ええ、今思い出してもぞっとします——そいつは、その顔にリンダの面影を宿していました。リンダはベッドに横たわり、天井を見つめながら、幸せそうに微笑んでいました。今日あなたが見たのと、似たり寄ったりの表情で。助産婦として看護婦が一人雇われていましたが、彼女はそいつを見て——。もちろん、皆はそいつを処分してしまいたかったに違いありませんが、リンダがそいつを求めて泣き叫ぶのです。私が見たのを確認すると、ボブは私を廊下に押し出し、ここ数週間のリンダの様子を話しました。ボブがそばへ近づこうとするたびに、うっとうしげに払いのけ、あなたはこの子の父親ではないと言い続けていたというのです……。ボブはリンダが妊婦にありがちな出来心から、おかしなことを言っているだけだと思いました。きっと誰もがそう考えたでしょう。するとリンダはボブに、自分の夢の話をしました。すべて包み隠さずに——ジャングルのこと、自分があのゴリラのつがいの相手として暮らしていたこと、自分が輪廻を信じるのは、その夢のせいだということを。ボブはまだ信じられずに呆然としたまま、頭をかかえてすすり泣いていました。しばらくすると、不意にボブは泣くのをやめ、穏やかな顔になりましたが、その穏やかさがどこか不吉なものであることが、私にはわかりました。ボブは私に、自分がしようとしていることを話しました――最初はあいつで、次は自分だと。馬鹿なまねをするなと、私は言いました。あの時、彼を片時も一人にせず、ずっといっしょにいてやりさえすれば！　私は今でもボブの最後の言葉と、それを口にした時の彼の表情を、忘れることができません。

瞳に恐怖の色を浮かべながら、ボブは私にこう言いました。初めてあの化け物を腕に抱いた時のリンダの目と、安らかな感謝に満ちた表情は、永遠に俺につきまとうだろう。生きていようと死んでいようと、忘れることなどできはしないと。

悪魔の舌への帰還

Return to Devil's Tongues

ウォルター・ウィンウォード

リチャード・ウォルター・ウィンウォード（一九三八〜）はヨーク生まれのイギリス作家である。一九六八年から普通小説、ミステリ、スパイ小説、ホラーなど二十冊の単行本を出版しているが邦訳はない。

ホラー短編はヴァン・サール編のシリーズに四編収録されているのみで、他にも書いているのかは不明である。

本編は日本で初めて紹介されたホラー短編である。元戦友だった男を田舎の自宅に招いて一緒に暮らすなかで、付近の遺跡「悪魔の舌」で遭遇する奇怪な事件を一人称で描いている。

私は自分を責め続けている。もっとよく考えるべきだった。どういった結末がおとずれるか、どうにかして悟るべきだったのだ。が、ベン・ローソンを家に招き、彼といっしょに暮らすことは、この上なく自然な成り行きに思えた。そして手紙の様子では、ローソンに会うのはほとんど十八ヶ月ぶりで、私は一人ぼっちだった。初めに何らかの虫の知らせを受け取ってさえいたら。いや、せめてあの時の彼と彼女の顔を、忘れることができさえすれば。が、そんなことは、未来永劫できそうにない。

ローソンが私のところに来る前に、最後に私と顔をあわせたのは、一九四五年、彼がまだローソン少佐だったころだった。戦時中、ローソンは勇猛果敢に戦って三度勲章をさずかった。最高位の勲章だけは逃したものの、それもこれも、後にローソンがいささか皮肉っぽい口調で、そっけなくこう評した理由からだった。「お偉方は、俺がやったことなんか、見ちゃいないからな」ローソンが勇敢だということに、異議を唱える者は誰一人いなかった。ローソンは連隊の誇りであり、両親に溺愛され、婚約者からも崇拝されていた。しかしそれでも、彼は決して幸福ではなかった。

軍隊がなくなってさびしい。ヨーロッパの戦争が終わって一年ほどたった時、ローソンは私にそう書いてよこした。いや、正確には軍隊ではなく、戦争そのものを恋しがっていたのだろう。

当時私たちの部隊長だったチェスタートンが、軍隊に一生をささげるよう、しきりにローソンを口説いていたといううわさを、私は思い出した。数年で自分の連隊を持たせてやると、約束することさえしたらしいが、ローソンは断ったのだという。平和な時代の軍隊など、警察組織に毛が生えたようなものにすぎなかった。ローソンに言わせれば、パレスチナで働けるという保障も、ローソンをひきつけはしなかった。ローソンが聞いたり読んだりしたところによれば、イギリス軍はアラブ人とユダヤ人がお互いの喉にくらいつくのを、邪魔することしかしていなかったからだ。

「まだはっきりとはわからないが、何かやらねばならぬことがあるような気がする」と、ローソンは手紙の最後に書いていた。「昔は、ナチを倒すことが俺の使命だと思っていたが、今では最後の五年間は、もっと大きな目標（とてつもないもののように思える時もある）への、助走にすぎなかったと思っている。だが、ピーター、それはいったい何なのだろう？　俺にはまだわからない」

未来がどこにあるのかわからなかったとしても、少なくとも、ベン・ローソンの望まぬ道ははっきりしていた。

父親が家業の八百屋を継がせようとした時、ローソンは激しく父親と口論した。婚約者が早く結婚して落ち着きたいと、もっともな望みを訴えた時にも、ローソンは式をぐずぐずとのばし続けた。そしてついに、許婚《いいなずけ》の少女は、よそで未来の夫を探したほうがお互いのためだという結論を出すことになったのだった。ローソンは無作法なぐらいあっさりとこの提案を受け入れ――あるいは、そのすぐ後で手紙にそう書いてきたのかもしれなかったが――しばらくののびのびと過ごしていたらしい。が、じきにそうした陽気さは薄れ、もとのような鬱々とした日々を送ることとなった。

私が偶然ロンドンをおとずれ、ローソンに会いにいこうと思い立ったのは、一九四六年の十一月の終わりごろだった。ローソンはまるで放蕩者が戻ってきたかのように私を出迎え、私に会えたのを大喜びした。そこで私は、ローソンをドーセットの自宅へと誘い、いたいだけいてくれていいよと言った。ローソンは大乗り気ですぐさまこれを受け入れ、次の日私たちは、ローソンの戦前のオースチンに乗って、百マイルあまりを旅することになった。

サリー州の田園地帯を走っている時、ローソンは小声で歌を歌っていた。が、ハンプシャーの静かな村を通り過ぎる辺りになると、もっと大声になり、ドーセットに着くころには、あらんかぎりの声でわめいていた。ローソンは時折、旋律も何もないハレルヤ・コーラスの合間に息を整えつつ、急に気分が変わった理由を声に出して考えようとした。しかし、私が古い友人であり、思い出話にふけりながらしばらく楽しい夜を過ごせそうだからということ以外に、理由を見つけることができなかった。私はローソンに、もし何なら狩猟をすることもできると話したが、この提案はローソンをいたく喜ばせたようだった。彼は勢いよくアクセルを踏み込み、おもむろにヘンデルの名曲を、さらに突拍子もない形で口ずさみ始めた。

ドーチェスターとブリッドポートの間にある、スモールウォーターに着いた時には五時になっており、辺りはもう暗くなっていた。

「本当に小さな村だな」ローソンは言い、大通りへと車を乗り入れた。

私はローソンに道を教えようとしたが、不意にその必要がないことに気づいた。私の家は村のはずれにあり、そこへ行くためには、何度か入り組んだ道を曲がらねばならない。が、ローソンは私が何も言わないのに、それをやってのけたのだった。私はみぞおちの辺りが、奇妙な具合にうずくのを感じた。

「着いたぜ」オースチンを私道へ乗り入れながら、ローソンは今まで一度も、私の家に来たことなどないのだ。

私はまじまじと彼を見つめた。

「いったいどうして道を知っていたんだ?」私はたずねた。

ローソンは困惑したようだった。

「前に聞かなかったか?」ローソンは言ったが、私はかぶりを振った。「だが、だったら俺が知っているわけがないじゃないか。きっと何年か前に、君がこの場所の話をしたことがあって、それが頭にこびりついていたんだろう」

戦争中、ローソンに家や村の話をしたことは確かにあった。が、それは愛するものから遠く離れている兵士の例にもれず、ごく一般的な当たり障りのない話ばかりだった。

中に入るとすぐ、私はローソンに飲み物を渡した。私たちは腰をおろして、戦時中の経験や友情について話し、到着した時の出来事は、あっという間に忘れ去られた。夕食がすむと、私たちは書斎へと引きあげた。

「ここにいてすることはあるのかい？」ポートワインと煙草を前に腰を落ち着けると、ローソンがたずねた。

「いや、あんまり」私は答えた。「釣りに狩猟に散歩ぐらいかな。退屈なところだよ」

「なら、どうしてここに住んでいるんだ？」

「他に行くところもないしね。生まれた時からずっと、こっちに住んでいるし。まあ、実を言えば、一度か二度ここを売ろうとしたことはあるんだが、うまくいかなかったんだ。紳士が田舎で過ごす時代は、もう終わったらしい。大都会ではオーストリアの友人たちが壊した場所を建てなおすために、法外な金が必要なようだし。十年か十五年たてば、買ってくれる人間も見つかるかもしれないが、そのころにはぼくも、引越しが億劫な年になっているだろうし」

「なら、結婚したらいいじゃないか」ローソンはにやりとした。「長い冬の夜を、いっしょに過ごしてくれる相手を見つけたらいい」

「ぼくなんかと結婚したがる女が、いるわけはないだろう。いずれにしても、君が身を固める気になったら、ぼくも結婚を考えるとするよ」

私たちはさらに二時間ばかりワインを飲みながら話をしたが、そのうちにローソンがそろそろ部屋に引き取りたいと言い出した。

「悪いな、ピーター」ローソンは言った。「車の運転が、思ったよりこたえたらしい。モーリー家の君はここの空気になじんでいるようだが、ローソン家の俺には、そろそろ休息が必要なようだ」

私はあわてて謝罪した。

「いや、こいつは悪かった……。ぼくには、お客を夜遅くまでひきとめる悪い癖があってね。困った話だが、自分の寝つきが悪いものだから、他の人間は八時間眠らねばもたないってことを、すぐに忘れてしまうのさ」

私が夜よく眠れないのは、まぎれもない事実で、比較的ものぐさな生活をしているからというだけでは、かたづけられないものがあった。

ローソンを部屋に案内しておやすみを言うと、私は自分の部屋に引きあげ、休もうとした。しかし、例によって、眠気はなかなかやってこなかった。私は落ち着ける場所を探して、あちこち寝返りをうったが、とうとうあきらめて眠れぬ夜を過ごすことにした。

村の時計が二時をうち、私は煙草に火をつけた。そして、煙草を吸い終わるころには、いい感じにうとうとし始めていた。が、頭を枕に落としたとたん、私は緊張し、注意深く耳をすました。誰かが階段の踊り場の辺りを、忍び足で歩いている。私は緊張を解いた。ローソンが、バスルームにでも行こうとしているに違いない。その時足音が止まり、私は見張られてでもいるかのような奇妙な感覚を味わった。私は首筋の毛が逆立つのを感じながら、闇の中で目をこらした。それは、戦時中にしじゅう私を襲い、何度か私の命を救ってもくれた感覚だった。よくないことが起ころうとしていることを、私は感じていた。

ついに、踊り場の気配がまた動き出した。階段のきしむ音が聞こえ、数秒の静寂の後、玄関のドアが開き、また閉まった。私はベッドから出て、私道を見渡せる窓のそばへ行った。べン・ローソンが、何か目的がありそうなしっかりとした足取りで、道路のほうへ向かっていた。私はマッチを擦り、時計を見た。深夜二時半だった。ローソンの長身が木立の間に消えるのを見送ると、私はベッドに戻った。

次の朝、朝食の時にも、ローソンは深夜の外出について何も口にしなかった。私はこの件を、きっぱり忘れることに決めた。おそらく、慣れない部屋で眠れずに、散歩にでも出ただけのことなのだろう。へたに口に出したら、ローソンに恥をかかせてしまうかもしれない。

私はきわめて無邪気に、ここでは釣りや狩猟や散歩以外にも、少しはできることがあるよと言ってみたのだが、ローソンは退屈なロンドンの冬から逃れられたことがうれしいらしく、興奮に顔を輝かせた。昼間、小さな丘の上に短いハイキングに出かけたり、夕食後の会話で、私がちょっとした冗談を言うだけでも、ローソンにとっては、この上ない喜びであるらしかった。「ここにいると、すごく落ち着く」最初の一週間が過ぎるとローソンは言い、私はその言葉にたわいなく喜んだ。

二週間目のある夜、私は少しばかり夕食を食べすぎて、またもや眠れなくなっていた。一時間ばかり横になったまま悶々としたあげくに、私は消化剤と水を持ってくるしかあるまいという結論に達した。私は寒さに小さく悪態をつきながらガウンを着込み、急いでバスルームへ行こうとした。が、寝室のドアを開けるやいなや、廊下を歩いてくる足音が聞こえた。私は静かにドアを閉め、その場に立ちつくした。

ローソンでしかありえなかった——階段の上を横切り、私の部屋の前でちょっと立ち止まり、それから階段をおりていく。私は好奇心ではちきれそうになりながら、窓へと歩み寄った。晴れ渡った空にぽっかりと浮かんだ満月のおかげで、ローソンの姿はこの前よりずっとはっきり見えた。暗がりの中に、しばらくその姿を見失いもしたが、木立がまばらになった辺りで、また見つけることができた。彼は村を出ていく道をたどっていた。その姿が見えなくなるまで見送ってからまたベッドに戻った私は、ローソンの奇妙なふるまいにすっかり当惑し心配になり、消化不良のことなどきれいに忘れてしまったのだった。

次の日、ドーチェスターの事務弁護士と会う約束をしていた私は、数時間友人を一人にせねばならぬことを謝罪した。ローソンは、まったくかまわない、オースチンのエンジンの具合を見るいい機会だと答えた。まったくあの車ときたら、使わないで放っておくと、すぐ調子が悪くなるんだからなと。

予定よりだいぶ遅れて家に戻ってくると、私はこんな言葉に迎えられることになった。

「ここで昔起きた事件について、まだ教えてもらっていなかったな」

「どこで起きた事件だって?」

「この村だよ。君が外出している間に、庭師とちょっと話をしたのさ。何年か前に、ここで殺人があったそうじゃないか」

私は父が問題の事件について、話していたのを思い出した。もう、半世紀以上も昔の話だということだったが。

この辺りに住むある女、ある人妻が、別の男と恋仲になった。二人は村から半マイルばかり離れた、ブリッドポート街道沿いの、悪魔の舌と呼ばれる場所で、逢引《あいびき》を重ねるようになっていった。

悪魔の舌とは、高さ十フィートか十五フィートはあろうかという、三つの巨大な板状の石で、この界隈では悪魔の舌、もしくは舌と呼ばれていた。これらの石がどうやって現れたのか知る者はなく、この一風変わった呼び名は、ずっと昔に死んだ地元民によってつけられたものであるらしい。三つの石を、空の上から慰みを求めるルシファーになぞらえたのだという。この場所でいけにえがささげられていたという伝説もあるが、はっきり証明はされていない。

私の記憶によれば、ある夜、女の夫がこっそり妻の後をつけ、嫉妬と怒りに駆られて、発作的に妻を斧でたたき殺した。その後、格闘の末に愛人の男が斧をもぎ取り、自らの身を守るため、夫を殺害したのだという。

「だが、なんでこんな話に興味があるんだ?」私はたずねた。

「単なる好奇心さ。で、愛人の男はどうなったんだ?」

「すっかり気がふれてしまったと、聞いた覚えがある。目の前で女を殺されたうえに、自分がしでかしたことが重なって、頭がおかしくなったらしい。もちろん、もう何年も前に死んでいるはずだよ。もしよかったら、明日にでも問題の場所に案内してやろう」

「ありがとう、ピーター。だが、今日の午後、もう行ってきたんだ。不気味な場所だな。恋人同士の逢引には、もってこいかもしれないが。ついでに殺人にもね」

「ぼくが君なら、あの場所にはもう近づかないようにするね」

「どうして?」

「いや、これといった理由はないがね。昼日中《ひるひなか》は大丈夫だろうが、夜になったらあそこには近寄らないほうがいい」

「夜、あそこへ行ったことがあるのかい?」

「一度だけね。軍人恩給を上乗せしてもらっても、もう二度とごめんだ。どうしてだかわからないが、とにかくぞっとしたのさ」

ローソンは声をたてて笑った。

「君は田舎暮らしには向いていないようだな。百姓のように迷信深くなってしまって」

「かもしれない」

夕食の間、私たちはどちらもあまり口をきかなかった。ローソンは物思いにふけっているようだったし、私は夜暗くなってから舌に行った時のことを、思い出していたのだ。私をおびえさせるような出来事が、実際に起こったわけではない。だが、そこにいた十分ほどの間、私はもう二度と逃げられないような気がしていた。それはまさしく、理屈を超えた感覚だった。ローソンの言うように、馬鹿げた迷信なのだろうが、私はその時、戦争の前にも後にも味わったことのないような感覚を——猛烈な恐怖を味わったのだった。本当に、悪魔の舌とは、よくいったものだ。

次の日、私は流感で寝込んでしまった。地元の医者であるフィッシャー博士は、症状はごく軽いものだから、一週間寝ていればなおるだろうと診断した。ローソンはしきりに同情を示してくれた。

「そんな有様になるとは、気の毒にな。俺も流感がどういうものかは、よく知っているよ」

午後になって、ローソンが日課の散歩に出かけると、私は眠った。目が覚めた時にはもう暗くなっていた。ちらりと時計を見る。十時二十分だった。八時間以上も眠ったおかげで、少しは身体が楽になっていた。

私はベッドのわきのベルを鳴らした。しばらくすると、ローソンがスープの入った深皿を持って現れた。

「家政婦に作ってもらったんだ」ローソンは言い、皿を私の前に置いた。「七時ごろ、ちょっと様子を見にきたんだが、君はすっかり眠りの神モルペウスのとりこになっていたから、起こすのは悪いような気がしてね」

ローソンが今日一日何をしていたかを、取りとめもなく話している間に、私は飲めるだけのスープを飲んだ。

「もういいのかい？」とうとう私がスプーンを置くと、ローソンはたずね、私はうなずいた。

「他にほしいものはあるかい？　熱いトディ（ウイスキー、ラム、ブランデーなどに水か湯を加えた飲み物）でも持ってこようか？」

「いや、いい」

「それじゃ、俺もベッドに引きあげるとしよう。おやすみ。朝にはよくなっているといいな」

私はベッドのわきの明かりを消し、しばらくそのまま横になっていた。やがて、ローソンがバスルームから出てくる音が聞こえ、彼の部屋のドアが閉まった。

前にも記したが、私は普段から決して寝つきのいいほうではない。が、その夜はまさしく最悪の一夜となった。

私は滝のような汗をかいてあちこち寝返りをうっては寝具をはねのけ、しばらく後で身震いしてそれをかけなおした。そうこうするうち、不快な浅い眠りに落ちたが、眠るが早いか、悪夢に襲われた。黒々と威嚇するような奇怪な影が、私の眠りの中に次々と姿を現した。影はまさしくこの寝室の中にいるように見え、私の頭上の天井に、高々と舞いあがっては、またさっと私めがけて舞いおりてくるのだった。初めははっきりした形のなかったこれらの影は、だんだんと一定の恐ろしい形を取り始め、ついには何かを口にくわえた、巨大なこうもりの姿になった。そいつは私の頭の上をぐるぐると飛び回ったが、口にくわえているものがはっきり見えるほどには、近づいてこなかった。そのうちに、二番目の幻影が姿を現した。女だった。魅惑的な微笑みを浮かべて、こちらへ来いと手招きしている。女は相変わらず微笑みを浮かべながらこちらへ近づいてきて、私から二フィートばかりのところに来ると、声をたてて笑った。歯から血をしたたらせた巨大な鼠が女の口から飛び出し、私はその場を逃げ出そうとした。女の鼻の中では、小さな蛇が身をくねらせていた。蛇は後から後から這い出しては私の顔の上に落ち、私はうめき声をあげた。そしてさらに、三番目の幻影が私の上に覆いかぶさった時、私は恐怖に震えながら、それがなめくじの怪物であるのを見て取った。そいつのぬらぬらと肥えた身体から滲み出す粘液が、私の首や髪をぬらした。やがてなめくじは、悪臭を放つどろどろの排泄物をまき散らしながら、だんだんとふくれ始めた。もうそれ以上大きくなることができなくなった時、なめくじは甲高い鳴き声をあげてはじけた。そいつの残骸が部屋じゅうを埋めつくし、ばらばらと私の上に落ちてくる。

私は幻を追い出そうとぎゅっと目をつぶったが、その時、こう命じる声が聞こえた。「目を開けろ。開けるんだ」私は言われた通りにした。巨大なこうもりがまたもや私の上に舞いおりてきており、私はその口の中にあるものを見て取った。ベン・ローソンだった。顔を血まみれにし、恐ろしい悲鳴をあげている。私はローソンの両腕をつかみ、彼を自由にしようとしたが、どちらの腕も私の手からすり抜けてしまった。「ピーター、頼む！　お願いだ！」ローソンは叫んだ。私は祈りを唱え、あらんかぎりの力で神の助けを願ったが、身体がだんだんと冷たくなっていくのを感じた。

私はぐったりと疲れきって目を覚ました。寝具は床の上に落ちており、私の身体は抑えようもなくがたがたと震えていた。ああ、よかった！　夢だったのだ。が、その時私はまたあの声を聞いた。遠くから響いてくる、ローソンの声を。「助けてくれ、ピーター！　助けてくれ！」私は自分がまだ眠っているわけではないことを確認するために、ラテン語の「美しい《ベルス》」の活用を思い出せるだけ唱え始めた。「ベロ」まで唱えた時、またもやささやくような声が聞こえた。「助けてくれ」

私はベッドから飛び起き、ローソンの部屋に駆け込んだ。ベッドには眠った形跡がなく、部屋はもぬけのからだった。

「ベン！　ベン！」私は叫んだ。

「舌だ、ピーター。悪魔の舌だ」弱々しいうめき声が答えた。

悪魔の舌！　私はぐずぐずと考え込んだりはしなかった。友人が重大な危機にさらされているということだけを、私は感じていた。

私は部屋に駆け戻り、手につかんだ最初の衣服を引っかけると、家から飛び出した。最初の二百ヤードばかりは全速力で進んだが、そのうちに息が切れ、歩くことにした。丘のほうから身を切るような北東の風が吹きつけてきていたが、私の額は熱くほてっていた。黒雲が月の面《おもて》を横切り、チーズのかけらに群がる巨大な鼠のように、追いかけっこを繰り返していた。道に沿って植えられた背の高い木が、ささやくような音をたてて私のほうへ覆いかぶさり、私を差し招いた。助けてくれ。そう言ってでもいるかのように。

十五分もかからずに、私は舌へとたどり着いた。真っ暗な空の下で、巨大な三つの石が、不気味に威嚇するようにそびえ立っている。ローソンの気配はなかった。

私は自分の愚かさを呪いながら、そのまま踵を返そうとした。が、その時、前方のそう遠くない場所から、ローソンの声が聞こえ、続いて女の笑い声が響いた。私は声をかけようと口を開きかけたが、あわてて思いなおした。私がここにいるわけを、どう説明したらいいのだ？　病人のくせに、ちょっと悪夢を見たぐらいで、こんな凍えるような晩にのこのこ半マイルも歩いてきたなどと言おうものなら、気でも違ったのかと思われることだろう。相手の女が何者で、二人がここで何をしているのだろうと、私にあれこれ聞く権利などない。

私は家へ戻ろうと歩き始めた。が、十歩かそこらも行かぬうちに、背の低い木が茂る小さな木立の後ろから、ローソンと連れの女が姿を現した。ここでじっとしていたら、二人に気づかれてしまうと思い、私は石の陰に身を隠した。

二人がキスをしているのをのぞいたり、話を盗み聞いたりしたくはなかった。が、二人が立ち止まった位置からすると、どうしてもそういうことになってしまうのだった。二人は私から二十ヤードも離れていない場所で、抱擁しあっていた。

まったく私は何という馬鹿だろう！　本当にとんだまぬけもいいところだった。二人の逢引がどれだけ続くかわからないというのに、二人が動くまで、まるで身動きが取れなくなってしまった。

私は二人が立ち去るそぶりを見せていることを天に祈りながら、もう一度彼らを見やった。女は私のいるほうへ顔を向けていたが、その目はローソンしか見ていなかった。私はこの年まですっと独身を通しており、女嫌いといってもよかったが、女が美人であることに疑問の余地はなかった。が、同時に彼女は、どことなく妙に薄気味悪い雰囲気をただよわせていた。彼女の美しさは――私は適当な表現を探して、こんな常套句を思い出したのだが――まさしく、皮一枚の美しさなのだった。おそらく月の光の加減なのだろうが、彼女の顔は、まるで蠟でできてでもいるかのように、半透明に透き通って見えた。まるで皮の下には何もないかのようで、また適当な言い回しを探して当てはめてみるなら、魂が抜け落ちてでもいるかのような風情があった。

「またお会いできてうれしいです」ローソンが言った。「しかし、なぜいつもこの場所なのですか?」

「わけはご存じでしょ」女が答えた。「夜のこの場所が、好きなんですの。とても……安心できるから。昼間はだめです。日の光に、突き刺されるような気がするんですもの。あなたには、おわかりにならないでしょうけど」

「確かに」ローソンは認めた。

二人はまた抱擁しあい、私はのぞき魔になったような気がした。二人の前に姿を見せ、あとは成り行きにまかせようとしたとたん、女が言った。

「もう行かなくては。また明日」

強くなった風の音が、ローソンの答えをかき消し、それからまたいっそう大きな音をたててうなった。まるで何事かを伝え、警告を発しようとでもしているかのように。辺りの空気がひんやりと冷たくなる。

女が丘をのぼり始め、私の視界から消えると、私は彼女を見送るローソンを見つめた。が、突然、絹を引き裂くような鋭い悲鳴が響いた。長く尾を引くその恐ろしい声は、風の音をほとんどかき消してしまった。ローソンは激しい恐怖にびくりと顔をこわばらせ、今しがた女が去った方角へと走り始めた。隠れ場所から飛び出した私は、地平線を背にして立つ、二つの人影を見た。女の影と、その正面で巨大な斧を振り回している、大男の影。男は、斧を頭の上に振りあげ、悲鳴のような声で怒鳴った。

「売女!　この汚らわしい売女めが!」

「おい、こっちを見ろ！」丘を駆けのぼりながら、ローソンが叫ぶ。

が、ローソンが二人のそばへたどり着く前に、男は斧を振りおろした。斧の刃が、月光の中できらりときらめき、女の頭蓋に深々とめり込む。出かかった二度目の悲鳴は、声にならずに消えた。二度、三度と斧が振りおろされる。それから男は、この時ようやく男のすぐそばまでたどり着いていたローソンを振り返った。

「間男め！」男はわめき、ローソンに飛びかかった。

私が手を貸さねば、わが友人は、女と同じ恐ろしい運命をたどることになる。そう瞬時に悟った私は、前へ飛び出そうとした。が、何かが、私をその場にひきとめた。今立っている場所で手足を動かすことも、見ることも聞くこともできるというのに、一歩たりとも前に踏み出すことができないのだった。目に見えぬ力が、私をその場に縛りつけていた。私にできるのは、見守り、祈ることだけだった。

斧がローソンの頭めがけて、空中でひらめいた。ローソンがわずかに身体を動かし、うなりをあげる斧は、むなしくその右肩をかすめて、柔らかな芝土の上にぐさりとめり込んだ。私はローソンを襲っている男を、はっきりと見ることができた。泡を吹く唇を大きくゆがめ、にやにやと狂人めいた笑みを浮かべている。熱くくさい息の臭いまでかぐことができるかのようだった。私は目を閉じ、ベン・ローソンの死で終わることがほぼ確実な、目の前の光景を締め出そうとした。だが、私を縛りつけているのと同じ力が、それを許してはくれなかった。

ローソンは素早く飛びさがり、武器になるものを求めて、必死で地面の上を見回していた。

しゃがんで大きな石を拾いあげると、渾身の力で投げつける。狙いははずれたものの、石は男が持っている斧の柄にあたり、斧は地面に転がった。ローソンは、恐怖と激しい運動のせいで汗まみれになりながらさっと前へ飛び出し、投げ捨てられた上着のように、地面に倒れた。が、すぐにはね起きると、闇雲に丘を駆けのぼり始めた。狂った男は卑猥《ひわい》な呪いの言葉を吐きながら転がった斧をつかみ、よろよろとローソンの後を追った。

私の目に、怒りと恐怖の涙があふれた。男がローソンに迫るのを見て、私の心臓ははねあがったが、その時ローソンは不意に向きを変え、私のいるほうに向かって走り始めた。でかい図体のせいで動きのぎこちない追跡者もまた、のろのろと向きを変えたが、その拍子に、殺された女の身体につまずいた。凶暴な怒りの発作にとらわれた男は、死体をかかえあげると、丘の下へと放り投げた。死体はごろごろと丘を転げ落ち、しまいに私が立っている場所から手の届きそうな距離で止まった。女の顔の残骸を見たとたん、私は吐き気を覚えた。

ローソンは、今や私からわずか二フィートのところまでやってきていた。おびえたようなすすり泣きの声や、酷使された肺がひゅうひゅうと息を吸い込む音が、私の耳を打った。私は彼に呼びかけようとしたが、声は私に従うことを拒んだ。そして、信じられないことだが、ローソンにも、すでに私たちのすぐそばまで迫っている襲撃者にも、私が見えていないようだった。

再び斧が振りおろされた。が、目的を達成しようとあせるあまり、男はよろめき、斧を落としてしまった。ローソンがすかさず斧をつかみ、男の頭を深々とえぐる。男の頭から血が噴水のようにどっと噴き出し、私のレインコートにも数滴がはねかかった。すでにほとんど正気を失っていたらしいローソンは、二度、三度、四度と斧を振りおろし、ついに男の顔があったところは、ぐちゃぐちゃの骨と軟骨のかたまりになってしまった。それからローソンは座り込んですすり泣き始めた。初めはひそやかだったその声は、しだいに大きくなっていった。

それから後の記憶は、私が四日間の昏睡の後、ベッドで目覚めたところから始まっていた。フィッシャー博士が、心配そうに私をのぞき込んでいた。

「まったく無茶なことをする」私が危険な状態を脱したのがわかると、博士は言った。「肺炎を起こさなかったのが、不思議なぐらいだ。夜中に、丘のまわりをうろうろするなんて」

「どこでぼくを見つけたんです?」私は聞いた。

「私が見つけたわけではない。フランクリンだよ」フランクリンは、地元の農夫だった。「君がすっかりおかしくなっていたと言っていたぞ。まあ、無理もないがね。舌がどうの、ローソン君がどうのと、つぶやいていたそうだからな」

友人の名が出たとたん、あの恐ろしい夜の記憶が、一気に私の中によみがえった。

「ローソンはどこです?」私は弱々しくたずねた。

「病院だよ。あの様子ではしかたない。いったい何があったのかは知らんが、すっかり気が狂っていたからね」

「気が狂った!」

「その通り! 君が発見されたのと同じ夜に、ふらふらと交番に駆け込み、悪魔の舌で女が殺されるのを見たと訴えたそうだ。自分も斧で男を一人殺したと」

「しかし、それは本当のことなんです。ぼくも見ました」

「わかった、わかった」フィッシャー博士はなだめるようにつぶやいた。

「本当なんです。ローソンの言うことに、嘘はありません」私は訴え、不意にふと思いついてたずねた。「あそこへ行ってみたんですか?」

「もちろん。真っ先に確かめに行ったさ」

「それで?」

「何もありはしなかった。ただ……」

「何です?」

「二つのしゃれこうべを見つけた。男女のな。私の見立てでは、少なくとも半世紀はそこにあったように見えたがね。ああ、それともう一つ。さびだらけの斧も出てきた。しゃれこうべと同じぐらい、前のものだと思うよ。手の込んだいたずらではないかと思うが、鑑識の結果が出れば、もっとはっきりするだろう。この界隈に、標本が二つなくなった病院が、あるのではないかと思う。さて、何はともあれ、君はゆっくり休むことだ。また明日様子を見にくるからね」

フィッシャー博士には言わなかったが、その標本の所有者だという病院が見つかるかどうか、あやしいものだと私は思った。そんなものが見つかるとは、とても思えなかった。

十日後、私はまた起きあがれるようになった。フィッシャー博士によれば、ベン・ローソンは精神病院に送られたのだという。面会の許可をもらおうとしたが、危険すぎると断られた。外部の人間と会えるようになるまでには、どう見てもまだ何ヶ月もかかるだろうと。私が会った医師によれば、どのみち私は、彼を見分けることはできないということだった。医師たちの目から見ても、ここ数日でめっきりと老け込み、四十代か五十代のような顔になってしまったという。

私は透き通るような青白い肌をした美女について、近隣の村々にたずね回った。ドーチェスターやブリッドポートまで足をのばしすらしたが、誰も彼女を知る者はなかった。が、それは調査を始める前から、もうわかっていたような気がした。

私はいまだにぐっすり眠ることができない。今もなお、ベン・ローソンが巨大な斧で薪のように切り刻まれる、恐ろしい悪夢を見続けている。

あの晩着ていたレインコートは、戸棚の中にしまい込んだままだ。五回以上も洗ったというのに、左袖にこびりついた血の染みは、消えずにそのまま残っている。捨ててしまおうかと思いもしたが、思いきることができそうもない。あのレインコートは私の正気を保ち、ローソンの悪魔の舌への帰還が夢ではなかったことを思い出させる、唯一のものであるのだから。

パッツの死

Putz Dies

セプチマス・デール

本書収録の「許されざる者」と同じ作家の妄想ホラー。
身体が麻痺した死刑囚と看守との憎悪の相克から生まれるサスペンスと、
最後の意外な結末を扱った作品である。

その部屋は、明るくこじんまりとした感じに整えられていた。目に心地よい色彩、きちんとつめものの入った筒型のモダンな椅子、防音の壁。誰もが居心地のよさを感じるよう設計されたその部屋は、死刑囚の独房だった。

ブリキの浴槽の中に座っている死刑囚は、ジェイコブ・パッツと呼ばれる男だった。パッツは首から下が、麻痺して動かなかった。パッツを入浴させるのは、そう楽な作業ではなかったからだ。入浴させるには、まず彼をブリキの浴槽の中におろし、大きな台所用のやかんで、お湯を運んでこなければならなかった。

二人の付添い人の若いほうであるスターンが、浴槽からパッツを持ちあげ、ベッドの上に戻した。パッツは今や、枕の上でしゃべり続ける頭でしかなかった。腕や足の感覚もなく、それらを動かすこともできなかった。だからパッツは、顔をしかめることに、そのエネルギーを使っていた。パッツはにやにや笑いを浮かべ、哄笑し、自分が言ったことを強調するかのように、顔をゆがめた。その頰はすぼまったりふくれたりを繰り返し、もじゃもじゃの眉は絶望を示すたびにおどけてはねあがり、分厚い唇はしかめ面になるたびにしわを作った。

パッツはサイズの合わない囚人服を着て、ベッドに横たわっていた。パッツはかなり大柄な男だった。真ん丸の太った顔、ばら色の頰、鋭い小さな目。額の上には、一房の茶色い逆毛がかかっている。パッツは天井を見つめながら、ひっきりなしにしゃべり続け、自分の声に熱心に耳を傾けていた。そうやって、まだ残された日があることを、自分が今もこの世に存在することを、死刑執行が行なわれないかもしれないことを、確認し続けているのだった。

スターンと年かさの付添い人であるウォルサーは、パッツをじっと見つめていた。二人はごく普通の男だったが、その仕事は決して平凡なものではなかった。こうして座って囚人の話に耳を傾け、太らせている最中の子牛のように満足させておくことで、金をもらっていたのだから。謎解きゲームだの、二十の質問だの、チェスだののゲームにつきあうこともあった。パッツは最初はチェスが好きだったが、今ではやろうとしなくなった。パッツにはもう時間がないというのに、チェスをするにはかなりの時間がかかるからだった。

「……苦痛に関する実験」壁の上の影を目で追いながら、パッツは言った。「そう、私は苦痛に関する実験に生涯をささげてきた。苦痛は人間の能力がこの上なく完璧であることを示す鏡であると、肉体のエゴを昇華し、最高の獣を復活させるものであると、私は信じている」

パッツはちゃんと聞いているかどうか確認するようにスターンとウォルサーを見やり、まぶたを震わせた。

スターンは一人遊びのカードが散らばった、トランプ用テーブルの前に座っていた。彼は若くはあったが新米ではなく、すでに十人の囚人の世話をしてきた。そのうち八人は、処刑延期にならなかった。そんなわけで、スターンはもう、自分の仕事にもお客である囚人たちにも、心を動かすことがなくなっていた。彼らは缶詰工場の流れ作業台にのせられた豆のように、ただ通り過ぎていくだけの存在だった。自分の仕事に冷淡になったわけではなく、お客の人生についで深く考えないようにするための、事務的な能力を身につけただけなのだと、スターンは自分に言い聞かせていた。確かに、ほとんどのお客はそうやってやり過ごすことができたが、今回はそうもいかなかった。

スターンは一枚また一枚とカードを重ねながら、パッツの話に聞き入っているかのように、時々ぶつぶつと何事かをつぶやいた。水曜日だ。水曜日になれば、この仕事は終わる。パッツの人生は水曜に終わるのだから。これが終わったら、幼い娘を動物園に連れていく約束なのだ。スターンは野生動物の尊厳を信じていたので、内心、動物園というものを好きになることができなかった。檻に入った動物を見ても楽しいとは思えなかったし、そんなところに出かけて檻をのぞき込んでいると、自分がどうしようもなく下品で下劣な人間になったかのように思えてくるのだった。が、娘は、友達はもうみんな行っていると言って、しきりに動物園に行きたがっていた。動物園に行ったということは、娘にとって、社会的なステータスのようなものなのだろうと、スターンは感じていた。そして、娘にとってそれがいかに重要なことであるか、悟る分別は持っていた。だからスターンは明日の水曜日、パッツが死刑になったら、娘を動物園に連れていくつもりだった。

「私の実験は」誰も聞いてはいないことに気づきもせず、パッツはしゃべり続けていた。どのみち、そんなことは気にしてもいなかった。およそ二千人もの囚人がいるこの監獄の中で、パッツのような立場のものはただ一人であり、その特異さからいっても、パッツは孤独だったのだから。「私の実験はしっかりした管理のもとに行なわれ、政府からじきじきに許可を得たものだった。肉体が極限状態に置かれた時の人間の反応を明らかにし、痛みや恐怖が自我に与える抑圧を調べ、無防備な状態に置かれた時に人間の中にある獣性がどのような化学反応を起こすか、調査するためのものだった」

天井の上の影が、少しばかり横へ移動した。その影は、黄緑色の壁の上部につけられた、鉄格子のついた小さな窓から差し込んでくる日の光によって作り出されていた。パッツはその影を見ることで、時間をはかることができるのだった。ウォルサーかスターンに時間を聞くこともできたが、こうして自分で時間を読むほうが好きだった。何時何分という時間は、彼にとってもう意味がなかったからだ。パッツにとって重要なのは、永遠という点から見た時間だった。パッツは時間を、生きているものとして、何時間だの何分だの何秒だのといった、押しつけられた心理的束縛に支配されないものとしてとらえていた。パッツにとっての時間は、壁の上の影だった。朝早いうちは影は小さく、時間とともに頂点に達し、やがて傾いて消えていく。が、こうして影を見るのも今日が最後だった。明日の日の光は拝めないのだから。

パッツはウォルサーの強い視線を感じていた。ウォルサーはかつてはハンサムだったのだろうと思わせる、大柄な男だった。が、今はその顔もしなびてあちこち肉がたるみ、目は寒さのためにしじゅううるんでいた。穏やかで優しい、茶色の目だった。ウォルサーは優しく真っ正直な男であり、その手はまるで誰かをいつくしむために作られたかのようだった。彼はゆっくりと目をしばたたき、いかにも心配そうに、パッツを見つめた。

「少し休んだほうがいい。身体が参ってしまうぞ」

パッツはにやりとした。「親愛なる看守どの、私は実験中だ」

「しゃべりまくっているだけだろう」スターンが横から口を出した。「あんたのようによくしゃべる囚人は初めてだよ」

「実験だと言ったろう。私がこれまでしてきたことは何もかも、実験のうちだ」

パッツはしゃべりながらスターンの顔を見つめ、いくらかの喜びを味わった。スターンの妹の一人がパッツの「実験」の犠牲になったと、ウォルサーが口をすべらせていたのだ。

「いいかげんに黙ったらどうだ」スターンは、明らかにいらだった様子で立ちあがった。

「私は麻酔なしの難しい手術を行ない、被験者の反応を内臓の中まで観察した。また別の被験者には、自分の目玉の入ったいちごのゼリーを食わせてやった……」パッツは口をつぐみ、ウォルサーをしげしげと観察した。「私の新たな実験は、どうやら成功したようだな。口を頬骨まで切り開かずとも、こうしてしゃべるだけで、私はこの男を黙らせることができる」

枕の上の頭が、満足げにうなずいた。スターンはぎゅっとこぶしを握りしめ、のしかかるようにパッツのそばに立った。

「この悪党め……この……」スターンは目を閉じた。パッツがまたもやあざけるように口を開き、厚い唇をにやりとゆがめたからだ。

「おい、落ち着け、スターン。君にも俺にも、すべき仕事がある。俺は自分の職務を果たしている。君も自分の義務を、しっかりわきまえることだ」

「もう、これ以上我慢できません」スターンは顔をそむけて言った。「こいつが死ぬのを見るのは、さぞかし気分がいいでしょうよ、ウォルサー。聞いただろ、教授。俺はあんたが明日電気椅子で焦げるのを見たら、大喜びしてやるさ」

「わかったから、もうやめろ」ウォルサーが立ちあがり、スターンの肩に手を置く。「もう十分だろう」

「畜生」

「俺たちみんなに、何か食べ物を持ってきてくれないか、スターン」ウォルサーは、スターンをドアのほうへ向かせると言った。「そろそろ何か腹に入れてもいい時間だ」

スターンは出ていった。

「どうしてこんなことをするんだ」ベッドの上に立ちはだかるようにして、ウォルサーは言った。「事態をこれ以上不愉快なものにする必要は、ないと思うがな」

「実験だよ、ウォルサー看守。あの男がどこまで耐えられるか、見てみたかっただけだ。苦痛に関する実験の一種と言ってもいい」

「あいつの妹は……」

「わかっている」枕の上の頭が、再びにやりと笑った。「わかっているとも」

「いつでも、他の者と交代させることができるが」

「それは気の毒にな。あの男の将来に傷がつくことにならないか？　あの男は、最初に妹のことを言うべきだった。その種の手落ちは、そう寛大に扱ってはもらえまい。出世に響くことになるぞ」

　ウォルサーは顔をそむけた。

　パッツが戦犯だということは、ウォルサーにとってたいした意味を持たなかった。パッツのゆがんだサディズムが、政府公認で実践されていたのは残念なことだが、戦時中にはそうしたことも起こりえるのだということを、ウォルサーはすでに悟っていた。どのみち彼の顧客は、その道のスペシャリストばかりなのだ。

　スターンがパッツと個人的に関わっていたことは、不運だった。スターンとパッツの確執という一面だけが、ウォルサーを動揺させていた。だがじきに、正義の裁きが行なわれるはずだ。スターンも自分なりの正義を持っているはずであり、そうであるかぎり、ウォルサーの世界のバランスがくずれることはなかった。

　パッツは、スターチン政権下の捕虜収容病院を管理していた。そこはいわゆる人体実験施設であり、戦時中という無法地帯の中で、パッツは何者にも邪魔されずに、他者の人格をおとしめ、苦痛を与える実験を行なうことができたのだった。パッツの裁判は、長く込み入ったものとなった。検察側の証人のほとんどが、ひどく衰弱していたり、奇形になったりしていたからだ。パッツのおかげで心も身体もねじ曲がり、病みおとろえた証人たちは、自らの体験を筋道をたてて話すことが難しくなっていた。切断された手足の残骸を使い、はいやいいえの合図で質問に答えるしかない者もいれば、歯肉も舌もない唇にペンをくわえ、筆記を行なった者もいた。彼らはパッツの「病院」でなされたことの概要を伝えることに成功したが、証拠の大部分はパッツ本人から提供されたのだった。担架にのせられて出廷したパッツは、車椅子で彼のそばを通って証言台にあがる患者たちをしげしげとながめ、その支離滅裂なつぶやきや、分厚いベールをかぶった顔ににやりとした。そして、誇らしげな声で、実験の全容を物語った。パッツの物柔らかな声には、ほとんど催眠効果でもあるかのようで、そのぽっちゃりとしたばら色の頬は、自らが行なった複雑な難しい手術を思い出すたびに、にやりとほころぶのだった。

そして今、パッツは死刑囚独房に入れられ、ウォルサーのお客となっていた。パッツは医学の天才であり、たぐいまれな外科医であり、スターンの妹を破滅させた張本人だった。ウォルサーはパッツが正しい報いを受けようとしていることに、パッツの裁きの時が迫っていることに、満足を感じていた。

パッツは目覚めたまま、ベッドに横たわっていた。夜がふけようとしていた。明日の朝、刑の執行が延期にならないかぎり、もう次の夜はなかった。だがまだチャンスは、希望は残されていた。

床屋がやってきて、パッツの頭を刈っていった。かみそりがパッツの頭をすべっている間、ウォルサーはパッツの視線を避けていた。

死刑が延期になるかもしれないとパッツに思わせておくのが、ウォルサーの仕事だった。囚人を絶望させないこともウォルサーの仕事のうちなのだと、パッツにはわかっていた。死刑が執行されるはずがないと、すべては手の込んだ茶番にすぎないのだと思わせておけば、囚人の扱いが楽になるからだ。パッツを満足させ、従順にさせておくのが、ウォルサーの職務だった。刑務所長が、死刑の延期はないと、法は正しく行なわれるのだとパッツに告げるその時まで。

希望などありはしないことが、パッツにはわかっていた。パッツは自分の身体をとらえている恐怖に、職業的な興味を感じていた。その恐怖を制御するのは、面白かった。文明社会で甘やかされた人々は、恐怖をうまく抑えることができないものだと、パッツは知っていた。パッツは病院の事務所の壁に、個々の患者の恐怖の抑制度合を示すグラフをはっていた。そのグラフもまた裁判で公表されたが、パッツ以外の者にはほとんど理解できなかった。スラブ人としてどう反応すべきなのか、パッツにはわかっていた。

明日行く場所には、床屋にあるような椅子が置いてあることだろう。その椅子には制御装置がついている。小さな金属の輪がパッツの頭にしっかりとかぶせられ、右の足首にも器具がはめられることだろう。そして周囲には見物人がいる——刑務所長に医者に、役人たち。うるんだ目をしたウォルサーや、楽しげなスターン。

これもまた、苦痛に関する実験の一つなのだ。きっと自分の好奇心を満足させてくれることだろうと、パッツは思った。いつもはいろいろ不確かなこともあったが、その疑問もこれで解消される。今回は、自分が実験の被験者になるのだから。自らの恐怖と苦痛の大きさを記録することができるまで、意識があればいいがとパッツは思った。自分が衝撃に身を震わせた時に見物人の顔をよぎる死の恐怖を、記憶することができるようにと、パッツは願った。奴らの目にも身体にも、恐怖が表れることだろう。奴らは自分のように、死の恐怖をうまく扱う精神力など、持ち合わせてはいないのだから。

パッツは天井をにらみながら、もうすぐ死ぬのだということを、繰り返し自分に言い聞かせていた。自分はもうすぐ、電気椅子で死ぬ。二千ボルトの電流がこの身体を流れ、奴らは自分を死に追いやったという認識とともに、取り残されるのだ。判決をくだし、死刑台のレバーを押しはしても、奴らは自分が死なねばならないことに、恐怖を感じているはずだった。


目が覚めた時、パッツは自分が長いこと眠っていたのを知った。どれだけ眠っていたのかはわからなかったが、目覚めたパッツは、今が朝であることを意識した。皆が部屋の中におり、ウォルサーがかがみ込んで顔に手を触れ、パッツを起こしていた。

パッツは部屋の中の顔を見つめ、そのまじめくさった態度をからかうように、顔をゆがめた。所長も医者も、皆怖がっていた。彼らは一団となってパッツのベッドを取り囲んでおり、所長が口を開いた時、パッツは所長が自分の聞きたくないことを言おうとしているのがわかった。

こうして朝になっても、パッツは死にたくはなかった。ウォルサーとスターンに担がれて、小さな鉄のドアへと続く廊下を進むのは真っ平だった。椅子にしっかりくくりつけられて、頭に金属の輪をつけられたくなどなかった。

パッツは枕の上で頭をねじり、皆から顔をそむけた。死刑の延期はなく、じきに死なねばならないことを知りたくはなかった。パッツは彼らの声を聞くまいとした。パッツは枕の上の頭にすぎぬというのに、その頭皮はもうすぐ焼け焦げる運命にあるのだった。

「所長の責務として、刑の執行が延期されたことを伝える。君の身体がきかぬこと、十分な責任能力を持たぬ人間を処刑するのは、当然ながら政府の本意ではないことが理由だ。よって君は法務大臣より、コーブランツの国立囚人病院に入ることを許され、判決は終身刑に変更された」

皆の視線が、パッツの上に注がれていた。医者はほっとしたような顔をしており、所長は気だるげに落ち着き払っていた。ウォルサーは仰天した表情をしており、スターンはそっぽを向いた。

「まあしかたあるまい」刑務所長は書類をかきわけながら、そっけなく言った。「一つの譲歩、政治的な措置というやつだ、パッツ。私の意見では、誤審だと思うがね。君の行く先々で、他の囚人たちが君の施設での生活を、最悪なものにしてくれることを願うばかりだな」

「所長……」ウォルサーが、ショックを受けた声で言った。

「わかっているよ、ウォルサー。私もルールはわきまえている。決まったことに個人的な文句をつけるなど……。我々の仕事について、君に説教されるまでもない」

刑務所長はベッドのそばで向きを変え、ドアのほうへと歩いていった。

「わかっているとも、ウォルサー。が、この男に生きる価値などないことも、私は知っている。ここへ来てからというもの、私が喜んで罰したいと思ったのは、この男ただ一人だ」

パッツは声をたてて笑い始めた。そのあざけるような悦にいった笑い声は、鉄のドアを突き通して廊下まで所長を追いかけ、辺りに延々とこだました。パッツはベッドに横たわったまま、上機嫌で真ん丸い顔を揺らした。

「さて、ウォルサー。これですっかりかたがついたな」パッツはしまいにくすくす笑いながら言ったが、不意にまじめな面持ちになった。「私の身体のおかげで。甘いな、ウォルサー。君らは甘すぎる。君らは目の前で殺しを見るのが、怖かっただけだろう。私はそんなことのために、手術を延期したことなどないというのに」パッツは自分の動かぬ身体を身振りで示して続けた。「だから君らの中には、科学者が育たないのさ。物事をやりとげるだけの気概がないから」

スターンは顔を蒼白にして椅子にくずれ落ち、ウォルサーは彼に話しかけた。

「俺たちは、これからどうなるんだろうな」その声には狼狽の色があった。

「残念だったな、スターン」ベッドから、また勝ち誇った声が響いた。「最後の最後であてがはずれて。いや、まったく」パッツの頭が枕の上で、意気揚々と前後に揺れる。「気の毒なスターン看守……」

「黙れ」ウォルサーが怒鳴った。その穏やかな目はきつく険しくなり、頭の中ではある決意が形を取り始めていた。

「おや、年長の看守が、癇癪を起こすとは。またもや、実験が成功したわけだ！　君で成功する見込みはないと、あきらめていたんだがね、ウォルサー」

ウォルサーはパッツの上に立ちはだかった。

「落ち着いて、ウォルサー」スターンが横から言った。「俺たちがこの悪党にできることは、もう何もありませんよ」

ウォルサーは顔をそむけた。

「入浴の時間だ」氷のような声で言う。

スターンはぎょっとしたようだった。

「今朝は必要ないと思ってました。何も準備をしていませんが……」

ウォルサーは笑った。「問題ないさ。浴槽を出して、パッツを中に入れてくれ。お湯は俺が持ってこよう」

ウォルサーは独房を出ると、キッチンへと続く廊下を歩いていった。

スターンはパッツと二人きりで取り残された。

「私に触れる勇気もないらしいな。そんなところに立ったままで」パッツが言った。

スターンは鼻を鳴らした。「俺はあんたとは違うんだよ、じいさん。心配しなくても、その種のことを——あんたがやったようなことを楽しむ趣味はない」

「甘いな。だから何もできないのさ」パッツは馬鹿にしたように言った。

スターンはパッツを無視した。パッツのぐにゃりとした身体をベッドから持ちあげ、そっとブリキの浴槽の中におろす。スターンはパッツのしたことを忘れ、パッツをものとみなすことに決めていた。スターンは妹のことを、無理に心の中から追い出した。仕事は仕事、それだけだ。職務は適切にこなさねばならない。自分に、個人的復讐をする権利などないのだ。

だからスターンは、パッツの身体を浴槽におろすとそのかたわらに立ち、ひたすらじっと見守っていた。戻ってきたウォルサーが浴槽のそばへ来て、パッツの薄笑いを浮かべた上向きの顔に、煮えたぎる湯を浴びせかけるのを。

暗闇に続く道

The Road to Mictlantecutli

アドービ・ジェイムズ

本書収録の「人形使い」と同じ作家のロード・ホラー。

本編は警官を殺害した脱国者、それを助けた司祭、謎の美女との奇怪な道中サスペンス。神と悪魔と殺人者のふしぎな寓話である。

リボンのようなアスファルトの道が、果てしなく長い矢の柄さながらに、どこまでも前にのびていた。かつては黒かったのだろうその道は、ぎらぎらと照りつける日の光に長年さらされたせいで、今や灰色になっている。遠くにはかない夢のような蜃気楼がゆらゆらと現れ、疾走する車の接近とともに、静かに消えていった。

運転席に座るエルナンデスの顔からは、滝のような汗が流れていた。しばらく前、快適な場所にいた時には、彼は快活で心優しく、思いやりのある男だった。今、彼は不安に駆られ、ほとんど怒ったように車を飛ばしていた。日の暮れた後も、この不快な場所にとどまりたくはなかったからだ。

「このいまわしい場所には、太ったハゲワシはいないらしい《セメハンテ・ロス・ヴィトレス・ノ・ティエネン・ゴルド・エン・エステ・ディストリト・エクセクラブル》」エルナンデスはつぶやき、午後遅くの強い日ざしに目を細めた。

助手席に座るモーガンは、これを聞いてにやりとした。「こんなしけた場所じゃ、ハゲワシだってやせ細るだろうぜ」エルナンデスにはユーモアのセンスがある。だからモーガンは――ただそれだけの理由のために――もうすぐエルナンデスを殺さねばならないのが、残念でならなかった。が、あいにくなことに、エルナンデスはメキシコ連邦警察の警官であり、モーガンをアメリカ合衆国の国境に送り返そうとしていた。そこへ着けばモーガンは犯罪者として法廷に引き渡され、テキサスの長いロープの端につるされて、断末魔に身を震わせることになるはずだった。

いや、そうは行くものか。次はどうなるかわからんが、今回はつるされてなどやらないとモーガンは思った。その思いが、じきに現実になることもわかっていた。エルナンデスはまぬけな男であり、へまをやらかすのは時間の問題だったからだ。モーガンはじっと機会をうかがっていた——くつろぎきった様子でうとうととまどろみ、手錠のかかった両手をおとなしく膝の上に置きながら。

五時になろうとするころ、モーガンは追いつめられた者の鋭い本能で、自由になる時が近づいているのを感じ取った。エルナンデスが、居心地悪そうにし始めたのだ。昼食後に、ビールを二本空にしたせいに違いなかった。エルナンデスは、じきに車を止めるだろう。行動を起こすのはその時だった。

右手で、平らな砂漠の表面がだんだんとのぼり坂になり、ゆるやかな起伏を描く丘となっていた。

モーガンは無関心を装ってたずねた。「あっちには何があるんだ?」

エルナンデスはため息をついて答えた。「さあな《キエン・サベ》」そうとも、誰にわかるだろう。山の向こうにある台地は、ここよりもっとひどい場所だった。それこそ信じがたいほどに! そこにいるのは、アステカ族より古い言葉を話す、野蛮なインディアンばかりだった。地図にものっていない未開の荒野——ミクトランテクトリが治める場所。

影が長くのびるにつれて、辺りの風景はゆっくりと変わり始めていた。アグア・ロドソを出てから初めて、草木らしきものが目に入るようになっていた——メスキートのやぶにサボテン、低木の茂み。前方に孤立した基地の歩哨のように、五十フィートはあろうかという巨大なベンケイチュウ（サボテンの一種）が立っていた。エルナンデスはスピードを落とし、そのサボテンの陰で車を止めた。「足をのばしたかったら、のばしてもいいぞ、兄弟《アミゴ》。あとはエルモシヨまで止まらないからな」

　エルナンデスは外に出て車を回り込むと、モーガンのためにドアを開けた。モーガンは外にすべり出ると立ちあがり、猫のように身体をのばした。メキシコ人警官がサボテンを背に一休みしている間に、モーガンは最初、砂に突き刺さったむきだしの十字架かと思われたもののそばへ歩いていった。よく見ると、それはただの標識だった。風雨にさらされ、そこを止まり木にしているハゲワシの爪で、点々と穴を開けられている。

　ぶらぶらとモーガンのそばへやってきたエルナンデスが、やはり標識を見つめ、真っ黒な口ひげの下で、当惑したように唇をすぼめた。「リナクラン、七十五マイルだと？　こんなところに道があるなんて聞いたことがないが……」が、しばらくすると、その顔が明るくなった。「ああ、わかった。思い出したぞ。こいつは古い軍用道路《レアル・ミリタル》だ。内陸部から東海岸へ続いているはずだ」

　それだけ聞ければもう十分だった。リナクランとやらが東海岸にあるのなら、そこが自由への道だ。モーガンは絵にかいたような無関心を装いながら、再びあくびをした。

「さて、用意はいいか、兄弟《アミゴ》」

モーガンはうなずいた。「これからつるされようっていう野郎なみにな」

メキシコ人警官は笑い、咳き込み、砂の上に唾を吐いた。「それじゃ、行こうか」エルナンデスは先に立って車のほうへ歩いていくと、ドアを開けてモーガンを待った。モーガンは午後遅くの厳しい暑さから身を守るように、前かがみに肩を突き出し、よろよろとエルナンデスのほうへ歩いていった。そして、蛇が無防備な犠牲者を襲うように、おもむろに行動を起こした。手錠をはめたままの手を、容赦なくエルナンデスの脳天に振りおろす。エルナンデスがうめき、地面にくずれ落ちると、モーガンはすぐさまそのそばへ走り寄った。両手で警官の身体を探り、腰のベルトにとめてあるとわかっていた拳銃を見つけ出す。それから身体を起こし、地面に倒れた影から四歩ほど離れた距離に移動した。

エルナンデスは目をしばたたき、ぎこちなく頭を振って立ちあがろうとした。が、どうにか膝立ちになった時、モーガンの非情な声が、彼をその場に凍りつかせた。

「あばよ、エルナンデス。そう苦しくはないはずだぜ」

エルナンデスは顔をあげ、目前の死を見た。「そんな……《ディオス》馬鹿な。《ディオス》やめろ！」だが、すべてはそこで終わりだった。四十四インチの弾丸に左目の上を撃ち抜かれ、エルナンデスの身体は衝撃で十フィート後ろへ飛ばされた。エルナンデスはびくりと一度身を震わせ、足で弱々しく砂を打つと、そのまま動かなくなった。

モーガンは悲しげに頭を振って、そのそばへ歩み寄った。「俺はあんたを、買いかぶってたみたいだな。命乞いをするような、腰抜けには見えなかったのによ」警官の無様な死にふっとため息をつく。気弱な友人に裏切られたように感じながら。

モーガンはしゃがみ込むと、死体を探り始めた。財布の中にはバッジと、五百ペソと、色つきの写真が入っていた。太ったメキシコ女が、笑みを浮かべた三人の幼女と、気取ったにやにや笑いを浮かべた二人の少年に囲まれている。モーガンは何とも言いようのないうなり声をあげると、探索を続けた。

やがて、死体のかたくなった白い足の裏に、手錠の鍵がとめられているのが見つかった。

モーガンがエルナンデスの死体を車のトランクに放り込むころには、夕暮れの光がメキシコの丘を、赤茶色に染めあげ始めていた。モーガンはぶらぶらと、例の標識の前まで戻っていった。距離の表示の下に、「危険——注意」の文字がある。お笑いぐさだとモーガンは思った。縛り首になる以上に、国際警察に狐のように追い回される以上に、危険なことなどあるだろうか？　罠にはまり、死刑を宣告されたことは、これまでに四回あった。が、それでも自分は今、こうして大手を振って歩いているのだ。目の前にある薄汚いしけた道路に、モーガンの機知や、反射神経や、銃に太刀打ちできるものなど、絶対にあるはずはなかった。

モーガンは運転席に座り、問題の道のほうへと車の向きを変えた。初めに思ったよりもごつごつと起伏が多かったが、それでも最初の三十マイルは調子よく進むことができた。車はかなりの速度で疾走し、消えゆく光の中できらきらときらめく茶色い彗星のしっぽのように、ほこりを背後にたちのぼらせた。

太陽は、いったん地平線の彼方に隠れたが、モーガンが丘陵地帯をのぼり始めると、またもやその姿を現した。再び眠りを覚まされた神の、怒りと悪意に燃える目のように。

やがて丘の頂上に達したモーガンは、谷へと続く勾配をおり始めた。暗闇が、辺りを包み始めていた。道路わきの坂が深い峡谷になっている辺りにくると、モーガンはいったん車を止め、エルナンデスの死体を放り出した。死体が百フィートほど下の谷底へ、ごろごろと転がっていくのを見守る。しまいにそれは、もつれあうメスキートの茂みの、真っ黒な影の中へ姿を消した。

モーガンはさらに車を飛ばし続け、夜の闇が急速に辺りに押し寄せるころになると、車のライトをつけた。

車が谷底へたどり着いた時、モーガンはだしぬけに悪態をつき始めた。道はもはや道路ではなく、荒野の中をジグザグに横切る、ひび割れた小道でしかなくなっていた。

続く三マイルは、車にしたら少なくとも一万五千マイルの距離があった。モーガンはギアを思いきりローに落とさねばならず、そのうちに、浅い池のような道のくぼみのせいで、前輪のアラインメントとサスペンションがおかしくなった。道の真ん中にひそかに突き出たぎざぎざの石が、いくつものかたい指のように、車台にこすれる。

それに、このほこりときたら！　そこいらじゅうを埋めつくし、不吉な黒い雲のように、周囲にただよい続けている。ベージュのビロードさながらに車の内部を覆いつくし、モーガンの鼻の穴や喉にまで入り込むので、息をしたり、唾を飲むのすら苦しいぐらいだった。

しばらくすると、ほこりの臭いに混じって、熱い湯の――蒸気の臭いがただよい始めた。モーガンはエンジンの冷却装置が傷ついたのを知り、この車でリナクランにたどり着くのは無理だと悟った。地平線の辺りにかろうじて残っている最後の光で、生き物の気配を探ってはみたものの、見えるのはサボテンと発育の悪い砂漠の灌木の、不気味な影ばかりだった。

やがて、ジグザグに揺れるヘッドライトが、道のわきをたった一人でゆっくりと進む司祭の姿をとらえた時、走行距離計は四十四マイルを記録していた。モーガンは目を細め、司祭を乗せてやることに、何かメリットはあるだろうかと計算した。そして、そんな行為は愚の骨頂だという結論に達した。あの男は追いはぎか何かで、自分が道に気を取られている間にナイフをひらめかせ、巧みに切りつけてくるかもしれないのだ。

司祭の姿はヘッドライトの光の中で、大きくそびえ立って見えた。彼は車の接近にまるで気づいていないかのように、車のほうを振り返りもしなかった。

モーガンはスピードを落とすことなく、そのかたわらを走り過ぎた。司祭の姿はあっという間に、砂塵とメキシコの闇の中へ消えていった。

その時、頭の中のどこかで、だしぬけに中継装置のスイッチが入ったかのように、モーガンの本能が、いっせいに悲鳴をあげ始めた。どうもおかしい――絶対におかしい。何かの罠にはまろうとしている。すでにすっかりおなじみとなったその感覚が、前方に罠が待ちかまえていることを知らせていた。モーガンはゆがんだ笑みを浮かべ、ポケットから銃を引っ張り出すと、いつでも使えるように、すぐそばの椅子の上に置いた。

それからの三マイルは、果てしなく続くように感じられた。モーガンは罠の口が閉じるのをほとんどじりじりしながら待ったが、何も起こらなかった。モーガンはいらだち始め、己の想像力を呪った。熱くなったオイルと蒸気の臭いが、だんだんと湿っぽく強烈なものになり、エンジンが悲鳴をあげ始める。モーガンはちらりと水温計を見おろし、針がとっくに赤い警告ゾーンへと達していることに気づいた。

モーガンの注意が道からそれた瞬間、左前の車輪がとがった岩にぶつかった。タイヤの側面が切り裂かれ、車は傷つき怒り狂った獰猛な獣のように、右に左に飛びはねた。モーガンはブレーキをかけたが、すでに遅すぎた。車は砂利の上を大きく右にスリップし、一瞬崖の上でぐらついたかと思うと、映画のスローモーションのようにくるくると回転しつつ、斜面を転がり落ちていった。

モーガンが最後に見たのは、石の形をした巨大な神の手のように夜の闇の中に突き出した、とてつもなく大きな岩だった。

長いことたってから、モーガンは意識を取り戻した。モーガンは目を閉じてじっと横たわったまま、誰かが自分の額をぬぐい、自分に話しかけているのを感じていた。男だ！　たぶん……さっきの司祭か？　モーガンは相手の荒い息遣いに耳を傾けた。他に聞こえる物音はなく、彼らは二人きりだった。

モーガンは目を開いた。辺りは闇に包まれていたが、先ほどよりは明るかった。空の上の薄い雲の間から、かすかな月光がもれてきていたからだ。服も黒ければ顔も浅黒い司祭が、モーガンのかたわらにつきそっていた。

「セニョール、大丈夫ですか?」

モーガンは足の筋肉を曲げ、足首と肩を動かしてみた。それから頭を左右に振ってみる。どこにも痛みはなく、驚くほど気分がよかった。が、相手にそれを知らせるのは、得策ではなかった。司祭には、自分が背中を痛めており、素早く動くことができないのだと思わせておいたほうがいいだろう……。そうすれば、速い動きが必要になった時、相手は不意をつかれるはずだ。

「背中が痛い」

「立てますか?」

「ああ……まあな。手を貸してくれ」

司祭は手を差し出した。モーガンはその手にすがり、わざとらしくうめきながら立ちあがった。

「私が通りかかってよかったですね」

「そうだな。感謝してるぜ」モーガンはポケットの中を探った。財布はまだそこにあったが、銃はなくなっていた。いや、そもそもポケットに入れたのだったか? そしてモーガンは、銃を自分のかたわらの椅子に置いたことを思い出した。暗闇の中であの銃を見つけるのは、まず無理だろう。たぶん他の武器が見つかるはずだ。

「どちらへ行かれるのです?」司祭はたずねた。

「リナクランだ」

「そうですか……あそこはいい街です」司祭はモーガンのすぐそばに立ち、じっとモーガンを見つめていた。月は雲に隠れたり現れたりを繰り返しており、明るくなったのはほんの一瞬だったが、それで十分だった。モーガンは唐突に、何年も感じたことのない恐怖が身体を走り抜けるのを感じた。司祭の目に、ぞっとするものを覚えたのだった。黒々と射抜くような、司祭にしては鋭すぎる目。

モーガンは三歩ほど後ずさりし、司祭の目が闇にまぎれて見えなくなる場所に離れた。

「怖がらなくてもけっこうです」司祭は静かに言った。「あなたを傷つけたりはしません。ただ、お助けしたいだけです」

その言葉に嘘はないように思われ、モーガンは緊張がいくらかほぐれ始めるのを感じた。モーガンは、心の中で風の匂いをかいだ。罠の匂いは確かにあったが、さっきほど強くはなくなっていた。しばらくすると、モーガンはいつものふてぶてしさをいくぶん取り戻し始めた。自分たちは、いったいどこへ向かっているのだろうとモーガンは思った。リナクランへの道を少なくとも半分は来たはずなのだから、他の移動手段が見つからないなら、このまま進み続けるのが得策というものだった。

「リナクランが、ここから一番近い街か?」モーガンはたずねた。

「はい」

「あんたもそこへ行く途中なのか?」

「いいえ」

「近くに教会でもあるのか？」モーガンは、願わくばそうであってほしいと思いながらたずねた。

「いいえ。ですが私はしじゅう、この道を歩いているものですから」

「いったいなんだって《フォー・クライスト・セイク》、こんなしけた道をうろうろしていやがるんだ？」

「今、あなたがおっしゃった通りですよ。キリストのためです」

今やモーガンはすっかり安心しきっていた。この司祭は無害な男だ。いかれてはいるが、危険はない。モーガンは、ほとんど陽気ともいえる声で言った。「そうかい。俺はこれから長旅をしなくちゃならないんでな。じゃ、あばよ」

モーガンは司祭がその言葉に、表情を和らげたように思った。「途中までごいっしょします」

「まあ、好きにするさ。俺の名は……ダン・モーガン。アメリカ人だ」

「ええ……存じております」

モーガンはその答えに一瞬不意をつかれ、またもや警戒心が頭をもたげるのを感じた。この司祭は明らかに、自分の意識がない間に、所持品を調べたのだ。おそらくは、自分が銃をなくしたあの場所で。

二人は黙って歩き始めた。月が――冷たく白い異世界の光の球が――雲との戦いに打ち勝ち、二人の後ろでさえざえと輝いていた。ひょろ長い影法師が、二人の前をさっと横切る。司祭が一歩を踏み出すたびに、聖職者用のカソックのひだがささやくようにさらさらと鳴り、サンダルをはいた足が、分厚い砂の上でさくりさくりと音をたてた。

「ここからリナクランまでは、どのぐらいある？」とにかく何か話そうと思い、モーガンはたずねた。

「リナクランはずっと遠くです」

「そんなはずはねえ」モーガンはいきり立った。「せいぜいここから三十マイルぐらいだと思ってたぜ」

「リナクランの灯は、あなたが事故を起こした場所から、三十三マイル先ですよ」

何はともあれ、それがわかったのはありがたかった。運がよければ、明日の午後までに三十マイルは歩けるだろう。それから後は、難なく別の車を手に入れることができるはずだ。モーガンはさっきよりも大股で歩き始め、司祭はモーガンの隣で歩調をあわせた。

やがて、月は丘に遮られて見えなくなり、二人の影法師も消えた。そして、鍵のかかった棺の内側にいるかのような、生暖かく実態のある、不吉なぞっとするような闇が、二人のまわりに押し寄せてきた。モーガンはちらりと時計を見やったが、事故の時にどこかが壊れてしまったらしく、八時十八分で止まっていた。どのぐらい意識を失っていたのかはわからないが、少なくとももう二時間は歩いているはずだったので、おそらく今は真夜中ごろだろうと思われた。

二つの影のような黒い姿は、荒涼たる道をとぼとぼと歩き続けた。やがて低い丘をのぼり始めた二人は、また月の光を浴びた。モーガンにはそれがありがたかった。この場所の闇はあまりに暗すぎ、月の光の届かないところには、何か目に見えぬ得体の知れない存在が潜んでいるように思われるのだった。

が、二人が丘の反対側にくだり始めると、また暗闇が這い寄ってきた。

「こんなへんぴな場所を歩くのに、明かり一つ持ってこなかったのかよ?」モーガンはいらいらとたずねた。

司祭は答えなかった。モーガンは不満に満ちた脅すような声で、質問を繰り返した。

それでも、答えはなかった。モーガンは肩をすくめ、心の中で毒づいた。「くたばりやがれ、この陰気なカトリック教徒めが。あとで面倒は見てやるからな」

道は丘の反対側をくだるように続いていた。闇が——息苦しくなるような不快きわまりない暗闇が——威嚇するようにひたひたと迫ってきた。

谷を出て、別の丘にたどり着くまでには長い時間がかかったが、今度は月は出ていなかった。地平線近くの雲の後ろからもれてくる、鈍い光があるばかりだった。が、それでも道がわかれていることは見て取ることができた。

モーガンはためらいがちにたずねた。「どっちがリナクランへの道だ?」

司祭は足を止めた。黒く鋭い瞳孔が、白目の部分をすっかりかき消してしまわんばかりに、その目の中でふくれあがった。司祭は腕をのばしてカソックを整えたが、その姿はまるで、獲物をむさぼり食おうとしている、邪悪なカマキリのようだった。辺りは半ば闇に閉ざされているというのに、司祭には影があった——黒々と長くのびた、十字の影が。

そして今や、追いつめられた殺し屋の本能が、モーガンをとらえていた。「質問に答えろ」

モーガンは怒鳴った。「どっちがリナクランへの道だ？」

「あなたには、それっぽっちの信仰心しかないのですか？」

モーガンは怒りに声を震わせながらまくしたてた。「いいか、このだんまり屋のくそ坊主め！　てめえは俺の質問に答えようとしないばかりか、会話をする気もないようだな。俺に信仰心があろうとなかろうと、それがどうしたっていうんだ。いいから、リナクランまであとどのぐらいなのか答えろ。俺が知りたいのはそれだけだ。聖歌も、説教も何もいらねえ。わかったか？」

「まだまだ道は遠いですよ……」司祭の声はだんだんと小さくなり、モーガンは司祭の態度が変わったのを感じ取った。が、次の瞬間、モーガンは遠いドラムの響きのような、馬のひづめの音を聞いた。

月が好奇心をそそられたかのように、ようやく雲の間から顔を出した。それは初め、風景の中で蠢く影でしかなかったが、馬がこちらへ近寄ってくるにつれて、モーガンは帆げたの上でぴんとはりつめる黒い旗のように、たてがみと尾を揺らす獣の姿を見分けることができた。すばらしい馬だった。これまで見たこともないほど大きく、真夜中のように黒く、積乱雲のように力にあふれていた。

が、それ以上にモーガンに息をのませたのは、馬上の若い女だった。女はまるで、馬の身体の一部でもあるかのように、それを乗りこなしていた。女の衣服は上から下まですべて白ずくめだった。ブーツも乗馬ズボンも、ぴたりと身体にはりついた長袖のブラウスも、スペイン貴族風の帽子も、すべてが月の光の下で白く輝いていた。しかし、女の髪だけは真っ黒だった。鴉《からす》の濡れ羽色の髪が、柔らかな漆黒の雲のように、女の肩で揺れていた。

女は二人の前でぐいと手綱を引いて馬を止め、馬は後ろ足で立ちあがった。モーガンは神経質に飛びさがったが、司祭はその場に立ちつくしたままだった。

「あらまあ、神父さん」女は微笑み、ズボンの上を乗馬用の鞭でたたきながら言った。「また一人、不運な人をつかまえたようね」女の声は「不運な人」という言葉を妙に強調しており、モーガンは怒るべきか当惑すべきかわからなくなった。モーガンは司祭と女が演じるドラマチックな一幕を、無言でじっと見守った。どうせすべては罠の一部であり、これも手の込んだ演出の一つなのだろう。自分に直接の危険がないかぎり、たいしたことではない。だからモーガンはしばらくその場に立ちつくし、女の見事な身体を鑑賞するだけで、満足することにした。

が、その時、女がモーガンの視線に気づき、モーガンに負けず劣らず大胆でふてぶてしい視線を投げてよこした。女はぐいと頭をのけぞらせ、喉の奥で笑った。「あなたも悪い男につかまったものね、アメリカ人さん。ここにいるこの男は」女は馬鹿にしたように司祭に向かってうなずいてみせた。「私たちの間では、〝不運を運ぶ老いぼれ《オンブレ》〟と呼ばれているのよ。この男が道を歩くたびに、事故が起きるんですもの。あなたも今夜、災難にあったのではなくて？」

モーガンはうなずき、横目で司祭を見やった。

が、司祭はじっと女のほうを見つめており、女はその視線に笑い声をあげた。「そんな怒った顔をしても、私はちっとも怖くないわ。さあ、あなたはもう行ったら？　このアメリカ人が目的地に着けるよう、私が面倒を見るわ」

司祭はモーガンのほうへ手をのばし、空中で三度十字をきった。「行ってはいけません。この女は邪悪な女です。悪の化身なのです」

モーガンにしてみれば、どちらを選ぶかなどわかりきったことだった。司祭は女を「邪悪だ」と言うが、聖職者の口からそう言われるのなら、それは長所にほかならなかった。それに、乗り物があるというのに、わざわざ暗い道を歩き続けるまぬけがいるだろうか？　楽しい会話とそれから——自分が女の表情を読み違えていなければ、もう決まったようなものだが——それ以上のことができるチャンスもあるというのにだ。とはいえ、モーガンは追われ、罠を警戒する野性の獣のように、なおもためらい続けていた。

女は馬の汗をかいた首をそっとたたきながら言った。「これからどこへ行くの？」

「リナクランだ」モーガンは答えた。

「なら、そう遠くはないわ。いらっしゃい。ミクトランテクトリの牧場まで、乗せていってあげる。そこから助けを呼ぶこともできるわ」

女は唇を半開きにし、息をつめてモーガンの答えを待っているようだった。

モーガンは、司祭のほうを振り返った。「神父さんよ、ここまでついてきてくれてありがとうよ。それじゃ、またな」

司祭は腕をのばし、モーガンのほうへ素早く二歩踏み出しながら、強い口調で言った。「私のそばにいなさい。あれは邪悪な女だと言ったでしょう」

女は声をあげて笑った。「二対一よ、神父さん。これでまた一人犠牲者を逃したわね」

「犠牲者?」モーガンは目を細めた。では、この年老いた悪魔に対する自分の印象は、初めから間違ってなどいなかったのだ。だがそれでも、何かが違うような気がした。モーガンの頭には、こんな考えがわきおこっていた。もしこの司祭が盗人か人殺しのたぐいなのなら、なぜ自分の意識がない間に、ことをすませなかったのだろう?

司祭は肩越しに沈みゆく月を見つめた。あと少しで、辺りは闇に包まれるだろう。司祭はカソックの中に手を入れ、八インチから十インチぐらいの象牙の十字架を引っ張り出した。「闇がやってきます。十字架を握っていなさい。どうか私を信じてください。ミクトランテクトリのもとへ、行ってはなりません。私はあなたに最後のチャンスを提供しているのです」

「黙りなさい、その人から離れるのよ、この愚かな老いぼれ!」女は叫んだ。「政府はあんたのような狂人を、もっとよく取りしまるべきだわ。この道を通る旅人を脅かし、苦しめ……目的地に行くのを邪魔してばかりいるんですもの」

司祭は女には何の注意も払わず、モーガンに向かって再び懇願した。赤い唇のような月がとうとう丘の下に消えるのを見ると、その声はさっきより強いものとなった。「まだ、時間はあります……」

が、その時女が狡猾に手綱を引き、馬のわき腹に拍車を入れた。馬は怒り狂ったようにいななき、前足で星々を覆い隠さんばかりに、後足で立ちあがった。そして、再び地面に足をついた時、牡馬の身体はモーガンと司祭の間に割り込んでいた。女はほんのりと顔を紅潮させながら微笑み、あぶみからブーツを抜いた。「さあ、いらっしゃい。ここに足をのせるといいわ。私の後ろに飛び乗るのよ」そう言いながら手をさしのべる。女が身体を曲げると、ブラウスの前が少しばかり開いた。モーガンはにやりとして女の手をつかみ、馬の上に身体を引きあげた。「私に腕を回して、しっかりつかまって」女は命じ、モーガンは喜んで言われる通りにした。女の身体はしなやかで抱き心地がよく、その髪からは、かすかなエキゾチックな香りがただよっていた。

モーガンは、再び計り知れぬものとなった司祭の顔をじっと見おろして言った。「じゃあな。しっかり商売しろよ」

女は司祭の答えを待とうともせず、馬のわき腹に軽く拍車を入れた。馬が闇の中を疾走し始めると、女は叫んだ。「しっかりつかまって。ちゃんとつかまるのよ」

二人は十分ばかりの間、恐ろしいスピードで馬を走らせ続けたが、やがて女が手綱を引き、馬を歩かせ始めた。馬が速度をゆるめると、モーガンは再び女の身体を意識し、欲望が急速に頭をもたげるのを感じた。時間はたっぷりあるし、邪魔をする者もいない。それに、この生きのいい蓮っ葉女は、自分が口説けば喜んで受け入れることだろう。二人は馬を歩かせ続けた。沈黙を破るのは、馬のかすれた息遣いとひづめの音、鞍がぎしぎしときしむ音だけだった。モーガンはこっそりと女の肋骨の辺りから、手を上へ上へと動かし始め、女が抵抗しないのを見ると、ますます大胆になった。そしてしまいには、絹のブラウスの下にある、柔らかな胸の感触を堪能した。

ことはモーガンが思っていたよりも簡単に運んだ。女は、あっさりと手綱を引いて馬の歩調をゆるめると、モーガンのほうを半ば振り返って、こう言ったのだった。「もしよかったら……ここで休んでいかない？」

モーガンは身体が欲望でうずくのを感じながら、かすれた声で言った。「ああ、そうしよう」

女が馬からすべりおりると、モーガンはすぐに女のそばへ行った。女の腕がモーガンの首に回り、二人は獣じみたゆがんだ形で愛のまねごとをするように、唇をあわせた。モーガンの手が女の身体を性急にまさぐると、女はモーガンの肩に爪をたて、モーガンが服に手をかけると、喉の奥であえいだ。そして、馬が無関心にかたわらで草をはみ、星が冷たくまたたきながら見守る中で、彼らの身体は熱く抑えようのない、激しい情欲の中に落ちていった。

目覚めた時、モーガンはまず身体のだるさを感じ、それから自分がまだ女を抱いていることを意識した。その次に感じたのは――ぷんと鼻をつくひどい腐敗臭だった。

モーガンは目を開けた。

そして、悲鳴をあげた。

その悲鳴は無意識に、心の奥からしぼり出されたものだった。近づきつつある夜明けのかすかな光の中で、モーガンは自分が女の腐乱死体を抱いていることに気づいたのだった。腐り果てた肝臓のように、肉がべろりとはがれ落ちた死体――曲がった茶色い歯と瞳のない眼窩が、断末魔の表情の中であらわになっている。

モーガンは弱々しい泣き声をあげ、その場から飛び起きた。心臓は今にも飛び出しそうに激しく脈打っており、まるで酷使され、暴走して砕け散ろうとする機械のようだった。モーガンは深く息を吸い、逃げ出そうとする獣のようなあえぎをもらすと、幻影に苦しめられる狂人さながらに激しく辺りを見回した。

「お……お……俺は……」モーガンはあえいだ。それしか言うことができなかった。道を走り出したモーガンは二度転倒し、岩の突き出た地面で手酷く手足をすりむいた。「お……お……俺は……」その時、最も口にしたかった言葉が、モーガンの唇からほとばしった。「助けてくれ……。誰か……助けてくれ！」

モーガンの後ろから、馬のひづめの音が聞こえてきた。あの女だった。彼女は生きており――五体満足だった！　「どこへ行くの？」女は安心させるような笑みを浮かべてたずね、それからいたずらっぽくにやりとした。「服もつけないで」

「お……お……俺は……」モーガンはしゃべることができずにあえいだ。

「いらっしゃい」

モーガンは頭を振った。まだよく考えがまとまってはいなかったが、自分がいっしょに来た相手が、ただの女でないことだけは確かだった。

「いらっしゃい！」女は今度は断固たる命令口調で言った。もうモーガンが裸のままでいることや、おびえて口がきけないことを面白がってはいなかった。

モーガンは向きを変えて走り去ろうとしたが、モーガンの身体はその意志にそむいた。逃げ出すかわりに、まるで魂のないゾンビのように、馬にまたがってしまったのだ。

「それでいいわ」女はなだめるように言った。「本当は、服をつけてきてほしかったけど……まあいいわ」東の空をちらりと見やって続ける。「もうすぐ夜が明けるわ。急がなくては。ミクトランテクトリの牧場に行く前に、あなたに見せたいものがあるの」

女が馬に鞭を入れると、馬は夜の闇を追うように走り始めた。

今や二人の後ろで、空ははっきりと明るくなり始めていた。メキシコの砂漠に、夜明けがおとずれたのだった。新しい朝の光が辺りを照らそうとする中で、モーガンは見覚えのある景色に気づいた。そして、道をはずれた谷底に、自分の車が転がっているのを見て取った。馬は用心深く斜面をおり始め、やがてめちゃめちゃになった車のそばにたどり着いた。

馬が車に近づくと、赤い首をした醜いハゲワシたちが、甲高い声をあげて翼をはためかせた。車の窓からだらりとぶらさがった、白いロープのようなものをめぐって争っているハゲワシもいれば、空中に飛び立ったものもいた。あるいは恐れ気もなく尊大にかまえ、しぶしぶ数歩後ずさっただけのものもいた。「だが……だが……奴らはあそこで何をしてるんだ？」モーガンはたずねた。「あの車に乗っていたのは、俺だけだったはずだ」

女が声なき笑いに身を震わせ、車を指差す。モーガンは目を細め、ハンドルの支柱に串刺しになっている人影を認めた。先ほども感じた冷たくうねるような恐怖が、再びモーガンのまわりに押し寄せてきた。モーガンはその死体の主をよく知っていた……そう、知りすぎるほどよく知っていた！　女が馬を車の近くに寄せると、モーガンは泣き声をあげた。ハゲワシたちは、例によって、最初に目をえぐり出していた。死んだ男の内臓が、開いた窓からぶらさがっている。ハゲワシたちは、これをめぐって争っていたのだった。

モーガンは死体の服を見て取った。死んだ男は自分が着ていたのとまったく同じ服をつけ、自分と同じ形の腕時計をしていた。この恐ろしい悪夢は、いったい何だ？　起きろ……目を覚ませ……目を覚ますんだ。モーガンは心の中で叫んだ。しかし、現実よりも生々しい悪夢は、消え去ることはなかった。死んだ男はモーガンだった――まったく疑いの余地はなかった。

それがわかった時、モーガンの精神は、狂気の縁に追いやられた。正気と現実を見失い、抑えがきかなくなったモーガンは、狂ったような叫び声をあげた。

女は叫び続けるモーガンを乗せたまま、声を張りあげ、馬に鞭を入れた。馬は谷の横手をのぼり始めた。

道にあの司祭が立っていた。

「助けてくれ、神父さん。頼む、助けてくれ……」だらりと開いた口の両側から、ゆっくりとよだれをたらしながら、モーガンはつぶやいた。

「あなたが選ばれたことですから。申し訳ありません」

「だが、俺はミクトランテクトリなんて知らなかったんだ」

「ミクトランテクトリには、多くの名前があります。ディアボロ、サタン、デビル、ルシファー、メフィストフェレス……。が、個々の名前に、たいした意味はありません。彼らが悪だという教えは、どこの国でも同じです。あなたは悪をその手に抱かれた。地上で最後の選択をなさったのです。今となっては私には、あなたを助ける力はありません。それでは……」

女が笑う気配がし、モーガンはやがて女の笑い声を聞いた。甲高い、狂気をはらんだ、悦にいった笑い声。馬の首に鞭が入れられ、拍車が馬を駆り立てると、彼らは夜に向かってどこまでもどこまでも疾走し始めた。再び悪臭がただよい出し、女の身体の肉が、風の中でぼろぼろとはがれ落ち始める。

そしてその時――女はゆっくりと振り返った。モーガンが見たのは、ぞっとするような笑みを浮かべた骸骨だった。

モーガンは恐ろしい悪霊の顔を直視できずに身をよじり、再び大声で司祭を呼んだ。まるで別世界からのぞいてでもいるように、モーガンははるか後ろに、司祭の姿を見ることができた。丘の上をたった一人で東へと歩いている――のぼりゆく太陽と新しい一日に向かって。

もはや助かる望みはないと悟ったモーガンが、泣きながら再び振り返った時、彼らは夜の端へとたどり着いていた。不快な闇が、彼らを飲み込もうとその触手をのばしていた。

死の人形

The Doll of Death

ヴィヴィアン・メイク

ヴィヴィアン・メイク（一八九五〜？）はイギリス作家、エンジニア、通信員。アジアやアフリカを広く旅行した。二度の世界大戦に従軍し負傷、第二次大戦では現地通信員を務めた。彼は鉄道技師でインドやアフリカに駐在し、その短編小説の素材となる事件に遭遇した。

著書には短編集*DEVIL'S DRUM*（一九三三）、*VEILS OF FEAR*（三四）、*MONSTER, A COLLECTION OF UNEASY TALES*（三四）の三冊と、オリエンタル・ファンタジー長編*THE CURSE OF RED SHIVA*（三六）がある。既訳には『魔の誕生日』収録の「地下の魔術」がある。

本編はアフリカの土俗的怪異に材を取ったホラーで、元恋人と駆け落ちした妻に、夫の呪いを込めたピエロ人形が祟るが最後に復讐される。

「本当にもう時間の問題だな」ブランドン夫人が手紙を集め、小さなガレッタ荷車でミカロングウェの郵便局を離れると、ベリカは静かに言った。

医務局員のドクター・ストラングは片方の眉をあげ、よくよく考えながら言った。「ベリカ、知りあってもう十五年になるが、あなたが軽率な悪意ある行動をしたり、スキャンダルをまき散らしたりしたことがないのは、よく知っています。たぶん、あなたがこの辺りで最年少の地方長官なのも、そのせいでしょう。しかし、それはいったいどういう意味です？　ブランドンのことはほとんどの者が知っていますが、しごくまっとうな男です。夫人はあの優美な足先にいたるまで、ブランドンに似合いの相手ですし、あの二人は私の親友でもあるのですがね」

「まあ、そういうことさ」ベリカは短く言い、一瞬まっすぐにストラングを見つめた。それから、彼は何も言わずに不意にくるりと踵を返し、待っていた旅行隊《サファリ》に加わった。ストラングが驚きから覚めないうちに、ベリカは乗り物の前に乗り、役所前の真新しい道路の端へ達していた。

ストラングは一行が遠くへ消えるのを見送ると、旅を続けるため、自分の輿《マシラ》に乗り込んだ。自分にほとんど手紙が来ていないことが、今はありがたかった。正直なところ、ベリカの短い言葉にかなり動転していることを、認めないわけにはいかなかったからだ。

ベリカのことをよく知っていたストラングは、すぐに、ベリカにもっとくわしく話してくれるよう頼んでも、時間の無駄だという結論に達した。ベリカは何事もくわしく語ろうとはしなかった。ベリカのことを考えながら、ストラングは曖昧な笑みを浮かべた。無口で気難しくさえあるが、高潔で潔癖で、心身ともに強靭そのもの。ベリカはそんな男であり、それ以上の男でもあった。彼の最も大きな美徳は――部下に言わせれば、欠点だったが――口をしっかりとつぐみ、自分の考えを胸にしまっておくことだった。アフリカのことをよく知る者は少なく、アフリカのために彼ほど力を尽くせる者は、誰一人いなかった。ベリカは地元民に崇拝されつつすべてを把握し、ヨーロッパ人の同胞に敬愛されながらうまく力を行使していた。八万平方マイルのミカロングウェは、中央アフリカでも最も「安全な」場所という評価を得ていたが、ほとんどの功績は、ベリカにあると言ってよかった。

それゆえ、ベリカの不可解な言葉が、ストラングを動揺させるのは当然のことだった。が、ベリカのことをあれこれ考えてもどうしようもないので、ストラングの思いはブランドン夫妻へと向かった。

ブランドンは、ストラングがベリカに言った通り、しごくまっとうなヨーロッパ人紳士だった。ブランドンは、郊外での退屈な暮らしに我慢できない退役軍人の多くがそうするように、数年前、アフリカに移住してきたばかりだった。ブランドンはこの新天地に一区画の土地を買い取り、懸命に働いてかなりの成功を収めた。泥壁打ちの掘っ建て小屋はじきに農場つきの屋敷に姿を変え、彼が数ヶ月前にシャーリー・トレントと結婚した時には、アフリカじゅうに散らばったヨーロッパの同胞たちが、そろって大喜びしたものだった。

その結婚は中央アフリカではこれ以上望めないほどの、理想の結婚と思われたのだった。花嫁は、この土地に不慣れな新参者ではなく、植民者につきもののあらゆる障害について熟知している女性だったからだ。シャーリーは二年以上前に、ブランドンの敷地の隣でプランテーションを営む弟をたずねて、アフリカにやってきた。孤独な農場暮らしを強いられ、女友達がほしくてたまらなかったシャーリーの義妹はシャーリーを説得し、シャーリーは彼らといっしょに暮らすことになったのだった。

シャーリーとブランドンは、お互いひかれあっていることに気づくまでにちょくちょく顔をあわせていたので、一目ぼれではないはずだったが、ブランドンは初めて会った時から妻に夢中だったと、笑いながら繰り返していた。シャーリーはすこぶる魅力的な女性であり、白人女性がきわめて少ないこの土地では、きっとあっという間に結婚してしまうだろうと、ほとんどの者が思っていた。彼女が望みさえすれば、すぐにでも結婚できることは、一目瞭然だったのだ。

しかし、ストラングは不意に、ずっと昔、シャーリーとヌスワジの南に住む植民者、ディック・エバレットとの間で結婚話が持ちあがっているらしいと、さかんにうわさされていたことを思い出した。結局その話は実現せず、翡翠の眠るリンボ界（洗礼を受けなかった幼児や、キリスト降誕以前に死んだ善人の魂が死後に住むとされている場所。比喩的に忘却の意味を表す）の彼方に忘れ去られたのだったが、ベリカの言葉を聞いたストラングは、そのうわさを思い出そうとした。

とはいうものの、そうたくさん思い出すことがあるわけではなかった。シャーリーとエバレットがゾンバで顔をあわせた時に、時々ダンスやドライブに出かけていたというだけだ。ストラングが知るかぎり、エバレットはトレント家をおとずれたこともなければ、ブランドンのことも知らないはずだった。ブランドンが、中央アフリカ山岳地方の大都市である、ゾンバに行ったことがないように。

そんなこんなでまた振り出しに戻ったストラングは、いらだたしげに肩をすくめた。ベリカさえいなければ、べリカにそう仕向けられなければ、こんなことをつらつらと考え込むこともなかったのだ。だがあのベリカときたら——彼の縄張りで起こった、どんな小さな出来事も残らず把握していると思われているぐらいなのだ。

が、しばらくして考えがまとまったストラングは、微笑みを浮かべた。ベリカがシャーリー・ブランドンに心からの好意を寄せているのは、わかっていた。友人が不幸に見舞われるのを嫌うのは、人間ならば当然のことだ。が、友人だからといって、夫婦間のことに口を出すのをよしとする者が少ないのも確かで、そこが大きな問題なのだった。ストラングがブランドンの親友であることも、ベリカは承知している。たぶん、じきに友人として、相談役として、助言を求められる時が来るに違いない。その時に最善と思うことをすればいいのだ。いずれにせよ、ベリカはあの言葉で、ストラングに何らかの心の準備をさせようとしたのだろう。ベリカは、親切な男なのだから……。

が、それにしても、ベリカはいったい何を考え、本当のところは何を伝えようとしたのだろう？　ストラングは何日も悩み続け、思いなおしてブランドンをたずねてみようかと決心するほどだった。が、ストラングの計画は、汗まみれの使者が、ミカロングウェの国境付近でコレラが発生したと、息をはずませながら知らせてきたことによって覆された。ストラングの一行が、再びブランドンの屋敷のそばにたどり着くのは、それから三ヶ月後のことだった。

ブランドンの屋敷に着いてものの十分で、ストラングはベリカがあのぶっきらぼうな言葉で何を伝えようとしたのであれ、今度ばかりは間違いを犯したと結論した。が、二日もすると、ストラングはまたもや、ぼんやりした不安を感じた。

ブランドン夫妻は、最後に会った時と何も変わりはないように見えた。少なくとも目立った変化はなく、ブランドンがいつもよりも、いささか口数が少なかったぐらいだった。ベリカのあの言葉さえなければ、むしろよい傾向だと、ストラングは考えたかもしれなかった。とはいえ、ブランドンがじっと考え込む癖をつけたようにも見えなかったし、相変わらず妻が歩いた場所すら拝みかねない様子なのは、疑う余地もなかった。シャーリーもいつものようににこやかで、ことによると、愛されている女性に特有の、無意識の威厳すら身につけたように見えた。

ストラングは小声でベリカを呪った。そして訪問が終わるとまた旅を続け、国境までの小道に点在する、さまざまな管轄区を見て回った。ストラングが「奥地」でのきつい行軍からついにゾンバの本部に戻ったのは、四ヶ月後のことだった。

ストラングは習慣通りすぐにクラブへ出かけ、ほどなくシャーリー・ブランドンがディック・エバレットと二週間前に駆け落ちしたというニュースを、耳にすることになった。

幸いなことに、くわしいことはほとんど公になっておらず、誰もが最低限の事実しかつかんでいないようだった。シャーリーは国王の誕生日の週に、ゾンバに住む友人たちをおとずれたらしい。総督公邸の舞踏会に出席したシャーリーは、二度——たった二度だけ——エバレットと踊った。次の朝、二人は手に手を取ってヌスワジへと行ってしまった。

「それで、ブランドンは?」ストラングは静かに聞いた。ブランドンは何も手を打たなかったと、あざけるような答えが返ってきた。

一時間後、ストラングはまた通りに飛び出し、三日後にベリカをつかまえた。

ストラングが悲しいニュースを伝える間、ベリカは辛抱強く聞いていた。「今からできることはあるでしょうか?」ストラングは最後にぎこちなく言い、それからこうたずねた。「ブランドンとはもう会ったんですか?」

ベリカはうなずき、静かに言った。「ああ」

「ああ、頼むから、そう話を省略しないでください」ストラングはもどかしげに怒鳴った。

「どうしてわかったんです?」答えを待とうともせずに続ける。「私がどんなに悲しんでいるかわかっているんでしょうね?」

「私だって悲しいさ」

「なら、いったいなんだってこうなる前にどうにかしてくれなかったんです?」ストラングはやり返した。

ベリカが暗い笑みを浮かべる。「私だって、全能というわけじゃない」

「それなら、なぜこうなることがわかったんです？」

ベリカはしばらく黙り込み、それから肩をすくめた。「虫の知らせというやつさ。ブランドンのところへ行くのか？」

「そうすぐには無理です。なんとなくあなたといっしょのほうがいいような気がして、こうして会いにきたんですよ」

ベリカは頭を振って答えた。「この件について、我々ができることは何もないと思うよ。だが、君は行ってやったほうがよかろう」

ブランドンは見慣れた歓迎の笑みを浮かべてストラングを迎え、友人の話に黙って耳を傾けた後で、妻とのことをあれこれ議論してもしかたないとそっけなく言い放った。その後は、言葉でも行動でもその問題について一切触れようとせず、かすかな感情すら見せることはなかった。ブランドンの行動で目につくことといえば、シャーリーの持ち物をすべてかたづけ、彼女の部屋に鍵をかけたということだけだった。シャーリーの所持品は何もかも見えない場所に追いやられていたが、不可解なことに、彼女がとりわけ気に入っていた人形だけは別で、相変わらず、蓄音機のそばの隅に置かれたままになっていた。

その人形は周囲の男っぽい品々の中で、いかにもみじめにわびしげに見えたので、ストラングはいやでもそれに気がついた。それは、磁器製の頭と手を持ったひょろ長いピエロの抱き人形で、祭りの夜に、こぎれいなホテルの経営者から女性の得意客に配られる、たわいない雑貨の一つだった。たぶんシャーリーが、ダンスパーティーの記念として、家に持ちかえったものなのだろう。人形を目にとめたとたん、ストラングは人形が自分を物言いたげな目で見つめているような錯覚に駆られたが、馬鹿げた妄想であることはわかりきっていたので、いらだたしげに肩をすくめてその思いを手放したのだった。

ブランドンの屋敷で数日過ごすうちに、ストラングは自分にできることは何もないと痛感するようになった。ブランドンの真意をつかむことはできず、何を考えているのかさっぱりわからないのだった。実際、彼は妻のことについて、何も考えてなどいないのかもしれず、日々の日課をこれっぽっちも変えようとはしていないのだった。ストラングが気づいた唯一の変化といえば、夜、夕食をすませるとわびを言って部屋に閉じこもってしまうぐらいのもので、ストラングはこれまで見たこともないようなブランドンの態度に、すっかり当惑していた。が、ブランドンが何を思っているにせよ、平静を保っていることだけは確かなのだった。

ストラングは仕事を離れられるぎりぎりの時期までブランドンの屋敷に滞在し、それからすっかり途方に暮れて、しぶしぶそこを後にした。

ブランドンの屋敷が数マイル後ろに遠ざかった時、ストラングは不意に、たとえどんな犠牲を払っても、ことの真相を突き止めようと決心した。この一件には、きっと見かけ以上のものがからんでいると、ストラングは確信していた。「虫の知らせのようなものだが、ここはアフリカだ。それだけで十分だ。シャーリーに会いにいかなくては……」ストラングは思った。

ストラングは一行をヌスワジ方面へと向かわせた。そして、二日後には、旧友のジェフリー・エイレットが管理する地区へとたどり着いた。

エイレットは、ストラングに会えたことを驚きつつも喜んだ。「しかし、いったいどうしてここへ?」エイレットはたずねた。

ストラングは単刀直入にわけを話した。エイレットは話を聞き終えると、思案顔で言った。

「ああ、エバレットのことなら知っているよ。昔はあまり評判がよくなかったが、ここ一、二年ばかりでだいぶ変わってきたようだ。アフリカ社会でもまれたからだろうね。彼があんなことをしたのは驚きだが、正直言って、俺たちにできることは何もないだろうな。俺は住民のモラルにまで口をはさめるわけじゃないし、ある男がおおっぴらに人の奥方と暮らそうとしているからといって、他人が口を出すことじゃない。もちろんブランドンには離婚を申し立てる権利があるし、ゾンバに行きさえすれば、一週間でことはすむだろう。ありがたいことに、ここはヨーロッパじゃないからね」

「だが、ブランドンはシャーリーのことについて、一切口にしようとしないんだ。本当に、何か得体の知れない不安を感じるんだよ、エイレット。ブランドンがどんなにシャーリーに首ったけだったかは、よく知っているしね……」

「まあ、復讐など考えないほうが賢明だろうね。エバレットは聖人君子ではないかもしれんが、その手の行為を許せる人間はいないだろうから」

「本当に、どう説明したらいいかわからないほど混乱しているんだ」ストラングはもう一度強調した。「ベリカはこうなることがわかっていたらしいんだが、何も言おうとしないし——

けっこうな打撃をこうむっただろうブランドンも、やっぱり何も言おうとしない。私はシャーリーのためなら命をかけてもいいぐらいだったのに……」

その時、エイレットの部下のアフリカ人巡査部長がやってきて敬礼し、一通の手紙を差し出すと、事務的な口調で言った。「エバレット氏の新しい奥方からの使いです、旦那《ブワナ》」

エイレットは手紙を一読し、ストラングを振り返った。「命をかける時が来たようだぞ」小さく笑って言う。「エバレットが原因不明の奇病に襲われた。シャーリーの手には負えないそうだ。こんな風にお決まりの手続きを無視するほどなんだから、よほど悪いのだろう。医者に来てほしいそうなんだが、ベンターズはここから一週間のところにいるし、できたら君が行ってくれないか」エイレットは手紙を差し出した。

ストラングは熱心にうなずき、手紙をひっつかんだ。エイレットが言った通りのことしか書かれていなかったが、おそらくは盲腸炎だろうと思われた。

ストラングはすぐさま出発した。エバレットの屋敷は、そこから二日ほどの距離だったが、自分が着くまでにエバレットが生きていられるかどうかは確信がなかった。アフリカは無慈悲な女王であったから……。

エバレットのプランテーション農場に着いた時、ストラングはエバレットが平然と畑仕事の監督をしているのを見て、仰天した。ストラングの一行に目をとめたエバレットが、仕事を離れ道路へと出てくる。

ストラングはエバレットを冷ややかに見つめようとしたが、そうした敵意はこの場合二の次にすべき問題だと、思いなおした。彼は礼儀正しく自己紹介をして用向きを伝え、自分がどういった経緯でヌスワジの医者のかわりにここへ来ることになったかを説明した。

エバレットは手紙を確かめると、一部始終を話した。その話によれば、エバレットは五日前の夜、謎の奇病に襲われた。心臓と腹部が説明のつかぬ痛みにきりきりとさいなまれ、植民者が持っているごくあたりまえの医学知識や、屋敷にある救急箱ぐらいでは、痛みを和らげることができなかった。驚いたシャーリーはエイレットに手紙を書いたのだが、使者を送ってしばらくすると、痛みはやってきた時と同じように、唐突に消えてしまったのだという。

そうした症状の説明を聞いたストラングは、困惑した。しばらく滞在して様子を見たほうがよさそうだったが、自分がここにいることで、事態が緊迫したものになるのは明らかだったので、自分とブランドンとの友情について、エバレットに一言断っておいたほうがいいだろうと思った。

「よろしいですか、エバレットさん」ストラングは前置きなしで切り出した。「これ以上のお話をする前に、私が医者としてここに来ていることを、忘れないようお願いしたいのです。最近どのようなことがあったかは、私も存じています。しかし、私の治療をお望みなのなら、そうしたことがあなたへの態度にほんの少しでも影響することがないよう、よく注意していただきたい。ご承知の通り、小さな社会では、とかく感情的になりがちなものですし、シャーリー・ブランドンと彼女の夫は私の大事な友人です。しかし、今申しあげた通り」と、肩をすくめて続ける。「私は純粋に医者としてここへ来ているのです。そうするのが私の義務だと思いましたし、あなたが死んでもかまわないなどとは、思いもしなかった。もちろん、もうすっかりよくなられたようですし――」

エバレットは手を差し出した。その声は言葉を発するたびに震え、瞳には恐怖の色がにじんでいた。「どうぞ行かないでください、ドクター」エバレットは懇願した。「あの夜――いや、ここでは話せません。中へお入り願えませんか？　うちの若いのがあなたのご一行の面倒を見ますから」

二人はゆっくりと屋敷のほうへ歩いていった。エバレットが話し終えてからは、それぞれ自分の考えを追うのに忙しく、どちらも口を開こうとはしなかった。ストラングの顔は、ひどく心配そうなしかめ面になっていた。

「先に行ってくださいませんか？」屋敷の近くまで来ると、ストラングは言った。「私が来たことを伝えてもらいたいのです。ブランドン夫人は、私が来るとは思っていないでしょうから」

「いえいえ、ドクター」エバレットは神経質に言った。「シャーリーはあなたに会ったら喜ぶと思いますよ。本当です。シャーリーは――」エバレットは迷うように不意に口をつぐみ、再び落ち着きなく黙り込んだ。

数分で、二人は屋敷に着いた。「シャーリー」エバレットが呼びかける。「シャーリー……」

シャーリーの足音がベランダの角を回り、ぱたぱたとこちらへ近づいてきた。ストラングを見ると、彼女は顔を蒼白にして、根が生えたようにその場に立ちつくした。「あなたなの……」

シャーリーはあえぐように言った。

「心配ないよ、いとしい人」エバレットが割り込む。「ドクター・ストラングがちゃんと説明してくれるよ」エバレットはストラングに向きなおると言った。「できれば――その、一つ二つかたづけねばならぬ用事があるのです。ちょっと失礼させてもらっても、よろしいでしょうか」

ストラングは、うわの空でうなずいた。その視線は、じっとシャーリー・ブランドンに注がれていた。その目で見たのでなければ、人間がたった数日でこうも変わるなどとは、とても信じられなかっただろう。なかでもとりわけストラングをとらえたのは、彼女の表情だった。その顔は、凍りつくような混じりけのない恐怖にあふれていた。やがて我に返ったストラングは、手をさしのべながらシャーリーのほうへ足を踏み出した。「さあ、親愛なるシャーリー。そんな顔をするものじゃないよ」

その言葉に再び生気を取り戻したシャーリーは、ヒステリックに笑い始めた。「私は平気よ、ドクター」シャーリーは、妙に喉にからんだ声で言った。「彼を愛してるの。私たち本当に愛しあっているんです。私はいつだって彼を愛してきたし、誰が何を言おうと、どう思われようとかまわないわ」その声は尻すぼみになり、悲鳴のような金切り声になった。ストラングはかろうじて、気絶したシャーリーを支えることができた。

ストラングは走り出てきたエバレットと二人で、シャーリーを寝室へ運んだ。「私の大きなかばんを」ストラングがそっけなく命じると、エバレットは大急ぎで部屋を出ていき、じきにかばんを持って戻ってきた。「ありがとう」ストラングは短く礼を言った。「では、そのドアを閉めて、私が呼ぶまで、向こうで犬とでも遊んでいてください」ストラングは気を失ったシャーリーのそばにかがみ込むと、そっとその手首を持ちあげた。

数分後、シャーリーは目を開いた。混乱した様子でまわりを見回し、ストラングに目をとめると、「ドクター――」と弱々しく口を開く。

「黙って、シャーリー」ストラングは穏やかに言った。「何も心配しなくていい。もう大丈夫だから。ディックは私の持ち物を見にいっているだけだしね。いいから少し眠りなさい。ぜひともそうすることだ」

「怖いのよ、ドクター。眠るのが怖いんです。それに、話したいこともあるの」

「ああ、もちろんだよ、シャーリー。しかし、まずは少し休まなくては。私はずっとここにいるから」ストラングは微笑んだ。

「いいえ、ドクター。今、話をしたいの」シャーリーは答えた。「でなければ、気が狂ってしまうわ。私がどんなに苦しんでいるか、おわかりにならない？　それに昨夜――ドクター・ストラング」シャーリーは不意に身体をまっすぐに起こし、瞳に恐怖の色をたたえてストラングを見つめた。「私の頭がおかしいとは、お思いにならないでしょう？　どうか、そうだと言って――アレックに私を殺させないで。あの人は、夜、夢の中で、三度も私を殺そうとしたんです。私の小さなピエロの人形に、あの恐ろしいマロロのドラムをたたかせて。その後で人形は手を止めて、私に向かってくるの。その時は、もうピエロの顔なんてしていないわ――真っ黒になって、汚れた歯をして、骨のない足をずるずる引きずって、私を追いかけてくるの。逃げられないのよ、ドクター。あいつは邪悪な黒い顔に、冷たい憎しみの表情を浮かべて、どこまでもどこまでも私に這い寄ってくるの。私がへとへとになりながらそれでも走っていると、あいつの小さないやらしい顔が私のすぐそばに迫ってきて、ぐにゃぐにゃの手足が触手のように巻きついてきて、私を裸にしてしまうの。ああ、ドクター、本当にあの顔ときたら！　小さくて意地悪そうな顔が、映画でカメラが怪物の顔を大写しにするみたいに、大きくふくれあがって、私をすっかり裸にしてしまうとじりじり下におりてくるんです。触手のような手足が、まるで生きた蛇みたいに私をぐるぐる巻きにして……。ドクター、あの人は絶対に、私を殺そうとしているのよ」シャーリーの声は泣き声になっていた。「助けてちょうだい、ドクター。どうか助けて……」

「落ち着くんだ、シャーリー。もう大丈夫だから」ストラングは興奮しきっているシャーリーをどうにかなだめようとした。

「でも、お話ししなくてはならないのよ、ドクター。でなければ、気が変になってしまうわ。ええ、本当におかしくなってしまう。お願いだから聞いてちょうだい。今お話ししたことはほんの序の口にすぎないのよ。すべてお話しするわ、ドクター。私が、私が……なぜ……」

一時間後、ストラングは薄い唇をきつく一文字に結んで、ベランダのエバレットのところへ行った。エバレットへの冷ややかな態度は、変化し始めていた。

「シャーリーはもう落ち着きました」ストラングは言った。「子供のように眠っています。では、お若い方、先日の晩あなたを襲った奇病の原因がわかるかどうか、やってみましょうか。

私の部屋へどうぞ」

「どこも悪いところはないようですな」診察を終えると、ストラングは言った。「あなたは健康そのものです」

「しかし、本当にものすごい痛みだったんです」エバレットは顔をしかめて言った。「今思い出しても身震いしたくなります。盲腸炎が再発することはないんでしょう？　ごらんの通り、ぼくは本国を出る前に、盲腸の手術をしているんです」

「ふむ――そうですな。それは私も気がついていました。さて、エバレットさん。率直に申しあげて、私はあなたがた両方の身が心配です。ですから、二、三日ここで治療を続けようかと思います。痛みが再発することがなければ、それでけっこう。が、シャーリーは極度の興奮状態にありますから、しばらく療養院にでも入れたほうがいいでしょう。お願いできますか？」

「ええ、もちろんです、ドクター。ダンスターが数ヶ月はここの管理をしてくれますから、何の問題もありません。何かご意見があれば、聞かせていただけませんか？」

ストラングは視線をそらした。「もう二、三日もすれば、もっとはっきりするでしょう」と、曖昧に言葉をにごす。「あなたも、もうずいぶんこちらに住んでいるのですから、中央アフリカが特異な場所だということは、おわかりになるでしょう？　西洋の科学ではまったくなじみのないようなことが、いくらでも起こりえるのです」ストラングは、再びエバレットのほうに向きなおると続けた。「シャーリーのことについて、二、三おたずねしたいことがあります。あなたにとっては不愉快なことかもしれないが、私は医者ですから、そんなことを気にするつもりはない。しかし、答えをごまかすようなことだけはしないと、約束していただきたいのです」

「ドクター・ストラング」エバレットは怒ったように言った。「お話を続ける前に、これだけはわかってください。ぼくは、初めて会った時からシャーリーのことを愛していましたし、シャーリーもぼくを愛してくれました。若気の至りというやつで少しばかり行き違いがあり、彼女がブランドンと結婚する前にも後にも、大きな犠牲を払うことになりましたが、ぼくらはそれこそ血の出るような思いで、負債を清算したのです。ゾンバの人たちがぼくらのことをよくは思っていないのは知っていますし、昔——自分がいろいろ恥ずべきことをしたのもわかっていますが、すべてはシャーリーと会うまでのことでした。結局ブランドンが傷心のシャーリーをものにしたわけですが、あの男は正真正銘、心根の腐った卑劣漢です。まるでジキルとハイドのような暮らしをしていたんですから。が、本物のハイドよりもっと始末が悪いことに、シャーリー以外は、誰もそれに気づいていませんでした。ブランドンがあなたの親友の一人だということは承知していますが、今はぼくの話を聞いてくださらなくてはいけません。あの男は一週間で、シャーリーの身も心もずたずたにしてしまいました。シャーリーは黒人社会での自分の身分を考え、最初それを隠そうとしましたが、到底耐えられるものではありませんでした。彼女はぼくに手紙を書き、ぼくらはとうとうゾンバで落ちあって、いっしょにここへ逃げることにしたのです。世間の目などくそくらえという気持ちでした。少なくとも、ここにいればシャーリーに危険はないのですから。シャーリーが自分を——結婚初夜の後から憎んでいたことに、ブランドンは気づいており、今もそのことを知っています。シャーリーがぼくのところへ来てから、あの男がなぜ何も行動を起こさなかったか、教えてあげましょうか。ぼくに殺されることが、わかっていたからですよ。シャーリーのことさえなければ、ぼくはもっと早くあの男を――あの腐り果てたいやらしい悪党を殺していたでしょう」

「落ち着いて、エバレットさん」ストラングは言った。「その――あなたは、私が聞こうと思っていたことに、もう答えてくれました。召使に、私の持ち物をここへ運ばせてくれませんか。私も少し休むとしましょう。ありがとう。それから、シャーリーのことなら心配いりません。明日の朝まで、ぐっすり眠っているはずですから」

その後、静かな夕食の後で、二人はベランダに座ってくつろいだ。しんと静まり返った夜の闇の中で、会話はだんだんと、とぎれがちになった。ひんやりした風が吹きつけ、疲れた目に風を送ってくれているというのに、ストラングは息苦しさを感じていた。ブランドンに関する驚くべき新事実が、彼の心に重くのしかかっていたのだ。信じがたいことだが、法医学にはいくらもそうした例があることを、ストラングは知っていた。シャーリーと――それにベリカのこともある。ベリカはこの件にどう関わっているのだろう？　ベリカが誰かの肩を持つとは思えないから、傍観者であることは確かなのだが、ベリカはいったいどうやって、何をつかんだというのか？　ストラングはエバレットに向きなおり、唐突にたずねた。「ベリカに会ったことはありますか？　ミカロングウェの地方長官の？」

「ベリカ？　ええ、まあ――何回かは」というのが、エバレットの驚くべき答えだった。「非常にすばらしい方だと思いましたよ。口には出さなくても、多くを見ているというタイプですね。それに——あの人は、ぼくにとても親切にしてくれて、ゾンバで顔をあわせた時にはいっしょに食事しようとまで言ってくれたんです。さっきも言いましたが、ゾンバの人たちはあまり——親切だとは言えませんから、どんなにありがたかったか」

「そうでしたか！　それではその——シャーリーが結婚した後も、ベリカとお会いになったんですね？」

エバレットはうなずいた。「ええ、すぐ後にね。その時も、とても思いやりにあふれたご様子でしたよ。実を言えば、ほんのしばらく型通りの会話をしただけなんですが。シャーリーとぼくが愛しあっていることを察してくれたのは、あの人だけだったと思います」

「どういうことですか？」

「当然ですが、ぼくは結婚式場から数マイル以上離れた場所にいました。ぼくがあの人のそばを離れようとすると、あの人が何かの拍子に、シャーリーがお決まりの花嫁のブーケのかわりに、ぼくが贈ったピエロの人形を抱いていたことを話してくれたんです。ピエロの人形はしばらく前にぼくが彼女にあげたものなんですが、きっとあの人はぼくが贈ったものなのだと気づいていたのでしょう。ああ、そういえば今思い出しましたが、渡したところを見ていたのかも——」

「ちょっと待った！　人形のことを聞かせてください！　シャーリーがあの人形でよく遊んでいたのは、私も気づいていましたが、ベリカがあの人形のことを口にしたとおっしゃるのですか？」

「ええ——実を言えば二度も。しばらく後でおやすみを言おうとした時にも、あの人はその話を持ち出したんです。『まったく』あの人は言いました。『考えてもみろよ。結婚式の日に人形を抱いているなんて、まるで小説のようじゃないか。よっぽどあの人形が好きなんだろうな……』それだけでしたが、ぼくにはそれで十分でした。ベリカは本当に、優しくて賢い人です。しかし、なぜぼくがあの人を知っているかなんて、質問なさるんですか？」

「いや、そんな気がしたものですから」

二人はまた黙り込み、そのままゆっくりと数分が過ぎた。夜はいっとき穏やかな平和に包まれ、絶え間なく続くアフリカのドラムの音も、眠たげな落ち着いたものとなった。その単調なリズムは、物憂くけだるいコーラスのように、何マイルもの距離を響き渡るのだった。が、その時不意に、何の前触れもなくドラムの調子が変わった。平和なリズムを打ち破る不規則な鼓動に、空気までもが震えるかと思われた。そして、同じようにだしぬけに、エバレットが痛みに顔をゆがめ、痙攣するように身を震わせながら、椅子からくずれ落ちた。その姿はまるで、見えない手につかまれた、グロテスクな獣人のようだった。身をよじり、両手であちこちをかきむしって、巨大な喉輪に締めつけられてでもいるかのような苦痛から、逃れようとしている。椅子から飛びあがったストラングが、エバレットを落ち着かせようとすると、その唇から耐えかねたような苦痛の叫びがしぼり出された。

ストラングの頭に最初にひらめいたことは、ありがたいことに、シャーリーがまだ自分の与えた強い睡眠薬のおかげで、ぐっすり眠り込んでいるということだった。恋人の悲鳴を耳にすることはないはずだ。ストラングは、苦しみ続けるエバレットに組みついた。主人の悲鳴を聞いた召使頭が飛び出してきたので、彼の手を借りてようやくエバレットを持ちあげ、自分の部屋へと運ぶ。意識はあるものの、エバレットは弱々しくささやくことしかできなくなっていた。

「ドクター――苦しい。どうにかしてください。しかしまず、ぼくにさるぐつわをはめてくれませんか。シャーリーを起こすわけにはいきません」ストラングはうなずき、ハンカチを取り出した。それから大急ぎで、自分のかばんを取りにいった。

が、そのかばんが役立つことはなかった。ストラングが与えた強いモルヒネも、エバレットの苦しみをさして和らげることができなかった。三時間の間、エバレットは苦痛に身をよじり続けた。が、しまいにその痛みは、口の中につめ込んだハンカチをかみしめ、衰弱しきったエバレットを残して引いていった。

「ああ、ドクター！　あれはいったい何だったんです？」とうとう痛みが引いていくと、エバレットはささやいた。「この前よりもひどかった。息をするのさえ拷問のようで、背骨が砕けるかと思いました。悪意に満ちた二本の手につかまれて、命をしぼり出されているような、そんな感じでした。それに、あなたもお聞きになったでしょう。あの地獄の底から響いてくるようないやらしいドラムが、ほうぼうで悪魔のようなリズムを刻んでいたのを。一つ一つの音が、すさまじい激痛といっしょになって、ぼくの頭の中で脈打っているような気がしました。ドクター、これはいったいどういうことですか？　お願いですから、あれをどうにかしてください」

答えのかわりに、ストラングはエバレットの衣服を脱がせた。「どこが痛いのか、正確に教えてください」ストラングは穏やかに言った。「ここですか？　ここですか？　それともこっちですか？」エバレットはぎょっとしたように、ストラングを見やった。

「もう痛みは跡形もない。疲れて、心臓がどきどきいっているだけです」

エバレットの身体をうつぶせにしたストラングは、何も言わずにエバレットの背中の真ん中に鮮やかに浮かびあがった、二つの赤い跡を見つめた。くっきりと完全な形で残った、二つの力強い手の跡――そして、ストラングの頭の中では、エバレットが言っていた不規則なドラムの響きが、激しくこだまし続けていた。が、ストラングがそのリズムを思い出したとたん、ドラムの調子が変わり、仰天する彼の目の前で、赤い手形もゆっくりと消えていった。

ストラングは不意に、自分が恐怖にとらわれていることを意識した。冷たくむきだしで混じりけのない、理屈ぬきの恐怖――エバレットに話しかける自分の声すら、どこか遠いもののように聞こえた。

「まだよくはわかりませんが」ストラングは、自分が患者に、静かに、それから明るく言い聞かせる声を聞いた。「しかし、あれがどこから来るものであれ、ここから遠く離れた場所なら、こんなことも起こらないでしょう。どうです？　あなたがたを明日、ゾンバの私の本拠地へお連れしましょう」

「でも――」

「でもはなしですよ、エバレットさん。私は純粋にあなたのためを思って言っているのですし、そうするのは、命に関わる大事なことだと思っています。慣例だの何だの、細かいことはあとでどうにでもなりますよ。まあ、私にはどうでもいいことですがね」

二人は見つめあい、やがてエバレットが口を開いた。「夜明けに旅行隊《サファリ》を出せるようにしておくよう、チェシラに言っておきます。シャーリーのことをお願いできますか？」

ストラングはうなずき、それから言った。「あなたはもう、休まれたほうがいいですよ。私を一人にしていただきたい。行かれる前に、注射を打ってあげましょう。これで動悸がおさまるはずです。ああそれから、私があなたなら、シャーリーにはこのことを言わないでおきますね」

が、ストラングはその夜、ベッドに入ろうとはしなかった。ストラングはエバレットとシャーリーの部屋に面したベランダの隅で、ちらちらするハリケーンランタンに照らされながら、二時間もの間手紙を書いていた。ストラング専属の飛脚の頭《かしら》が、辛抱強くそのそばにうずくまっていた。そろそろ夜が明けようとするころ、ストラングはその現地人に分厚い封筒を渡して、そっけなく命じた。「ベリカ氏《ブワナ・ベリカ》に。悪魔に追われているつもりで走ってくれ」

男はにやりと笑って敬礼した。「ベリカさん《ブワナ・ベリカ》なら、ここからたった九十マイルのところにいますよ。ドラムがそう教えてくれてます。明日の夜にはこいつを渡せるでしょう、旦那《ブワナ》」一瞬後、男は走り去った。

それからストラングは、目を大きく見開いて考え込んだまま、じれったげに朝が来るのを待った。そして、ゆらゆらと揺れるエバレット家の二つの輿《マシラ》をかたわらに従えた一行が、道路に出るか出ないかのうちに、ストラングは身体の力を抜き、すぐさま短い眠りに落ちた。

しゃべり続けるストラングの目には、おびえた色があった。「ですから、ベリカ」ストラングは言った。「エバレットはもう、あと何日も持たないでしょう。私がこっちに連れてきてから、四回も発作を起こしているのですから。身体も心臓も、これ以上の緊張に耐えることはできません。シャーリー・ブランドンはおぞましい悪夢のせいで、すでに発狂寸前になっています。二人ともすっかり身体を壊していますから、もってあとひと月だと思います。ブランドンをつかまえるか、少なくとも奴のやっていることを暴く方法はないのですか？」

「ブランドンのやっていることならわかるよ」ベリカは答えた。「それ以上のこともね。ブランドンがエバレットとシャーリーをどうやって殺そうとしているかも、もうわかっている。が、合法的にやるにしろ、違法な手を使うにしろ、どうすることもできないんだ。法律で裁くには、陪審を納得させられるだけの証拠がないし、それ以外の手を使うにしても、あの人形のおかげでブランドンには手が出せないのでね」

「ちょっと待った、ベリカ」ストラングは言った。「どうやってことの全容をつかんだのか、教えてください。それに、あなたの〝奥地〟についての知識と、私の医学があれば、何とか手を打つことはできるはずです。必要とあれば、私がブランドンを殺したってかまわない」

ベリカは頭を振った。「そんなことをしちゃいけない！　君がヌスワジから送ってくれた手紙が私の疑いを確信に変えてくれたからには、私だって簡単にそのぐらいのことはできたさ。が、それでは君の患者たちを救うことにはならない。むしろ逆効果だ。君も知っての通り、あの人形はそういう代物なんだ……」ベリカは言い、なおも言葉を続けた。

「私はエバレットと、シャーリー・ブランドンが互いに愛しあっていることに気づいた。だからブランドンのことを〝発見〟した時、エバレットに一つ二つ、ささいなことを教えたのさ。私はブランドンがドラムの秘密を知ったと何気なく自慢したことから、彼が二重生活を送っているいることを突き止めた。昼間は白人で、夜は黒人というね。現地の儀式とかそういったことについて、彼はあまりにも知りすぎていた」

「ある日、ブランドンの屋敷からそう遠くないところで、白人がチャングルのいかがわしい加入儀式に参加しているというニュースが入った。知っての通り、すっかり現地人として通っていなければ、白人がその手の儀式に近づくことはできない。そして私はある朝、ブランドンをのせた輿《マシラ》が、その手の乱痴気騒ぎから戻ってくるところを目撃した。ブランドンは儀式の反動で、口からよだれをたらしていた。ブランドンは結婚してわずか一週間だった……。花嫁が逃げ出すだろうことは容易に予測できたが、当然のことながら、私はそれを口にできる立場にはいなかった。実際にどの程度のことが行なわれていたかはわからないにしても、我慢できる女がいるはずはないさ……ブランドンの様子はいやでも目についただろうしね」

「私は君にヒントをあげたつもりだったが、君はそれを読み違えた。が、問題はそこではなく、ブランドンが何の法律も犯してはいないということなんだ。シャーリーが逃げ出した後で、現地の情報局によって、新たな事実が明らかになった。ブランドンがチャングルと血の契りを結んだという、非常に悪いニュースだった。奴らがどうやって互いの血を交換するかは、君も知っているだろう。さらにブランドンは、新たなサディスティックな踊りを——人形の舞を考案したということだった」

「あの人形は、シャーリーのものでもあり、エバレットのものでもある……わかるかい？　チャングルの奴らは、信者の入会時などの一定の儀式で女神イシスを礼賛し、一種の黒ミサのような儀式を行なう。人形はその中で限りなく邪悪な存在となり、文字通り悪魔の手先となるのさ。〝もっと力を……〟という文句を知っているだろう。そして、ブランドンはあの人形を使い始めるのさ。人形を使った復讐は、初代ファラオのころから広く行なわれていた。西洋の文明はこの手のことからあえて目をそらしてきたきらいがあるが、東洋では憎い相手の血を注射した金魚を使って、人を呪うのだそうだ。金魚を餓死させることもあれば、水を求めてあえがせる時もある。あるいは真っ二つに食いちぎるとか……いろいろやり方はあると思うが、金魚の身に起こったことは、そのまま犠牲者の身にふりかかることになる。面白いだろう？　が、こちらでは犠牲者の血は必要なく、所持品だけで十分だそうだ——チャングルとジンヤオのブードゥー教はすこぶる強力だからね……。もちろん、一、二滴の血があれば、効果は倍増するようだが……」

「そうこうするうち、人形についてのうわさが入ってきた。ブランドンとピエロの、残忍でみだらでサディスティックな踊りを想像できるかい？　踊りは毎回ドラムにあわせて行なわれ、ブランドンが儀式を効果的にするため、シャーリーとエバレットのことを思い浮かべながら、自分で人形を押しつぶすのだそうだ……」

「どうだい？　もし君が言ったように、我々が彼を殺したらどうなるか？　誰が人形を止めるんだ？　そうなったら人形を止めることができるのは、呪いをかけられた人間の死だけだ。ブランドンが人形にしていることが、悪魔の手によって、そのままエバレットにはね返ってくるというわけだ……」

「何てこった、ベリカ」ストラングは言った。「何も打つ手はないのですか？　あの悪魔は気が狂っているんだ――いや、シャーリーがあの男の好色とサディズムから逃げ出してからのことは、そんな言葉ではかたづけられない」ストラングはだしぬけにぱっと立ちあがった。「そうだ、ベリカ。いいことがあります」ストラングはほとんど叫ぶように言った。「気が狂っているという言葉が、いいヒントになりましたよ――しかしその前に――あの男が正気でないことを証明できたら、あいつを逮捕してくれるんでしょうね？」

「ああ、もちろんだ」ベリカは答えた。「しかし、君の患者と、人形のことは……」

「それは道々説明します。ここへは別の医者を来させて、エバレットとシャーリー・ブランドンの面倒を見てもらえるよう、もう相談してあります。次に発作が起こったら、彼が二人をクロロホルムで眠らせてくれるでしょう。どのぐらいで出発できますか？」

「一時間もあれば。私の旅行隊《サファリ》はいつでも出発できるようにしてある」

「けっこう」

ブランドンの屋敷に向かって出発した時、ストラングはいつもの朗らかさをおおかた取り戻していたが、これから待ち受けていることを思うと、ふたたび厳粛な面持ちになった。三日の行軍の間じゅう、ストラングは自分の計画をベリカとともに、何度も何度も反芻した。ベリカは先ほどしゃべりすぎたことを後悔しているかのように、うなずいて答えるのみだったが、その瞳の中には、まだ陰鬱なものが残っていた。

二人はブランドンの不意をつき、彼をつかまえた。エイレットがストラングに言った通り、ありがたいことにここは中央アフリカであり、ヨーロッパではなかったからだ……。

厳重に拘束されたブランドンは、檻に入れられた獣のように、何時間も怒り狂っていた。そのうちブランドンはおとなしくなったが、ベリカとストラングはブランドンには目もくれず、辛抱強く夜になるのを待ち続けていた。

やがて、初めはゆったりと、それからだんだんと大きな音で、ドラムが響き始めた。「急げ、急げ、急げ。ジャングルの神がお待ちかねだ」そう呼びかけているかのように。そして、何時間かがのろのろと過ぎ、なおもドラムが執拗に続く中で、ブランドンの様子が変わり始めた。今やその顔は、野獣のようにゆがみだしていた。歯や歯肉がのぞくまでにめくれあがった唇から、うなるような声がもれ、よだれがたれ始める。ドラムの鼓動が絶え間なくメッセージを伝え続ける中で、ベリカとストラングはじっと待ち続け、やがてストラングは部屋を出ていった。

「ここを出せ、ベリカ」ブランドンはうなった。「今度だけ見逃してくれれば、誓って――ストラングはどこへ行った？　ストラング、おい、ストラング。こっちへ来い……」

　まる一時間も、囚人は懇願したり泣き声をあげたり、ののしったりを繰り返していた。そうこうするうち、とうとうストラングが戻ってきた。その手にはあのピエロの人形が、まるで貴重なもののように、そっとかかえられていた。ストラングが腰をおろし、ベリカに向かって目立たぬようにうなずいてみせると、ベリカは空になった部屋へとすべり出ていった。ベリカは笑みを浮かべながら、ストラングが残していったものの残骸を慎重にかき集めた。ブランドンが結婚式の時に着ていた、黒い上着の切れ端。ストラングがピエロの人形を、すっかり元通りにした後の残骸。ストラングが布を汚すのに使った、注射器と溶液。ブランドンが最初の怒りの発作に襲われ、血が出るほど唇をかみしめた時、ストラングがかいがいしく面倒を見てやっていたのを思い出し、ベリカは再び皮肉な笑みを浮かべた。ベリカはそうした残りかすを細心の注意を払って台所の火の中にくべると、それらが燃えつきるまで、じっと見守った。それからまたストラングのところへと戻っていった。

　ブランドンは、今や悲鳴のような声で叫んでいた。「人形を、ストラング、その人形をよこせ。そいつをくれたら、カニバリズムの容疑でも何でも、すべて認めてやる」それからブランドンの声は、狡猾そうなものに変わった。「いいか、ストラング。俺はチャングルと血の契りを結んでいるから、あのドラムの音を聞けば、エバレットとシャーリーがどんなことになっているかわかるんだ。その人形を返してくれたら、二人の命を助けてやろう。そいつはいけにえ用の人形だから、命がある……生きているんだ、ストラング。出してくれなくてもかまわないから、そいつを俺に戻して、メッセージを送らせてくれ。あのドラムが、人形の舞を求めているのが聞こえないのか？　その人形を俺に渡して、この腕を自由にしてくれ。もし何なら、身体はこのままでもいいから、人形だけでも戻してくれ。ドラムがそうしろと叫んでいる……ストラング、わからないのか？」

ストラングはベリカを見あげた。ベリカがうなずくと、ストラングはブランドンのほうへ向きなおった。「ほら、人形だ。エバレットとシャーリーの命を助けるという約束を、くれぐれも忘れないでもらいたい」

ブランドンはしばらくそっと人形を抱きかかえ、生きているものにするように、人形の足や手、ほっそりしたひょろ長い身体や腕を、ゆっくりなで回していた。ブランドンがその身体をなでると、人形は笑ったように見えた。ブランドンはうなるのをやめ、猫が鼠を見つめるような目で、人形を凝視し始めた。その手がゆっくりと上へ上へと動き、やがてピエロの喉元へとかかる……。

ブランドンは獣じみた叫び声をあげてストラングを振り返り、狂気に満ちた声でげらげらと笑った。「見ろよ、ストラング。よく見るんだ」熱に浮かされたような声でわめく。「俺がエバレットと——あの女をどうするか、よく見ていろ。この人形が痛みを感じるたびに、百倍もの苦痛があいつらを襲うのさ。見ろ……」ブランドンはピエロの喉をつかみ、狂人特有のものすごい力で、徐々にその首を締めあげ始めた。

しばらくは何も起こらず、ベリカとストラングは彫像か何かのように、じっとその場に立ちつくしていた。やがて、ピエロの長い骨のない腕が、のろのろと持ちあがり始めた。小さな顔が憤怒に痙攣し、酷薄に引きゆがむ。両手がブランドンの腕の上をすべって喉元へと這いあがり、たこの足のように手探りで上へのばされた。やがて求めていたものを見つけた両手は、がっちりとブランドンの喉にくらいついた——同時に人形の足が、だらりと下にのばされる。

何が起こったのか理解したブランドンの顔に、みるみる恐怖の表情が広がった。が、ピエロの喉に食い込んだ自身の手の力をゆるめるには、すでに遅すぎた。喉にからんだ手にじわじわと力がこめられ、ブランドンの心臓がその圧迫に耐えられなくなるにつれ、人形をつかむブランドンの手は、だんだんと弱々しくなっていった。しっかりした支えを失った人形の頭が、ぐらぐらと揺れ動き始める。人形が両手をのばしてぐいと身体を引くと、小さな意地悪そうな口からよだれがしたたり落ち、歯で何かをかみしめるような小さなかたい音が響いた。人形は、長いことその場にぶらさがっていた。

そしてついに、人形は地面へ落ち——元通りのぐにゃりとしたぼろのかたまりになってしまったのだった。

私を愛して

Love Me, Love Me, Love Me

M・S・ウォデル

本書収録の「皮コレクター」と同じ作家の幻想的ホラー短編。

自分にしか見えない妄想の女なのか、あるいは他人には見えないだけで実在の女なのか、女に取り憑かれた男の幻想的物語だが、彼女が自分の友人に興味を移すと……男はどうなるか？

その時私は一人ではなかった。

私は立ち止まり、振り返った。誰かがそこにいることはわかっていた。私に姿を見られることを恐れる、内気な誰かが、私の後ろをついてきていた。

いやもちろん、そこには誰もいはしなかった。たぶんいつも通り、私の妄想にすぎないのだろう。

私は街灯の下で立ち止まり、煙草に火をつけた。たぶん、いろいろ根をつめすぎて神経をやられているのだ。そろそろどうにかすべき時なのかもしれない。この身体は、鉄でできているわけではないのだから。休まなくてはいけない時間だった。私は、道路わきに植えられた木立にあわせて、機械的に歩数をかぞえながら、道を歩いていった。

ハーコートなら、絶対にうまくやれるはずだった。彼は有能で、仕事のこつもよく知っている。ハーコートにまかせておけば、大きな間違いはないはずだった。何も本当に遠くに行く必要はない。何かあった時にはすぐに飛んでいけるように、ずっと家の中にいればいいのだ……。

またあの感覚が襲ってきた。誰かに見られているかのような、あの感覚が。私はむなしくその感覚と戦い、振り返った。

誰もいはしなかった。

見えるのは、しんと静まり返った道と木立と茂み、生垣の上で奇妙なほどに暖かく揺らめく光ばかりだった。もっともその光は、いつものことながらこう時間が遅くては——見方によっては早くてはとも言えるのかもしれないが——そうたくさんあるわけではなかったのだが。午前一時半。少し肌寒くはあったが不快なほどではなかった。こんな風にベッドに入らず、ぶらぶらと歩き回るのが私は好きだった。緊張をほぐすにはもってこいの方法なのだ。そう遠くには行かず、通りを行きつ戻りつするだけで、頭の中がすっきりと落ち着き、すべてがたわいもないことのように思えてくる。昼日中は大勢すぎるほどの人であふれているというのに、夜の道には、いつも人っ子一人見当たらなかった……。

私は足を速めた。帰ってベッドに入ったほうがよさそうだった。この感じは——よい傾向とは言えなかった。しっかりと地に足をつけている人間は、こんな妄想を育てることなどない——私の背後の道で、何かがさらさらと鳴っているなどと、思うことはないのだ。

もう一度——振り返ってみようか？　いや、やっぱりやめておこう。それにしても、あの音はいったい何なのだろう——犬だろうか？

ありがたいことに、ともかく私は家にたどり着いた。門の掛け金をはずし、狭い私道へと入る。三十ヤードの間、足が砂利にこすれる音が響いた。鍵をあちこち手探りし、錠をいじる。

誰かが——いや、何かが、門の前に立っていた。色のない影のようなもの——やがてその姿は薄れ、消えうせた。きっと気のせいだ——それとも、気のせいではないのだろうか？　私は門の前まで戻ってみたが、何もいはしなかった。いつもと同じように。

それとも、何かがいるのだろうか？　そう、形のあるものでなくとも、何かがいるのは確かだった。空気の中に残る、優しい感情――とでもいうしかないようなもの。夜に生きる、人の形をした存在。

が、しばらくするとそれも消えうせた。私の前には、ひえびえとした夜が広がっているばかりだった。中に入って何かを飲み、眠らなければいけない時間だった。明日、ハーコートに休暇の話を――本格的な休暇の話をしてみなければ。

家に戻って一杯やり、気持ちを落ち着ける。

窓越しにのぞいてみても、門の前には何もいなかった。

門の前には何もいはしなかった。

門の前に何かが――誰かがいる。誰かが、門の前で待っている。昨夜――いや、昨夜のことはよくわからない。昨夜は誰もいなかったのかもしれない。だが今夜は、誰とも何とも知れないものが、門の前に立っていた。面白いことに、私の心に不安はなく、あるのは好奇心ばかりだった――これも休暇を取ったおかげかもしれない。
門の前にいるものは、私が直接目を向けると、いなくなってしまうのだった。ただ時折――カーテン越しにそれがいるのが、それが街灯の光の下でぼうっと光っているのが、ちらりと見えるばかりだった。

今夜はハーコートがやってきていた。ちょっとしたテストになることだろう。私は今やそれが門の中にいるのを、はっきり見て取ることができたから。それは決してそばに来ることはなかったが――門の内側、庭の端近くの闇の中に、じっと立ちつくしているのだった。

それはもはや前ほど内気ではなく――私に姿を見せるようになっていた。恐ろしいとは思わなかった。私の想像の産物なのかもしれないし、そうでないのかもしれない。もし、そうでないのなら怖がるべきなのだろうが、私はむしろ喜びを感じていた。ちっとも恐ろしくなどなかった――あれはああいうものであり、ああしたはにかみ屋の存在なのだ。

ハーコートには、その姿が見えないようだった。あれがハーコートのすぐそばに、闇の中で彼に寄り添うように立っていてさえ、ハーコートにはわからないのだった。ハーコートにたずねてみようとは思わなかった。そんなことを聞こうものなら、彼はきっと……。そうだ、彼がどう思うかなど、わかりきったことではないか？

ハーコートのような男にああした――特殊な存在の話をすることはできなかった。あれは、人と言っていいものなのだろうか？　ハーコートはすこぶる分別のある男であり、予算やこれからのスケジュールや、手続きに必要な書類の話をするのに、もってこいの男だった。私と同じように、本来は妄想など必要としないタイプの男だった。

私たちは窓のそばに座り、話しあった。窓のカーテンは開けっ放しになっていた。ハーコートにあれが見えるのかどうか確かめてみたくはあったが、実のところ見えてほしくはなかった。もし、ハーコートに見えるのなら、あれは特異な存在ではないのだ――ハーコートの整然たる頭脳のどこかに、きちんと分類し、しまい込むことができるものなのだろう。もし、ハーコートに見えないのなら、あれは私が作りあげたもので、過労から来る緊張や、参った神経が見せる幻なのだろう。

そして――ハーコートはそれを、見ることはできなかった。

それはハーコートを見ていた。

もし、それに姿を見せるつもりがあるのなら、ハーコートにもその姿が見えているはずだった。それは、今まで決してそんなことをしようとはしなかったというのに、庭から窓のそばへ移動し、光の当たる場所へ出てきたのだ。

私は今やその存在のことを、もっとよく知ることができた。それは、女のようだった――いや、女というよりは、少女と言ったほうがいいだろうか。女にしてはあまりにも細すぎ、動きもひそやかでありすぎた。実際、彼女はちっとも動いたようには見えないのだった。さっきある場所にいたかと思うと、次の瞬間にはもう少し前に出てきている。が、この家に近づいてきているることは確かだった。白い――いや、正確に言うと白ではなく、水が人の形を取ったような、ガラスの上で模様を描く雨のような、透明な存在。

「道はわかるかい？」ドアの前で、私はハーコートにたずねた。

「駅までのか？　ああ」

ハーコートのためにドアを開ける。

「おやすみ」

「おやすみ」

ハーコートは門までの道を歩いていった。

私はドアの前に立ちつくしていた。私に見送られていると思ったらしいハーコートは、門の前でさよならの合図をしてみせた。

彼女は垣根によりかかるようにして立ち、小さな顔に今まで見たこともないような、もの言いたげな悲しげな表情を浮かべていた。立ちつくす彼女の背丈は私の肩ぐらいまでしかなく、ケープをぎゅっと握りしめたまま動かない指が、多くのことを物語っていた。彼女は私にまともに顔を見られないよう、顔をそむけていた。高いかかとのついた古風な靴とシンプルな形の長いドレスをつけ、肩にはケープをはおっている。

私はドアの前で待ったが、彼女は動かなかった。

「お入り」私は声に出して言った。「入ってきてくれていいんだよ」

私が一歩前に踏み出すと、彼女は姿を消した。

「ぼくを怖がらなくてもいい」庭の暗がりの中に立ったまま、私は言った。「怖がることはないんだ」私の声は甲高く、頼りなげなものになったが、私は精一杯誠実な声を出そうとつとめた。彼女が何者でどこにいるのであれ、おびえきって寒さに震え、途方に暮れているのは確かだったから。

私はじっと待ち続けた。一分が過ぎ、二分が過ぎ、三分が過ぎ――これ以上待ってもしかたがないと思えるまで。やがて私は家のほうへと踵を返したが、それでもドアのそばでしばらく立ち止まっていた。「ぼくを怖がる必要はないよ」私はもう一度、穏やかに言った。

居間に戻った私は、外をながめながら、窓際の気に入りの椅子に腰をおろした。ここならば、彼女は私を見つけてくれるはずだ。私は待ち、そのうちに眠りに落ちた。

朝になった——窓ガラスから、太陽の光が差し込んでいた。ゆっくりと心地よい目覚めを迎えた私は、多くの時間を——それこそこの世にあるだけの時間を——トラ猫のようにのんきに過ごした。

が、彼女には、時間が足りないはずだった。必要なものをまだ見つけておらず、それを探している最中なのだから。たとえ世界じゅうの時間をすべて持っていても、時間が足りないに違いないのだ。

くもった窓ガラスの上に、彼女は指でこう書いていた。私を愛して。私を愛して。私を愛して。

その夜、ハーコートが彼女の身体を通り抜けた。私が彼を中に入れた時、ドアのそばで待っていた彼女の身体を突き抜けたのだった。一瞬、彼女の顔はハーコートのしゃれた黒いスーツと混じりあった。私はハーコートの肩越しに、こちらを見つめる彼女の顔を認めた。

「顔色が悪いな」私がドアを閉めると、ハーコートが言った。「休暇を取ったのは正解だったようだな」

「どうだかな」私は答えた。「本当にこれでよかったのかと、思い始めているところだ」

「そうなのか?」

私はハーコートを見やった。本気で関心があるようには見えなかった。しかしそれもしかたない――彼はそんなことのために、給料をもらっているわけではないのだから。

「ここは少しばかりさびしすぎるのさ」私は言った。「どういうことかわかるだろ」

「なら、どこかへ出かければいいじゃないか」テーブルのそばのいつもの椅子に身を落ち着け、かばんから書類を取り出して広げながら、ハーコートが答える。「ここに縛られる理由はないはずだろう?」

「ああ、そうかもしれないな」それから私たちは、別の話題に移った。ハーコート向きの話題に。だが、私は先ほど話したことを考え続けていた。私が言ったことは正しくはなかった。私をここに縛りつけるものは、ちゃんとあった――庭にいるあの存在が、その最たるものだった。

あとどのぐらい、彼女はこの庭にいるのだろうか?

彼女が庭からいなくなるまで、そう長くはかからなかった。私がハーコートをドアまで送っていくと、彼女は玄関で待っていた。相変わらずかたく身体をこわばらせ、かぼそい手でケープの端をぎゅっと握りしめながら。

ハーコートを送り出した私は、ドアを閉め、振り返った。彼女は階段の下に立ちつくしたまま、じっと私を見つめていた。

「ああ、ようやく入ってきてくれたんだね。どうしてほしいんだい？」私は言った。

彼女は幽霊にしては、あけすけなほうとはいえなかった。そのかよわく小さな存在は、優しく悲しげな瞳だけで、何かを訴えようとしているのだった。

「君にどうやって気持ちを伝えればいいのか、よくわからないんだ」私は言った。「ごめんよ。君がどうしてほしいのかも、わからない」

彼女はにっこりと微笑んだ。彼女が動くところをこの目で見たのは、これが初めてだった。相変わらずもの言いたげではあったが、本当に美しい微笑みだった。そして彼女の姿は薄れ始めた。階段の手すりを背にして立っていたと思ったら、次の瞬間には消えていた。

「怖がらなくてもいいんだよ」私は期待をこめて言った。

気の弱い幽霊を待って、玄関でうろうろしていても、何もいいことはなさそうだったので、私はその考えをあきらめた。彼女はひょっとして、ひとつところに長くとどまることができないのだろうか？　とにかく、彼女は姿を消してしまったのだった。

その夜、私は彼女がまた姿を現してくれないものかと、しばらくぶらぶらと待ち続けたが、何も起こらなかった。一度か二度、影が暖炉の火の前で揺らめいたように見えたが、彼女は現れてはくれなかった。

それから一日か二日が過ぎた。彼女は家の中のそこここに現れては、その場に立って微笑んでいた。一度、きゃしゃな指をまっすぐにのばし、私に手をさしのべてきたこともあった。私は彼女のほうへ足を踏み出したが、いささか性急すぎたらしく――彼女は姿を消してしまった。それがいつものパターンだった――彼女は私を必要とし、私を試そうとし、私と触れあうことを望んでいたが、それでもまだしりごみしているのだった。

ハーコートは相変わらず毎晩やってきたが、彼女はハーコートに何の注意も払おうとしなかった。一度か二度、彼女は私たちが話している時に、部屋の中に現れた。窓のそばに立っていたかと思ったら眉をしかめ、恥ずかしそうに手を膝の上で組みつつ、大きな皮の肘掛け椅子に腰をおろした。その目はひたすら私を見つめており、ハーコートの話にずっと注意を向けているのが難しくなるほどだった。

「こんなことを続けているわけにはいかない」ある夜、ハーコートが帰った後で、私は言った。彼女は肘掛け椅子に腰をおろしたまま、なおも微笑んでいた。「このままじゃ、どうにもならない」

私は今度は彼女をおびえさせないよう、ゆっくりと彼女のほうへ近づいた。これまでの経験から、私もいろいろと学んでいた。椅子から二、三フィートのところで立ち止まり、手を差し出す。

「大丈夫だよ」私は言った。「怖くないから」

彼女は私の手から後ずさり、一瞬その身体は椅子の背に溶け込みかけた。が、彼女もまた私について多くを学んでおり、そのまま消え去ったりはしなかった。

「大丈夫だよ、何もしないから」私は言い続けた。

彼女の手がのび、私の右肩に触れる。ひやりとした戦慄が、私の腕を駆けおりた。身体が萎えてしまいそうな、ちりちりする感覚。私は思わずさっと手を引っ込め、彼女の姿は消えた。私は左の手で冷たくなった右腕を握りしめつつ、その場に取り残された。

それが始まりだった――本当の始まりだったのだ。

私は初めて、恐れを感じていた。彼女に手を触れ、その顔をなで、その冷たく小さな手を握りしめたいと思っていたから。彼女が私の気持ちを知っていることも、それが彼女の望みであることも、もうわかっていた。話したり、心を通わせる方法を探したりといった行為は、彼女にとって皆、二次的な愛情表現にすぎないのだ。彼女が現れたのはそうして触れられたいがためであり、それが彼女が窓に描いた文字の意味なのだ――私を愛して。私を愛して。私を愛して。

難しいことではなかった。邪魔をするものなど、誰もいないのだから。ハーコートがやってくるとはいえ、彼が来るのはいつも夜で、そう長居はしない。彼女が姿を現した――彼女は道理も何もなく、奇妙な時間に現れるのだった。彼女が微笑みながらそこに腰をおろしたら、彼女のそばへ行き、手をさしのべ、その小さく冷たく空虚な身体を腕に抱きしめて、この身に押しつけようと私は思った。たとえ凍るような冷たさが、この身体を駆け抜けたとしても。

「具合がいいとは言えないようだな」書類をかき集めながら、ハーコートが言った。その声には初めて、本気で心配しているような色がにじんでいた。

「このままで十分満足しているよ」

「もちろん、君がそう言うならそれでいいが」ハーコートの声は、尻すぼみに消えた。ハーコートは私の腕を見つめていた。袖の下から、白い包帯の端がのぞいている。

「やけどをしたのさ」私は言った。「思ったより、ちょっとひどいらしいんでね」

「むろん、医者には見せたんだろうな」

「ああ、もちろんだ」

ハーコートは私の言葉を信じた。余計なことを聞かずに、私を信じるくせがついているのだ。そしてハーコートは出ていった。私が部屋に戻ると、彼女が窓辺に立ち、ハーコートを見送っていた。が、彼女が私のほうへ向きなおったので、私は彼女のそばへ行った。彼女が形のない指を私のほうへのばすと、私の顔のわきを、鋭い冷気がさっと駆け抜けた。


彼女は私に触れ、私をそっとなでていた。彼女に触れられれば、肉はしなびてはがれ、組織は腐り落ち、血は凍りついてしまうことを私は知っていた。彼女はなおも私をなで続けていたが、私は身をもぎ離すことができなかった。彼女を愛していたから。しかし、それももうすぐ、おしまいになる……。

今日の夜、またハーコートがやってきた。鍵を渡してあったので、自分で中に入ってきたのだ。ハーコートが寝室にやってくると、私たちは話をした。ハーコートに見えないように、部屋は暗くしてあった。私の目のせいだと言ってあったが、じきに気づかれることだろう……。

彼女はじっとその様子をながめていた。彼女はベッドのすそのほうに腰をおろし、ハーコートを見つめていた。一度か二度、ハーコートは闇の中にぼんやりした影か何かを認めたように、彼女がいるほうへ目をやった。が、すぐにいつもの理性を取り戻した。

やがてハーコートがいとまを告げて立ちあがると、彼女が身じろぎした。ハーコートが出ていくと、ベッドのすそのほうで彼女が立ちあがった。彼女は私に微笑みかけると顔をそむけ、すべるように部屋を出ていった。彼女もまたここを去ろうとしているのだと、私にはわかっていた。

私は窓から二人の姿をながめた。大股で道を歩き去るハーコートの後を、彼女が音もなく追いかけていた。何かがそこにいるのを感じ取ったかのように、ハーコートがだしぬけに振り返った。ハーコートは足を止め、煙草に火をつけると、頭を振ってまた歩き出した。

私が向きを変え、手探りでベッドに戻ろうとすると、ただれた皮膚のかけらがぼろぼろと顔からはがれ、絨毯の上に落ちた。

彼女は私のもの……。彼女は私のもの……。

基 地

The Shed

リチャード・スタップリイ

リチャード・スタップリイも身元や経歴の不明な作家である。

本編は本書で唯一のＳＦホラーである。自分に関する記憶をすべて失い、「実験体九号」として密室に閉じ込められた男の一人称の告白文で、最後に自分の正体がわかる。ＳＦ初期の作品で『プリズナー』に先行したような構成である。

これを書くのはひどく難しく、誰かに読んでもらえるとも、とても思えない。彼らはこれを出版することなど、絶対に許してはくれないだろう。

私は彼らのことを、前よりも憎むようになっていた。彼らがいかに親切でも、ほしいものはないかとひっきりなしに聞いてきても、信用することなどできそうになかったから。

彼らは私がほしいと言えば、ほとんど何でも持ってきてくれた。それこそ米でも水でも――私が本気でほしいと思うのは、この二つだけだったのだが。彼らは私が汁気たっぷりのステーキや、クリームのたっぷりのったトルテや、優秀なコックが腕によりをかけて作ったすばらしい料理を断ったことを、気に病んでいるようだった。私がもっとよくなって、そうしたものを味わえるようになったらまた来るからと、彼らはいつも言っていた。

が、彼らは、私に紙を渡してはくれなかった。紙は今、深刻な品不足なのだという話だったが、私にはとても信じられなかった。私はトイレットペーパーをくすねてこれを書いているのだが（トイレットペーパーは不足しているようには見えなかった）、もしそれができなくなったら、コンクリートの床に釘で文字を彫るぐらいのことは、やるかもしれない。誰かにこれを伝えたくてたまらなかったから。

私は一人笑いをした。彼らは数週間前に、私の思考を読んだのに違いなかった。十日ばかり前に引き合わされたハンスという男が、コンクリートを隅から隅までリノリウムで覆いつくしていったからだ。

とにかく、私はぜひとも、身の上話をしなくてはならない。わかってほしいが、これが本当に私に、私自身の身に起こったことなのか、自分はいったい何者であるのか、私にはもうわからない。彼らに多くのものを奪われてしまったから。

たとえばある日私は、看護婦がうっかり置いていったカルテの上に書かれた名前を読み取ろうとした。が、無言でドアを開けた士官が、それを私の手から奪い取ったので、文字を読み取る暇はなかった。

断っておくが、ここへ――この基地へ来てからというもの、そんな風に邪険に扱われたのはそれが初めてで、手酷くののしられたのも、その時一度きりだった。

なかでもその士官は私にとても親切だったので、私はいささかショックを受けて泣きわめいた。私の涙を見ると、彼はややいかめしいが非常にハンサムな顔を和らげ、ひどく思いやりに満ちた表情になった。

私はグラフと「実験体九号」という言葉と、いくつかの数字しか見ていないし、実際の数字の配列などもう忘れてしまったと言った。普段、誰かと会話をする機会はめったになかったのだが、この日私は、本当に人恋しくてたまらないと訴えた。おそらくその瞬間、そうした激しい欲求を満たすことは、この世の何よりも大切なことになっていたと思う。

この施設の看護婦は驚くほどに不美人ばかりだと話すと、士官は笑った。彼はじきに私のカルテを手に持って、部屋を出ていったが、また明日会いにくるからと請けあい、行儀よくしていたら彼のブーツを磨かせてくれるとも言った。

士官が去ってから、私はこのところずっと私の身体を探り回っているたくさんの熟練した手のことを、長いこと考えていた。愛情もないというのに細心の注意を払って私に触れてきては、私の身体をくまなく探り、這い回り続ける手。

さっきも言った通り、彼らは皆とても親切だったが、私がいつからここにいてどこからやってきたのかを教えてもらうことはできなかった。だから、私の物語がいつ始まったのかを語ることはできそうにない。

私が最初にここで目覚めた時、私の所持品はそばの小さなテーブルに、きちんとそろえて置いてあった。しかし、持ち物の中でもとりわけ大事なものだけがなくなっていた。私の時計だった。私は毎日のように、時計を返してくれと頼んだが、彼らはまるで聞こえないふりをしているかのようだった。

私の部屋は、すばらしい山々を正面から見渡せる位置にあった。大きな窓に鉄格子はついていなかったが、開くことができないようになっていた。とはいえ空調が効いていたので部屋の中は（ちょっと暖かすぎることが多いものの）快適で、外の空気は私の身体に悪いからという彼らの説明を、私はおとなしく受け入れていた。数日後、次の手術が終わったら、山麓の丘を散歩させてもらえる約束になっていたが、彼らが私にすべてを話してくれていたら、一人ぼっちであることに耐えるのも、ずっとたやすくなっていただろう。私は、凍りつくような恐怖すら感じていた。次の手術とやらが終わったら、歩きたくてたまらなかったあの丘を、再び見ることもかなわないのではないかと。

雷雨の時は別として、窓の外にはほとんど毎日のように、ぬけるように青い空がどこまでも広がっていた。何時間も部屋で横になっていると、耐えがたい不安が私をさいなみ、私は、かすかなそよ風に揺れながら窓をたたく枝の上で羽を休めている鳥をうらやましく思うのだった。

戦争があったことは覚えているし、自分が非常に流暢な英語を話せるほか、数ヶ国語をあやつれることもわかっていた。どこか非常に美しい国にいたような記憶もある。そこでは何週間もの間、背の高い緑の草が豊かに生い茂る高山の牧草地を、目もくらむような黄色い花の絨毯が覆いつくしていた。日が高くなると、花々は油絵の具で美しく色づけされた海のように、ゆらゆらと揺らめくのだった。

ずっと昔、自由に旅ができたころには、堂々たる古代の都市を回ったような気もする。私はいつも、海岸から遠く離れた場所を旅していた。旅の途中で山々が果てしなく続く不毛の平たい荒野に変わると、私は決まってわけのわからない憂鬱な気分に襲われるのだった。

今朝とまったく変わらないうららかに晴れ渡った美しい日に、私は三人の親友とともに、列車に乗って旅をしていた。友人たちはしゃれた制服を身につけ、威厳たっぷりで、私にはとても優しく、思いやり深かった。

自分が信用されていることも、よくわかっていた。私は列車の中を自由に歩き回ることができた。ある時などは、外国から来たらしい五人の陽気で魅力的な少女たちのもとを、おとずれたりもした。彼女たちは、旅のサーカス一座の空中ブランコ乗りだという話だった。

四人は英語が話せたが、あとの一人は話せず、一言もしゃべろうとはしなかった。が、この少女とは言葉などなくても、わかりあうことができた。目の覚めるように美しく澄んだブルーグレーの瞳を見れば、彼女の思いはすべて読み取ることができたからだ。

彼女が私を追って通路まで出てきたので、私は鍵をかけずに手洗いに入った。ほどなくドアが開き、私たちは互いの腕の中に身を投げた。私はもどかしげに彼女の東洋風の絹のブラウスを引きちぎったのだが、彼女は最後までそれをとがめることはなかった。ことが終わってから笑いあったものだが、抱きあっている最中は、右手で手洗いのレバーをぎゅっとつかんで、転ばないよう身を支えていなくてはならなかったことなど、何の問題にもならなかった。

二度抱きあった後で、彼女はやんわりと身をもぎ離し、鏡のほうを向いた。私は念入りに髪をくしけずる彼女をじっと見つめていた。彼女は真紅の口紅の線をぬぐい、再び官能的な唇をその顔に描き出していた。

私は彼女のすぐ後ろに立っていた。なおも満たされない胸のうずきを感じながら。が、彼女はそっと私の手をその胸からはずさせ、ブラウスをバッグの中にあったとめ具でとめると、私を残して出ていった。

私は髪をとかした。目くるめく情熱と快楽のうちに過ぎた時間を思い出した時、鏡に映った私の顔が、にっこりと微笑み返してきた。手洗いのドアを開けた時、私は制服に身を包んだ友人の一人が、通路で待っているのを見て驚いた。彼はにやりと笑って親しげに私の腕を取り、私を客室へと連れ戻した。

彼と席に戻る途中で、私は景色が山から平野へ変わっているのに気がついた。が、今回は憂鬱な気分にはならず、むしろ内からあふれ出るような喜びを感じていた。時間ではなく、線路の上を走った距離を計算することで、私はいまださめやらぬ情熱がどれほどのものだったかをはかることができた。私は百マイル近くもの距離を、彼女と愛しあって過ごしたのだ。

客室のスライド式のドアを引き開けた時も、私はまだ微笑んでいた。残る二人の友人は、それにしてもずいぶん遅いご帰還だななどと、冗談を飛ばしあっていた。

私は得意げな挑発的な態度で友人たちの前に立っていたが、じきにもっとしっかり地に足をつけているべきだったと、思い知らされることになった。列車が突然鋭い音をたてて急停車し、正面に座っていた友人の腕に、倒れ込むことになってしまったのだ。

辺りはしんと静まり返り、遠くからわめき声と蒸気のもれ出る鋭い音が聞こえるばかりだった。

もつれあった身体を元に戻すと、私は顔をあげた。友人は私をしっかりと抱きかかえていたが、私を席に押し戻し、仲間の一人にもうすぐ基地に着くとささやいた。

私は客車の窓から首を突き出した。列車はいくつかの線路が出会う連結点にさしかかっており、事故があったわけではなさそうだった。じきに列車は、ゆっくりと後ろへ動き始めた。

私は不意に恐怖を感じた。これを書いている今でも、あの時のことを思い出すと身も凍るような恐怖を抑えることができない。それは、まったくの未知のものへの恐れだった。災厄が迫っていることはわかっているが、それがどういった種類のものなのか、まだよくわからないとでもいうような。こんな感覚を、前にも一度味わったことがある。その時、陽光の中に寝転んでいた私は、何の物音も聞こえなかったというのに、何か得体の知れないものが自分に近づいてくるのを感じ取り、一瞬恐怖に身をこわばらせた。そして右を向いたとたん、毒蛇が飛び出してきて、私の足のつけ根すれすれのところをかすめていったのだった。

今、列車は速度をあげ、これまで走ってきた線路を逆戻りしていた。他の列車の接近を知らせている信号機を通り過ぎ、がたがたと音をたててポイントを通り越すと、別の線路へと入る。運転手が突然狂いだしたのではないかと、私は気が気ではなかった。私たちは皆、まだ姿は見えないが信号を送ってきている別の列車に、衝突して死ぬことになるのかもしれない。

列車の窓からは、多くの顔がのぞいていた。そして私はずっと後ろのほうに、わが恋人のブロンドの髪が風になびいているのを見たように思った。私はパニックに陥り、彼女のそばへ行きたいと思ったが、そうすることができなかった。たのもしい友人の一人が、私を恐ろしい力で押さえつけていたからだ。窓から流れ込む空気が私の顔を冷やしたが、私の額からはだらだらと汗が流れ続けていた。

十分ばかりすると、列車はスピードを落とし、貨物積みおろし用の側線に入っていった。そして、灰色の制服とジャックブーツをつけた大勢の人間が、まだ列車が止まらないうちに客車へ続く階段に飛び乗ってきた。

列車が車体を震わせて止まった時、私は初めてくだんのハンサムな士官の姿を見た。私は他の数人の乗客とともに、その士官についていくよう命じられたのだった。私の正面にいた兵士は、貝のような形をした重たげな包みを手渡されていた。私は混乱し、恐怖に震えていた。悪いことをした覚えなど何もなかった。士官の態度はきわめて紳士的だったが、それでも私を心底おびえさせ、不安にするには十分だった。私は必死で、多くの見知らぬ顔の中に、わが恋人と連れの四人の少女の姿を探したが、人ごみの中に彼女らの姿を見つけることはできなかった。私は正面にいた兵士に、何かあったのかとたずねてみたが、彼はにやりとしただけだった。彼は私に心配しなくてもいい、どういうことなのかはいずれわかるだろうと言った。

もし私が普通の状態だったら、何としてもすぐに事情を教えてもらっていただろうが、気がつくと私は前に押しやられていた。私の前には、果てしなく長い石の階段が続いていた。

むっとするような湿気の中で、よろよろと急な階段をのぼらされるうちに、私の息は乱れ始めた。まわりじゅうで命令が叫ばれ、本気で身の危険を感じるような、恐ろしい蛮行が行なわれていた。が、この出来事の隠された本当の意味を教えてはもらえないことは、わかっていた。

丘の頂上の建物にたどり着こうかというころには、私は汗まみれになっていた。雲一つない空からは太陽がぎらぎらと照りつけ、辺りにはクローバーのむせかえるように甘い匂いがただよっていた。肩越しに振り返ると、下の階段に兵士たちと、やはり列車から連れてこられた何人かの乗客がいるのが見えた。汽笛の音が響き、列車が旅を続けるためゆっくりと走り去っていく。そのあまりにも悲しい光景に、私の心は悲鳴をあげた。すぐ前にいた、貝の形の包みを持った兵士が、振り返って私を見やる。

兵士は私の瞳に浮かぶ涙に気づいたらしく、何も心配しなくていいともう一度繰り返したが、嘘であることはわかっていた。私はよろめいた拍子に彼にぶつかってしまい、あの重そうな包みを取り落とさせてしまった。包みは丘を転がり落ち始めた。後ろにいた兵士たちが飛びのき、丘の下にいる仲間たちに何事かをわめく。それは線路の間で止まったが、包装紙が破れ、むきだしになった中身が陽光の中できらりと光った。一番近くにいた兵士たちがガスマスクをつける。

士官が兵士のほうを振り返り、大声でののしりの言葉を浴びせかけた。士官は兵士を荒々しく前に押し、よろめいた兵士がまだ地面に這いつくばっているうちに、その顔を持っていた杖で打ちすえた。兵士の目のすぐ下に、ぱっくりと醜い傷ができ、血がぽたぽたと流れ落ちた。自分もまた厳しく叱責され、罰を受けることになるのではないかと私は思った。しかし何も言われなかった。士官は手をのばして私を階段のてっぺんまで引きあげると、君のせいではないから気にしないようにと、穏やかに説明した。彼は気づくべきだったが、私が本当に気にしているのはそんなことではなかった。あの容器が何らかの形で自分と関係しているのではないかという考えが、不意に私の頭の中にひらめいていたのだ。

そこは、これといった特徴のない建物だったが、不思議とどこか普通でない雰囲気をただよわせていた。何のための建物なのかもよくわからないというのに、急な石段のてっぺんにそびえ立つその姿は、どこか異様で不気味に見えた。何が私をぞっとさせるのか、具体的に説明することはできなかった。だが、私は昔から、監獄とかある種の病院といった建物を見ると、最初はそれがどういうものなのかわからなくても、恐ろしくてたまらなくなるのだった。わかるのはそうした建物が、異常なまでに機能本位に作られているということだけだったのだが。

重い鉄製のドアを開け、中に入った時、私の恐怖はますます強くなった。大勢の人々が忙しそうに動き回っている。しかし、そうしたことがどういった目的で行なわれているのかは、まるで想像もつかなかった。無数の男女がテーブルに座り、何か部品らしきものを作っているように見えたが、箱のようなもので隠されていたため、実際に手元をのぞくことはできなかった。空気の中には、油と金属と工場用品の、いささか不愉快な臭いが混じっていた。

さまざまな制服に身を包んだ大勢の高級士官たちが、あわただしく行ったり来たりしていた。労働者たちは不恰好な灰色のスモックを着ていたが、白衣の男女もたくさんいた。私は、消毒薬とエーテルという二種類の臭いをかぐことができた。

照明は奇妙な具合につけられており、どこか不快な感じがした。天井は途方もなく高い場所にあるように見え、インクのような闇の中に溶け込んでいた。だだっ広く薄暗い区画があるかと思えば、目もくらむような光に、まばゆく照らされている場所もあった。私はものすごい速度で回っている機械の、甲高いうなりを聞くことができた。

二人の士官が近づいてきて、ついてくるようにと穏やかに言った。彼らは私に、驚く必要はまったくない、自分が何か悪いことをしたなどと決して思わないでほしいと言い渡した。あの列車の乗客の中には、さまざまな罪を犯した者たちがおり、今朝それなりの報いを受けることになった。しかし、もちろん私には何の関係もないことなのだと。

彼らが真実を──完全な真実を言っているわけではないことは明白だった。それでも、ほんの一瞬だけ安心できたことは、認めざるを得なかった。しかし、一時的に緊張がゆるんだとはいえ、私にはもうわかっていた。今日のうちに、いずれは隠された真実を知ることになり、そのせいで命を落とすことにもなりかねないのだということを。

染み一つない急な木の階段をのぼるようにうながされた私は、煌々と明かりのついた一角に入った。その階の人間は皆、白衣を着ていた。二、三人はすでに外科医がするようなマスクをつけており、私が招かれるままに一人についていくと、他の者もそれに続いた。恐怖が戻ってきて、巨大な波のように私を飲み込んだ。私は今や、白衣によって個性をぬぐい去られた、無菌の生物に囲まれているようだった。会話はすべてくぐもった声でなされ、私は彼らの感情のない目を通してしか、何事もうかがい知ることはできなかった。私は、怖がることはないなどと言った連中を、無言でののしった。私が今体験していることこそ、私がずっと恐れてきたことにほかならなかったからだ。

長くかたいベンチに座るようにと身振りでうながされた時、私の口の中はからからに乾いていた。思えば十八時間も何一つ口にしていなかったのだが、胃の辺りが強烈にむかむかしていた。列車がバックし始めた時に感じたのと同じ恐れが私をとらえたが、それはきたるべき恐怖の序章にすぎなかった。

ベンチの右側には、四人の性別不明の人物が座り、下の階で見たのと同じような箱の中へ手をのばしていた。彼らは皆、分厚い工業用のゴム手袋をはめており、熱くなったゴムの刺すような臭いがはっきり感じ取れることからして、箱の中身は熱いのだろうと思われた。おそらく、消毒薬か何かが入っているのではないかと私は思った。彼らの一人が手袋をはめた手を箱から引き抜き、長い針のついた注射器をそばのテーブルに置いたからだ。

私の両腕は、制服の上から白い作業着を着た二人の兵士に、がっちりと押さえられていた。床の上には、私に見えないぐらい低い位置にある噴射口から、消毒液が振りまかれているようだった。私のそばにいた人物の一人が注射器を取りあげ、私の腕の血管に突き刺した。注射は非常に長いこと続いたように思われ、私は液体が腕の中へ流れ込んでくるのを感じた。そして私の心は、一時的に穏やかになった。

そのとたん、マスクをつけた五人の人間が、私に近づいてきた。おのおのが盆を持っており、その上には一見何のへんてつもない熱い食べ物がのった、皿が置かれていた。それが外見通りのものではないと思わせる要素など、何一つなかったにもかかわらず、その食べ物の臭いは、私の胃をむかつかせた。

最初の一人が前に出て、私の口の中に食べ物を無理やりつめ込み始めた。その味を正確に表現することはできないが、今思い出すとペーストのようなものだった気がする。が、そのいやな臭いに私は気分が悪くなった。私の語彙では、ぴったりの言葉を探すことはできそうもないが、その時不意に私の頭に思い浮かんだ場違いな言葉を借りるなら、それはまるで壊疽《えそ》にやられた組織のようだった。

私はもがいたが何の効果もなく、彼らは一口また一口と私の喉に生温かいペーストを流し込み続けた。私は吐き、彼らの白衣には点々と何色もの染みがついた。

が、たぶんこの異常な時間の中で最も恐ろしかった瞬間は、列車の中で愛しあった少女の美しい瞳を、私が見つけた時だった。反吐の出そうなどろどろの物体を彼女のほうへ吐きかけながら、私は、自分だということを大声で伝えようとした。私が悪かった、すべて自白します、敵であるあなたがたの知りたいことは、何でも話しますと、私はわめいた。そして、拷問はまだ始まったばかりだと悟った私は、恐怖でいっぱいになった。

前にも書いたと思うが、恐怖の中でも、最もたちが悪いものは、何かが起ころうとしているということが、あらかじめわかっている場合だった。容赦なく与えられ続ける苦痛と実験は、じきに別のものへと変わり、わが拷問者たちが最後の目的を果たすまで続くのだろう。そしてそこへ行き着いた時には、私は完全に壊れてしまい、身も心も抜け殻になってしまうに違いないのだった。

こうした屈辱的な結末が近づいていることがわかっているからこそ、苦痛も拷問の効果も完璧なものになるのだろう。優しくいたわるような手に支えられて急な石段をおりながら、私はあの少女がいはしないかという期待を胸に、手をのばして拷問者たちに触れた。それから私は意識を手放した。再びむせかえるようなクローバーの匂いをかぎ、基地とやらを呪いながら。

ハンサムな士官が約束してくれた通り、私は高山の草原を散歩することを許され、おそらくは数ヶ月ぶりに新鮮な心地よい空気を吸い込むことができた。二週間前、一連の手術で両目の視力を失った私は、私をあらゆる場所へ連れていってくれる大きな犬をいとおしく思うようになっていた。

数日後の夜、士官が私の部屋へやってきて、政府がついに私を解放することを決定したと告げた。すぐに故郷に戻れるとまではいかないが、状況は私にとって好ましいものとなるだろうし、わが同胞たちがすべてを取り戻す手助けをしてくれるだろうと。

私は運命を受け入れることにした。この壁の中から自由になれるのなら、それだけでいくらか元気になれそうだった。拷問者たちを憎む気にもなれなかった。彼らは多くの点で私にそっくりだったから。実に皮肉なことに、そっくりでいながら、まったく異質な存在なのだったが。最後の夜、私は自分の時計を手首にはめながら微笑んだ。この宝を見ることはもう二度とできなくなっていたからだ。すっかりお気に入りとなったあの犬も、いっしょに連れていけるのかと思ったのだが、あの犬にはまた別の仕事があるからと言われ、私はがっかりした。かつて彼らをとてもひきつけていたらしいこの貴重な時計を、あの犬と交換してくれと必死に頼んでも、彼らはまるで興味を示してはくれなかった。

いつものようにその夜も、睡眠薬を注射してもらう必要があった。うとうととまどろみながら、人間とは宇宙で一番残酷な生き物に違いないと、思ったことを覚えている。

午前三時に（彼らは自発的に時間を教えてくれた）、私はベッドから起こされ、化粧室へ連れていかれた。ひどくかさばる衣服だったのと、視力以外にもいくつか失われた部分があったのとで、着替えには恐ろしく時間がかかった。

私はまたしても、いくばくかの不安を感じていた。あの列車で味わった恐怖とはまるで比べ物にならないとはいえ、未知の孤独な世界へ旅立たねばならぬような気がしていた。そして、奇妙なことだが、醜い看護婦たちやあのハンサムな士官と引き離されるのが、怖くてたまらなくなり始めていた。あの犬がいっしょに来てくれさえすれば――この別れも、もっと気楽なものになったと思うのだが。

私は手を引かれ、前に二段階段があることを教えられた。たくさんの声が聞こえ、多くの動きが感じられた。しばらくすると、士官が私にもうすぐ出発できると告げた。荒っぽいがらがら声が、笑いながらよい旅をと叫ぶ。

私を客室に乗り込ませると、士官は最後に優しく私の肩をたたいた。周囲の声が遠いものとなって混じりあい、それ以外は不気味な沈黙が続いた。そうした沈黙ははるか遠くのざわめきに破られながら、たっぷり二時間以上も続き、私はこの乗り物が永久に動かないような気がした。

やがて私は、乗り物が突然動き出したのを知った。列車に乗っている時のような、激しくうねるような動きを私は感じ取った――とはいっても、それはまるでこれから衝突する列車のようだったが。

士官は時計を見やり、持ち場につくまでに、少なくとも二時間あることを確かめた。あの少女に会うための時間は、十分にあった。士官はゆっくりと本館へ向かったが、病室のほうへ行く前に、カフェテリアで足を止め、ブラックコーヒーを買った。

医師の一人が空席のあるただ一つのテーブルに、腰をおろしていた。「こんばんは、大尉」医師は言った。「すべて順調ですか?」

「ああ、完璧だ」士官は答えた。「天気予報も申し分ない。中国に関して、すばらしい通信が入ったことはもう聞いているだろう? じきに休戦が宣言されるだろうよ」

医師は言った。「わが国の大使が、イギリスやフランスの大使とともに北京へ飛んだと、ラジオで聞きました」

大尉はにやりとした。「合衆国には派遣できるような高官は、もういないと思っていたがな。ワシントンから帰ってきたばかりの友人から聞いたんだが、東海岸はめちゃめちゃだそうだぞ」

「ボルチモアにいとこがいるんです」

「悪かった。それを聞いてとても残念に思うよ」

医師は立ちあがり、だるそうに身体をのばした。「失礼して、少しばかり眠ってきます。一日じゅう手術をしたおかげで、もうへとへとだ。ああ、ついでですが、例の2RX3――ひょうきんな奴らは〝真実のペースト〟と呼んでいますがね――が、さらに改良されたのですよ。実にすばらしいことです。いつか近いうちに、動物の言葉だって理解できるようになるかもしれません」

大尉は言った。「それはとても危険な考えだと思うぞ。犬を蹴飛ばした時に、その犬が何を言ったかなど、とりたてて知りたいとも思わないしな」

「あなたが犬を蹴飛ばしている姿など、とても想像できませんな」医師は答えた。「では、おやすみなさい、大尉。すべてが計画通りに進むよう、祈っていますよ。また明日」

大尉はコーヒーを飲み終えると、鮮やかにきらめく星空の下を横切り、サナトリウムの女性用の個室が並ぶ辺りへと歩いていった。空気はすがすがしく、新しく芽生えたばかりの草の匂いがした。

妹のいる部屋のドアを開けて首を突き出すと、大尉は微笑んだ。妹に深く尊敬されているのか、それとも軽蔑されているのか、彼にはわからなかった。妹は彼と話す時、いつも顔をうつむかせ、彼のブーツを見つめるようにして話すのだった。

「もっと早く来ると思ってたわ」彼女は言った。「あの人を起こすことになるかもしれないわ、大尉。わかってると思うけど、それはれっきとした規則違反なのよ」

「ぼくが来たからといって、何か不都合があるとは思えないが」大尉は答えた。「ぼくが持ってきた知らせを聞けば、ちょっとばかり眠るのを邪魔されても、本望だと思うに違いないさ」

「彼女の容態はすこぶる悪いわ」妹は言った。「とくに妊娠したとわかってからはね。うまく治療できればいいけど。精神科の医局長は、彼女が完全に神経をやられているのではないかと、心配しているわ」

二人は〈許可なき者、立ち入り禁止〉と真っ赤な字で大書きされた、七一二号室の外に来ていた。妹が無言でドアを開け、大尉を暗い部屋に入れた。見開かれた少女の瞳は、ほの暗い紫

の光の下で、死人のもののようにグロテスクに見えた。大尉は彼女が〝あの一件〟の前は、ど

んなに美しかったかを思い出していた。今やその美しさは見る影もなくなったと言われていた

が、彼女といっしょに暮らしたことのある同僚の士官に、写真を見せてもらったことがあった

のだ。

「まあ、大尉」彼女は話すのも一苦労だというように、しぼり出すようなささやき声で言っ

た。「あれはいつ実行されるの？　それを言いにきたのでしょう？」

「あと三時間もしたら」大尉は妹に二人きりにしてくれるよう身振りで示し、ドアが閉まる

とすぐに、彼女のほうへ歩いていった。そっと彼女のベッドに腰をおろす。が、彼女の手を取

ることはできなかった。自殺をはかってからというもの、彼女は特殊な形の拘束衣を着て、眠

らねばならないことになっていたからだ。

「具合がよさそうだな。よかった」大尉は嘘をついた。「明日からこの新しい薬を飲むように

すれば、じきにもとの身体に戻れるさ」

「いいえ」少女は言った。「そんなことはありえないわ。自分が死にかけているのは、よくわ

かっているの」

「馬鹿を言っちゃいけない」

「死にたいと思っているわ。今はね」

「万事うまくいくと言っているじゃないか」大尉は思いやりに満ちた声で言った。「ぼくを信

じてくれ」この瞬間、大尉は少女の手を取ることができたらと思った。自分の感じている同情

を、彼女に伝えたくてたまらなかったのだ。「君は進んであの役を引き受けた。誰に強制されたわけでもないはずだ。どうして志願したんだ？　自分が何をやろうとしているかは、よくわかっていただろうに」

「すべてを知らされていたわけじゃ、なかったのよ」少女は言った。その瞳から、涙があふれ始めた。「私は若く、愛国心に燃えていたわ。この前の大戦で私たちが受けた屈辱をはらしたくて、たまらなかったの。知っていたら、絶対にやらなかったわ。すべてを知らされていたとしたら」

「いい知らせがあるんだ」大尉は言った。「君がもっとよくなって、ぼくが政府のお偉方に君がすっかり回復したと伝えることができたら――君もぼくが持ってきた知らせを、名誉なことだと思うことだろう。大いに誇っていいことだと思うよ。一ヶ月後に――それだけあれば、君も歩けるようになるだろうしね――大統領が君に、わが国で最高の勲章を授けるそうだ」

「それは本当なの？」

「嘘をつく理由もないさ。本当のことだよ。それに――じきに休戦の条約が結ばれるだろう。我々にきわめて有利な条件でだ。我々は中央ヨーロッパのより広い地域を、管理することができるようになる。中国は、今回我々が取り返しのつかない形で証明した事実に基づき、人類のためにも世界のためにも、武器を捨てることが得策だと考えているようだ。現時点ではまだ油断はできないし、不測の事態が起こる可能性も十分ありえるから、万一の場合に備える必要があるだろうがね」

少女は大尉から顔をそむけると言った。「彼のことを話して」

「彼は」大尉は答えた。「正確にはあと二時間二十三分で、宇宙に送られることになる。政府はまだ実験体九号について、すべてを明らかにしたわけではないが、しかし……」

少女の叫び声が、大尉の声を遮った。「お願い、大尉。お願いだから、そんな呼び方をしないで」

「悪かった。誓って言うが、君の気持ちはわかっているつもりだ。とにかくこれだけは言っておこう。我々はこう確信している。あの生命体は間違いなく、他の惑星からやってきた存在だと」

すでにその事実を知っていたにもかかわらず、少女は息をのんだ。知っていたからといって、ショックを感じないわけではないようだった。

「その惑星がどこかということも、もうわかっている」大尉は続けた。「政府の許可があるまでは、正確にはどこの惑星なのかをもらすわけにはいかないがね。我々はその惑星の生物が、生殖のしかたから声の出し方まで、人間とさして変わらないことを発見した。彼らは非凡な精神感応能力を持っており、特別な勉強をしなくても各種の言語をあやつれるらしい。知っての通り、例の2RX3を食べさせなければ、真実を引き出すことは難しかったがね。あの生物の正確な年齢を、確定することはできない。しかし、我々よりずっと長い年月を生きていることは確かだ。実際、彼らの寿命は非常に長く——おそらく我々の二倍以上はあると思われる。ゆえに、時間の感覚も我々とはまったく異なっている。コンピューターでくわしい情報がきちんと分析されれば、これまでの時間に対する概念など、どこかへ吹き飛んでしまうだろう」

「彼の星から、通信はなかったの?」少女はたずねた。

「もしあったとしても、我々が生きている間に受け取られることはないだろうよ」

「何てことなの」少女は言った。「ぞっとするわ」

「そうおびえないでくれ。我々はあの生物が乗ってきた、宇宙船を発見した。着陸したのは彼一人で、明らかに何らかの視察のために、送り込まれたものであるらしい。一九五〇年代から続いている激しい水素の爆発が、彼の惑星の住人に深刻な影響をおよぼしていることがわかっている。あの実験体九号は……」大尉は言いかけて途中で口をつぐみ、少女の熱を持った額に手を触れた。「すまない。彼はあと二時間ちょっとで宇宙へ送られる。いつか――はっきりいつとは言えないが――彼の同胞から救いの手がさしのべられるだろうと、思えるだけの理由もある。我々は、彼をずっと監視するつもりでいる――しかし、理解しがたいことかもしれないが、彼らの時間の感覚は我々とはかなりずれているから、実際に助けが来るのは、今から百年以上後になるかもしれない」

「私の子供は」少女は苦しげにうめいた。「赤ちゃんはどうなるの!」

ドアが穏やかにノックされ、大尉の妹が、憤慨しきった様子で部屋に入ってきた。「今すぐ出ていってもらえないかしら、大尉。この人はもう、眠らなくてはいけないわ」

「もう少し待ってくれないか」大尉は言い、少女のほうへ向きなおった。「君の子供が、完全に普通の人間でないという理由は、どこにもないと思うよ」子供が普通の人間ではないようにと政府が切に願っていることを、口にすることはできなかった。今、それを言うのはまだ早すぎた。

「ありがとう、大尉。あなたは本当に親切な人ね」少女は言い、懸命に涙をこらえようとしたが、失敗した。彼女は抑えきれぬ嗚咽をもらしながら言った。「父親に会いたいわ――この子の父親に」

大尉はかがみ込むと、また彼女の額に手を置いた。「君の子供は、国の子供になるさ。いや、世界の、人類の子供になるだろう」

大尉の妹が少女の静脈に強力な鎮静剤を注射したが、効き目が現れるまでにはまだしばらくあったので、少女は拘束衣が許すかぎり、落ち着きなくあちこち身をよじっていた。「国なんて、同胞なんてみんな大嫌い」彼女は叫んだ。「あの人がいてくれれば、何もいらないわ。あの人が――私が死んだ後も、空の上で一人ぼっちでいるかと思うと、たまらないの」

「さああなた、少し眠るのよ」大尉の妹が言った。「何事も、思ったほどには悪くないものよ。悩んでばかりいてはだめ。起こるかどうかもわからないことを、心配してもしかたないでしょう」

解　説

仁賀　克雄

本書はロンドン生まれのイギリスのアンソロジスト、ハーバート・モーリス・ヴァン・サール（一九〇四～八三）の編纂した有名なホラー・アンソロジー、*THE SIXTH PAN BOOK OF HORROR STORIES*の全訳である。ヴァン・サールは自分ではホラーを書かなかったが、この長大なホラー・シリーズを編纂し、イギリスを代表するホラー・アンソロジストとして斯界に名を残した。

その経歴は不明だが、一九四五年にミセス・リデルの*WEIRD STORIES*と、ローダ・ブロウトンの*TWILIGHT TALES*というホラー短編集を編纂して自家出版したのが最初である。ホラー・アンソロジーとしては*TOLD IN THE DARK*（一九五〇）を初出版してから、その卓抜な編集眼を認められた。パン・ブックスから一九五六～八四年まで、自身の死で中絶した二十八年間に二十五巻の、イギリス・ホラー中心の大アンソロジーが刊行された。これが大当たりして当時ブームになり、各出版社からペーパーバックスで、古いホラーやゴースト・ストーリーのアンソロジーがどっと出た。しかし傑作の奪い合いによる重複が多くなり、ほとんどが中途で挫折している。このアンソロジーのみヴァン・サール死後も別の編者で最も長く続刊された。

最初のころこそ戦前イギリスの有名なホラー・アンソロジー、*NOT AT NIGHT*などからの再録が多かったが、しだいに独自の視点から無名作家のホラーを発掘するようになり、従来の有名作家中心のアンソロジーとは異なる目新しさが生まれた。これが目利きのイギリス・ホラー・ファンに受けてシリーズの長続きした原因である。

このシリーズの既訳には、第一巻から抄訳本『魔の配剤』『魔の創造者』『魔の生命体』『魔の誕生日』（いずれもソノラマ文庫海外シリーズ）があるが、本書はその続巻一冊の完訳本である。収録作品で既訳があるのは、ジョン・コリア「緑の想い」と、ジョン・レノン「蠅のいない日」くらいで、残りの十八編は初訳のはずである。

収録作家十七名のうち、M・S・ウォデル、セプチマス・デール、アドービ・ジェイムズの短編は二編ずつ収録されているので計二十編となっている。有名作家（人）はロマン・ガリ、ジジョン・コリア、ジョン・レノン。マニアには名を知られている作家がベイジル・コパー、ジョン・バーク、ウイリアム・サンソムくらいで、あとは日本ではまったく無名の作家たちである。しかもそのうち六名は関係事典やインターネットにも経歴掲載のないマイナー作家たちである。こうした作家たちの埋もれた佳作を探してくるのが、すぐれたアンソロジストの眼識である。

ヴァン・サールはホラー・アンソロジーのほかにも、トマス・アドルファス・トロロープの自伝、ヴィクトリア朝の忘れられた文学者の作品や旅行記、イギリス首相伝二巻を編纂している。七一年に自伝*THE TOPS OF THE MULBERRY TREES*を書き上げ八三年に死去した。

彼のホラー系統のアンソロジーには、右記のほかに次のような編書がある。

A BOOK OF STRANGE STORIES（一九五四）
GREAT GHOST STORIES（一九六〇）
FAMOUS TALES OF THE FANTASTIC（一九六五）
LIE TEN NIGHTS AWAKE（一九六六）
BEDSIDE BOOK OF HORROR（一九七三）
A SECOND BEDSIDE BOOK OF STRANGE（一九七六）

二〇〇八年三月

ハーバート・ヴァン・サール（Herbert Van Thal）
ハーバート・モーリス・ヴァン・サール。1904年生まれ。詳しい経歴は不明。*Told in the Dark*（1950）をはじめ、パン・ブックス社等から多くのホラー・アンソロジーを刊行。アンソロジストとして活躍する。83年没。

金井美子（かない・よしこ）
東京女子大学文理学部英米文学科卒業。訳書にイアン・グラハム『エネルギーの未来を考える〈5〉化石燃料エネルギー』、デイビット・テイラー『国際理解に役立つ世界の紛争を考える〈3〉旧ユーゴスラビア紛争』（文渓堂）、ミリアム・ヴァン・スコット『天国と地獄の事典』（共訳、原書房）など。

ダーク・ファンタジー・コレクション　8
終わらない悪夢

2008年4月20日　初版第1刷印刷
2008年4月30日　初版第1刷発行

編　者　ハーバート・ヴァン・サール
訳　者　金井美子
装　丁　野村 浩
発行者　森下紀夫
発行所　論創社
東京都千代田区神田神保町2-23　北井ビル
tel. 03（3264）5254　fax. 03（3264）5232
振替口座 00160-1-155266
印刷・製本　中央精版印刷
ISBN978-4-8460-0767-6